MISHIMA YUKIO

三岛由纪夫

作品系列

晓寺

丰饶之海 第三部

译者＝竺家荣

MISHIMA YUKIO

三島由纪夫

上海译文出版社

第一部

一

曼谷正值雨季，空气中总带着雨雾。尽管骄阳似火，却时有细雨霏霏。但远望天空，必可见一方青蓝，太阳虽不时被层云遮住，云层周边仍泄露出灿烂瑰丽。骤雨袭来之前，苍穹低垂，阴沉可怖，预示骤雨的墨黑乌云笼罩了绿色椰树点缀的低矮街巷。

要说曼谷其名，始于阿瑜陀耶王朝时代。当时，这里橄榄树繁茂，因而起名为曼（城）谷（橄榄），古名还称做“天使之都”。这都城海拔不到两米，交通运输全部依赖运河。所谓运河，不过是在修筑道路时，挖去了土方的凹处形成的河道。盖房子时，被挖去土方的地方就成了池塘。这些池塘与河道自然连通，便有了这条四通八达的运河。运河最终汇入万流之源湄南河，阳光映照下的河水呈茶褐色，就像当地居民的肤色。

城市中心随处可见带露台的欧式三层小楼。外国人聚居区多是两三层的砖瓦建筑。由于重新修路，这里最富特色的美景林荫树被砍伐了不少，柏油马路的部分路段已铺好。未遭厄运的合欢树，像一层厚厚的黑沙覆盖着街路，遮挡了炎炎烈日。被暑热烤蔫的小草，在夹杂着雷鸣的骤雨后，倏然恢复了生机，挺起了叶梢。

这里的繁荣景象使人联想起中国南方的某个城市。马路上敞着篷的双座三轮车往来如梭。偶尔看见来自斑卡披[①]周边水田的农民，牵着背上落着乌鸦的水牛走过。得了麻风病的乞丐待在角落里，皮肤就像沾满了油黑的污点。男孩子们光着身子跑来跑去，女孩子股间裹着金属制的蛇腹图案的兜裆。早市上在叫卖稀有的水果和鲜花。华人街的金店门口，垂帘般悬挂着的纯金锁光灿灿的。

然而到了夜里，整个曼谷市就只剩下明月和星空。除了自己发电的旅店外，点染街头的只有那些拥有多功能变压器的有钱人家的光亮，犹如节日时的点点灯火。一般人家用的是油灯或蜡烛。沿岸那些低矮的住家，都是靠着佛龛前的一支蜡烛度过夜晚。从外面隐约可以看见竹席地铺上的佛像金箔的反光，以及佛像前供着的茶色粗大线香。对岸住家倒映在河面上的摇曳的蜡烛光，偶尔被摇橹过往的舟影遮盖。

去年，即昭和十五年[②]，暹罗改国号为泰。

——曼谷被称为“东方威尼斯”，想必并非根据外观上的对比，二者无论在结构和规模上都不具有可比性，其依据之一，是两个城市都依靠着由纵横交错的运河构成的水上交通；其二，是都拥有众多的庙宇。曼谷的寺庙达七百座之多。

高耸于绿荫之上的皆是佛塔，它们最早迎来晨曦，最后送走夕照，沐浴在阳光下时，则是瞬息万变的绚丽色彩。

拉玛五世朱拉隆功大帝于十九世纪修建的大理石寺院，虽然是

---

① Bangkapi，泰国曼谷的一个区。
② 即公元1940年。

个小寺院，却是最新最华丽的寺院。

当今的拉玛八世阿南塔·玛希敦陛下①，于昭和十年，十一岁时即位，即位后不久去瑞士的洛桑留学，如今已十七岁，仍在洛桑勤奋学习。在他留学期间，銮披汶总理②独揽大权，摄政府只是形式上的存在。摄政有两位，第一摄政阿契特·阿帕殿下只是个摆设，第二摄政比里·帕侬荣③掌握着摄政府的实权。

闲暇且笃信佛教的阿契特·阿帕殿下时常去各处寺院参拜。一天黄昏，他传旨要去大理石寺院。

大理石寺院坐落在佛统路的小河畔，小河两岸种着合欢树。

由一对石马守卫的大理石寺院的寺门，有着古代高棉式样的白色火焰结晶般的冠饰，锈迹斑斑的门扉敞开着。从寺门一直通向正殿的石板路两旁，是一片闪耀着绿宝石色彩的草坪，草坪中央有一对古代爪哇式样的类似小亭子的小阁。修剪成圆形的灌木开着花，小阁的飞檐上雕刻着脚踏火焰的活灵活现的白狮子。

正殿前面的印度大理石的白色圆柱和护卫它的一对石狮子，欧式风格的低矮石栏杆以及同样是大理石的墙壁，都在夕阳的映照下熠熠生辉。它们不过是为了将许多金色与朱红色花纹衬托出来的一块纯白的画布。一个个尖尖的拱形窗户，露出内面的铁锈红，精致的金色火焰雕刻的窗框将窗户包裹了起来。殿前的白色圆柱顶端也盘踞着金色的圣蛇柱头，由上而下，通体缠绕着同样金灿灿的圣蛇

① Ananda Mahidol（1925—1946），泰国曼谷王朝第八位国王。二十一岁时在王宫寝宫中弹身亡，有传是被战时在泰国行动的日本情报军官刺杀。
② Luang Pibul Songgram（1897—1964），泰国第三任总理，在二战中亲日。
③ Pridi Phanomyong（1900—1983），泰国政治家，第八、九、十任泰国总理，在二战中亲英。

雕刻。层层叠叠的朱红色琉璃瓦飞檐上，环绕着翘首的金蛇镶边。重檐的各个尖端上，神经质的金蛇鸱尾，竞相朝着天空翘起，宛如踢向空中的女鞋尖后跟。这满眼的黄金色，被热带的阳光照耀得黯然失色，甚至还不如在山墙上嬉戏的白鸽显眼。

白鸽不知受到了什么惊吓，一齐朝着暗淡下来的天空飞去。被暮色熏黑了似的白鸽们，恰似寺院那些独具匠心的金色火焰中冒出的一缕黑烟。

庭院里的几株椰树，仿佛被这景象惊呆了。这“树喷泉”弯曲如弓，向着天空喷出碧绿的飞沫。

这些植物、动物、金属、石头和铁锈红颜料都在阳光下混合着、交融着、跳跃着。就连守护玄关的那对白石狮子的大理石鬃毛，也宛如一朵向日葵。葵花籽般的牙齿密密排列在张得大大的狮子嘴里，狮子脸犹如一朵正在怒放的白皙的向日葵。

阿契特·阿帕殿下乘坐劳斯莱斯轿车抵达了寺院。早已排列在草坪两边的小阁旁的、穿着红色制服的少年军乐队，鼓起褐色的脸颊，吹奏起了乐曲。擦得锃亮的圆号的喇叭口，缩映出了他们身上的红色制服。没有比这种乐器更适合在热带的阳光下演奏了。

白上衣、红腰带的随从，撑着草绿色的阳伞给殿下遮挡阳光。殿下身穿白色军服，佩戴着勋章，带着手捧布施的蓝腰带侍从，在十名卫兵的护卫下走进了寺院。

按照惯例，殿下大约要参拜二十分钟左右。在殿下参拜时，人们头顶烈日，在草坪上等候。不多时，殿内响起了中国胡琴的演奏声，并夹杂着钲鼓声。撑伞的侍从扛着顶端镶有精致的佛塔装饰的阳伞站在殿门口，头戴僧帽式样垂颈帽的四名卫兵排列在石阶上。

殿内光线昏暗，从阳光刺眼的户外，什么也看不清，只能看见里面烛火晃动，听见不断传出的诵经声。一阵节拍加快的伴奏声过后，随着一声响亮的钲鼓声，伴奏声骤然停止了。

侍从撑开草绿色的阳伞，毕恭毕敬地罩在走出大殿的殿下头上，卫兵们对殿下致以捧刀礼。殿下快步走出寺门，坐进了劳斯莱斯。

不久，目送殿下远去的群众散去了，军乐队也走了，寺院又逐渐沉入了傍晚的静谧。身披姜黄色袈裟、袒露褐色右肩的僧人们来到河畔，有的读书，有的交谈。暗红的落英、腐烂的水果漂浮的河面上，倒映出了对岸的合欢树和艳丽的晚霞。太阳西沉，隐没在了寺院后面，绿草也随之黯淡下来。片刻之后，寺院里便只剩下大理石的圆柱、狮子和墙壁在余辉下微微泛白。

还有卧佛寺①。

十八世纪末，拉玛一世创建的这座寺院里，佛堂和宝塔林立，参拜的人们必须在其间绕来绕去地行进。

烈日当空，天色湛蓝。然而，正殿回廊的巨大白色圆柱，却脏得如同白象的四肢。

宝塔上镶嵌着细密的陶片，陶片的釉彩反射出柔和的日光。紫色高塔的层层塔身是由紫蓝色马赛克贴成的，上面镶嵌了无数的红、黄、白三色花瓣，宛如高高矗立的一卷陶瓷制成的波斯地毯。

在它的近旁还有一座绿色的宝塔。一只怀了孕的母狗，耷拉着满是黑斑的粉红色奶头，踩着像被阳光的铁锤击碎、磨损了似的石

---

① Wat Pho，位于曼谷大皇宫东北角，是泰国最著名的佛寺。

板地，摇摇晃晃地走了过去。

涅槃佛殿里的巨大的金色卧佛，枕在镶满青、白、绿、黄各色图案的马赛克箱枕上，满头金色的螺发丛林般繁茂。伸长金色手臂支着头，伸到幽暗的佛堂另一端的金灿灿的脚后跟闪闪发亮。

卧佛的脚掌就是个精巧的螺钿工艺品。每一个划分出来的黑框里，都用彩虹色的璀璨珍珠镶嵌了牡丹、贝壳、佛具、岩石、沼泽地里长出来的莲花、舞女、怪鸟、狮子、白象、龙、马、仙鹤、孔雀、三帆船、虎、凤凰等图案，以传颂佛祖的事迹。

敞开的窗户明亮耀眼，像打磨得锃亮的黄铜板。菩提树下走过一群袒露着褐色右肩的僧侣，他们披着的黄色袈裟被映成了橘黄色。

佛堂外热浪逼人，仿佛空气本身也染上了热病。宝塔之间的浑浊的池水里，垂着无数绿油油的美洲红树气根。鸽子在池中岛的岩石上嬉戏，被涂成了蓝色的岩石上画着巨大的蝴蝶，岩石顶端有一座不吉利的黑色小塔。

再来看看以绿宝石主佛闻名遐迩的王城守护寺。

这是一座自一七八五年建造以来，从未遭受过毁坏的寺院。

大理石台阶两侧各有一座金塔，半女人半鸟的金色雕塑在雨中闪烁着光辉。朱红色的琉璃瓦和碧绿的边缘，被亮晶晶的雨丝衬托得格外艳丽。

玛哈曼达帕[①]回廊的墙上画满了《罗摩衍那》[②]史诗的壁画。

---

① Maha Mandapa，印度寺庙群中的露天大堂。

② 印度古代两大史诗之一。正统的印度教徒认为《罗摩衍那》和《摩诃婆罗多》都是不可侵犯的圣典，并把它们看做是解决宗教、哲学和道德等问题争论的指南。

在壁画中，到处跃动着风神的光彩照人的儿子——猴神哈努曼的身姿，就连有德行的罗摩都不能比及。有着茉莉花牙齿的黄金丽人悉塔，被凶恶的罗刹王掠走。身经百战的罗摩，圆睁着机智的双眼，与敌人奋战着。

壁画以中国南画[①]的山水和早期威尼斯派的阴郁画作为背景，描绘了金碧辉煌的殿宇和猴神及妖怪的战斗。七彩霓虹色的神仙骑着凤凰，飞翔在黑暗的山水之上。金衣人用鞭子驯服了裹衣跪地的骏马。一条怪鱼突然从海里伸出头来，正要袭击桥上的军队。远景是一个幽蓝碧澄的湖泊，隐藏在森林草丛中的猴神拔出宝剑，准备伏击在浓密树阴下轻轻行走的金鞍白马。

“您知道曼谷的正式名称是什么吗？”

“不太清楚。”

“全称是：克隆古·泰莆·莆拉·玛哈那空·阿猛·拉塔那科斯·玛欣塔拉·希阿尤塔亚·玛富玛·波莆·诺帕拉·拉哈塔尼·莆里罗穆。”

“怎么讲呢？”

“简直没法翻译。就像这些寺院里的装饰似的，徒然的金碧辉煌，徒然的繁琐，只不过是为了装饰而装饰罢了。

“‘克隆古·泰莆’是‘首府’的意思，‘波莆·诺帕拉’是‘九色金刚石’，‘拉哈塔尼’是‘大都市’，‘莆里罗穆’是‘心地善良’的意思。其实就是挑选出许多华丽夸张的词语，把它们像穿项链般穿起

---

① 中国南宗画。中国山水画两大流派之一，自江户中期引入日本。

来而已。

“臣子对国王陛下回答‘是’的时候，要按照这个国家的繁琐礼仪说成‘莆拉莆特 · 卡 · 秋拉莆 · 莆罗穆坎 · 赛克拉欧 · 克拉摩穆’。

“这只能译成‘诚惶诚恐顿首顿首’吧。”

——本多倚在藤椅里，带着一点好奇，漫不经心地听着菱川神侃。

五井物产委派了这么个无所不知，却又有些龌龊怪异的蹩脚艺术家充当本多的翻译兼向导。年已四十七岁的本多觉得，凡事听凭于人是自己对自己的礼让，尤其在这种炎热的国度。

本多是应五井物产之邀来到曼谷的。在日本谈妥的交易，并按照日本的法律签订了合同之后，在外国因索赔而引起争端时，即便在外国的法庭被提起诉讼，也会发生国际私法上的问题。何况外国律师根本不了解日本的法律。在这种情况下，一般都从日本请来有权威的律师，向对方律师详细说明日本的法律，来协助打官司。

今年一月，五井物产向泰国出口了十万箱解热剂“卡洛斯”，其中有三万箱药片因受潮、变色而失效。尽管是在标签上写着的有效期限内，却出现了这样的问题。这种民法上的不法行为，本应按不履行债务来处理，但对方却以刑法上的欺诈罪提起诉讼。对于下属的药品公司出现的商品瑕疵，五井物产当然应负民法第七一五条的“无过失赔偿责任”，但这种国际私法上的纠纷，必须要有像本多这样的本国干练律师的协助。

本多被安置在曼谷首屈一指的东方宾馆里，房间面向湄南河，美丽的景色一览无余。天花板上悬挂的白色大吊扇送来微风，不过到了傍晚，还是去靠近河边的庭院，享受凉爽的河风更惬意。本多和来给他做夜晚导游的菱川一起品着饭前酒，一边听着菱川东拉西扯。他倦懒得就连拿匙子都嫌沉，然而，和菱川的谈话却比拿起银匙更令他感觉沉重。

日头从对岸的晓寺那边缓缓坠落下去。巨大的余辉勾勒出两三个高塔的剪影，肆无忌惮地笼罩了吞武里[①]密林的开阔景观。茂盛的密林像吸足了光线的海绵，绿得葱翠欲滴。舢板往来如穿梭，乌鸦成群地飞翔，玫瑰色的污浊河水好像凝滞了一般。

“一切艺术都是晚霞啊。”菱川说道。然后略微顿了顿，观察了一下听者的反应，这是他在开始发表见解时的习惯。这短暂的沉默对本多来说，比菱川的饶舌更让他讨厌。

菱川松弛的侧脸上映照着落日的余辉。他的脸像泰国人一样晒得黝黑，只是比泰国人要干瘪憔悴一些。他又重复了一遍刚才那句话。

“所谓艺术就是巨大的晚霞，是一个时代所有美好事物的燔祭。自古延续下来的白昼的理性，被晚霞那无意义的滥施色彩所践踏。本以为会永恒持续下去的历史，也突然意识到了末日的来临。美，横亘在人们面前，把人世间的一切努力变为徒劳。每当看到晚霞的灿烂辉煌，看到火烧云疯狂翻卷，‘更美好的未来’之类的呓语便黯然失色。呈现在眼前的就是一切，空气里充满了色彩的毒素。什么即将开始呢？什么也没有开始。只有，终结而已。

“晚霞不具有任何本质。黑夜具有本质，那是宇宙的本质，即

① Thonburi。位于湄南河下游西岸，现属曼谷郊区。

是死和无机物的存在本身。白昼也有本质，人世间的一切都属于白昼。

“所谓晚霞的本质是根本没有的。它只不过是一场游戏，是一切形态、光和色的无目的而又严肃的游戏。请看看那紫色的云。如此奢华绚丽的紫色在大自然中是极其罕见的。火烧云是对一切左右对称的藐视。这种对于秩序的破坏，是与对更根本的东西的破坏密切相连的。如果把白昼的悠悠白云比做高尚的道德的话，难道说道德是可以有颜色的吗？

“艺术比任何人都更早地预见到各个时代的最大的终结，并做好准备，亲身去实现它。在艺术中，美食、美酒、美形和美服，以及那个时代的人所能想到的奢侈，都已是炉火纯青了。所有这一切都期待着形式，期待着在短暂的时间里，将人世间的生活掠夺殆尽、席卷一空的形式，这形式不正是晚霞吗？那么，为了什么呢？其实，什么目的也没有。

“最微妙的、最细枝末节的、神经质的美的判断（我所指的是那朵橘红色云彩边缘的无比香醇的曲线）与辽阔天空的普遍性相关联，其内面性的东西以色彩显露出来，并与表面性相结合的就是晚霞。

“也就是说晚霞在表现。只有表现才是晚霞的机能。

“这就如同人们微不足道的羞耻、喜悦、愤怒、不快等布满了辽阔的天空。人类一般看不到的内脏的色彩，通过这大手术而展现于天空，得以表面化。最细微的温柔和殷勤与世界苦[①]相结合，最终，苦

① World-sorrow，一般被解释为典型的浪漫主义情绪，对世界的虚无主义的厌恶和对生活的怀疑。

恼变成了刹那间的快慰。人们在白天死抱着的无数小理论，被卷入天空的巨大的情感爆发和灿烂的情感释放之中。人们看透了一切体系的无效。总之，它被表现出来了……持续十几分钟……然后结束。

“晚霞是迅速的。它具有飞翔的性质。晚霞说不定是这个世界的翅膀呢。就像蜂鸟的羽翅，只有在吸吮花蜜时扇动它的瞬间，才闪现出彩虹般的色彩一样，世界也在那个瞬间闪现出它飞翔的可能性。晚霞时刻的万物都在陶醉和恍惚中飞舞交错……最后坠地死去。”

——本多漫不经心地听着菱川大发感慨，一边眺望着对岸的天空渐渐隐没于地平线，被包裹在了苍茫暮色之中。

菱川说一切艺术都是晚霞吗？而那边有晓寺！

昨天一清早，本多就雇了一条小船，去参拜了对岸的晓寺。

出发时正值日出时分，这是去晓寺最理想的时刻。四周还有些昏暗，唯见塔尖沐浴在晨曦里。从前方的吞武里密林中，传来百鸟响亮的鸣啭。

渐渐走近寺院，才看清那座塔上镶满了花花绿绿的中国瓷盘。这座宝塔由雕栏分层，第一层是茶褐色，第二层是绿色，第三层是蓝紫色。这无数瓷盘象征着花朵，有的以黄色小盘作为花蕊，配以其他颜色的瓷盘堆出花瓣；有的以淡紫色的酒盅倒扣在花心做花蕊，配以彩盘作花瓣，这些花朵一直向上延伸至塔顶。叶子都是瓦片。塔尖上有几头白象向四方垂着长鼻子。

整座宝塔的重叠感和厚重感使人感到压抑。充斥着色彩与光辉的宝塔层叠而上，越来越细，仿佛重重叠叠的梦从头顶上压下来似的。就连很陡的台阶垂直面都雕刻上了花纹，每一层都用人面鸟的浮雕支撑着。这一层层尽管不断被多重的梦、多重的期待、多重的祈祷所压垮，依然继续向上累积，徐徐逼近天空，成为一座色彩斑斓的宝塔。

晨曦刚刚从湄南河对岸照射过来，宝塔上那千百个碟子就变成了无数面小镜子，敏捷地捕捉到它们，这个巨大的螺钿工艺品闪烁出了炫目的光辉。

这座塔长期以来一直以它的色彩起着晨钟的作用。那是响彻寰宇的、与拂晓最为和谐的色彩。它拥有与拂晓同等的气势、同等的分量、同等的破裂感。

深褐色朝霞将湄南河染成了红土色，宝塔那光辉灿烂的身姿在河水中晃动不定，预告着炎热的一天又开始了……

"寺院您已经看得差不多了吧。今天晚上，我领您去个有趣的地方。"

菱川对茫然眺望着暮色中的晓寺的本多说。

"卧佛寺、护国寺您都去过了。去大理石寺院时，正赶上摄政参拜。昨天早上又参观了晓寺。要是看上瘾的话，那可是看不完的。您看了这几处寺院，按说也就差不多了。"

"可也是啊。"

本多不置可否地回答。菱川打断了他的沉思，令他不快。

此时，本多脑子里想的是，放在旅行包最下面的那本古旧的清显的《梦日记》。为了在无聊的旅途中阅读而把它带上了。到了这里后，由于炎热和倦怠还没有开始读。不过，以前看这本书的时候，所感受到的那种梦幻般的热带风情的绚烂色彩，依然历历在目。

工作繁忙的本多，这次到泰国来并非只是为了工作。年轻时，他通过清显认识了两位暹罗王子。在他多愁善感的年龄，目睹了清显与月光公主的爱情悲剧结局以及绿宝石戒指的失窃。旁观者清，那幅记忆模糊的画面，在镜框中牢固地保留了下来。总有一天要去访问暹罗，成了他多年的宿愿。

然而，四十七岁的本多，不知不觉染上了这样一种习性，对于内心细微的感动也会特别警惕，能立刻嗅出其中的欺瞒或夸张。那是自己最后的热情了，本多回忆着，那是为营救得知自己是清显转世的勋，而毅然辞职时那样的热情……并且，自己亲身体验了“救济他人”的观念的彻底失败。

自从不相信能够救济他人后，本多反而作为律师发挥了自己的能力。丧失了热情以后，却在救济他人上，不断取得了成果。无论是民事诉讼还是刑事诉讼，只要委托人不是有钱人，他就不予以受理。因此，本多的家业比他的父辈还要昌盛。

摆出一副只有自己才代表社会正义的面孔来沽名钓誉的穷律师，实在是滑稽的存在。本多深知法律救助人的限度。说实话，尽管雇不起律师的人就没有犯法的资格，但是仍有许多人，出于某种一时的需要或愚昧而触犯了法律。

他有时觉得，没有比将法律强加于广大的人性更匪夷所思的了。如果犯罪往往是由于需要或愚昧，那么是否可以说，构成法律基础的社会习俗也是如此呢？

以勋的死为终结的“昭和神风连事件”之后，连续发生了多起类似事件。当局凭借昭和十一年二月二十六日发生的“二·二六事件”才平息了国内的动乱。其后的“七·七事变”已过了五年，仍未结束。加上日德意三国同盟进一步刺激了列强，于是，人们纷纷讨论起了日美间爆发战争的危险性。

但是，本多对于时代的推移、政治的纠纷、战争的迫近既不抱有任何兴趣，也不为之亦喜亦忧。他的内心深处正在崩溃。时代如骤雨般激烈动荡，雨滴洒落到无数人的头上，每个命运的石子都遭受了淫雨千万遍的侵袭。本多明白，没有任何力量可以阻止它。当然无论怎样的命运，都无法预见其结局是否悲惨。历史的发展总是一面满足着某些人的愿望，一面违背着另一些人的愿望。无论多么悲惨的未来，也不会违背所有人的愿望的。

尽管如此，也不能认为本多已经变成了一个空虚而阴郁的人。比起从前，他倒是更加快活而开朗了。以前当法官的时候，他说话十分谨慎小心，可谓如履薄冰。如今他已经不这样讲话了，在衣着上也随意多了，竟穿起了锯齿形格子的新奇上衣，性格也变得诙谐豁达了。只是到了这个酷热难耐的国家后，不大随便开玩笑了。

他的脸上渐渐出现了与其年龄相符的沧桑厚重感。在这张洗得发白的棉布似的面容上，已不见了青年人特有的简洁明快的线条，而是增添了一层软缎般奢华的凝重。本多知道自己从前决不是英俊青年，所以这种使年龄不透明的外貌也没什么不好。

而且，现在的本多比年轻人拥有更加切实的未来。年轻人总喜欢谈论未来，这只是因为他们还未拥有未来。“有所失才有所得”，这正是年轻人所不知道的“有所得”的秘诀。

正如清显未能改变时代一样，本多也未能改变时代。和古代死于感情战场上的清显不同，再度迫近青年们的，是在付诸行动的战场上决一死战的时代。勋便是他们的先驱。就是说，两个轮回转世的青年，以不同的形式死在了不同的战场上。

那么，本多会怎么样呢？本多还没有显露出任何死的迹象。他既不热烈地渴望死，也不躲避不期而至的死。可是现在，置身于这暑热之地，整日曝露在灼热火箭般的暴晒下，本多觉得遍地葳蕤的草木，一派欣欣向荣的景象，恰似临近死亡的最后的辉煌。

“从前哪，差不多二十七八年前吧，两位暹罗王子来日本留学的时候，我曾和他们交往密切。其中一位是拉玛六世的弟弟巴塔纳迪多殿下，另一位是他的表兄弟，拉玛四世的孙子库利沙殿下。不知他们二位近况如何？这次来到曼谷后，我很想见见他们。可是，我担心他们早已不记得我了，贸然前去打搅有点儿……”

“您怎么不早说呀？”万事亨通的菱川对本多的见外颇为不满似的说道。“不管什么事，只管问我，我会给您满意的回答的。”

“我能不能拜见两位王子呢？”

“这可就难了。他们是拉玛八世陛下最信赖的两位伯父，现在伴随陛下到瑞士的洛桑去了。王侯们几乎是倾巢出动，所以目前宫殿里空荡荡的。”

“那可太遗憾了。”

“不过，要是您运气好，或许可以见到巴塔纳迪多殿下的亲眷。说起来让人费解，殿下最小的公主一个人留在了曼谷，她刚满七岁，由宫女们侍候着，住在叫做蔷薇宫的小宫殿里。真够可怜的，就像被幽禁在里面一样。”

“这是为什么呢？”

“因为担心带她到外国去，被人看成精神不正常，让王室蒙羞。据说这位公主自懂事后，总是说自己不是泰国王室的公主，而是日本人转世，自己真正的故乡是日本。不管别人说什么，她都这么坚持。要是有谁稍微加以否定，她就不依不饶地哭闹。所以，宫女们都维护着她的这个幻想，侍候她成长。虽然谒见公主是很难的，好在先生有那层关系，只要说话得体，应该有希望的。”

二

本多听菱川这么一说，就打消了马上去谒见这位可怜的神经质的小公主的念头。

蔷薇宫如同一座金光璀璨的美丽的小寺院，本多早知道她会在那里面。正如寺院是不会飞走的一样，小公主当然也不会飞走。可以想象得到，在这个国家里，疯狂也像这里的建筑一般，也像那永不停歇的单调的金色舞蹈那样，穷尽奢华，永无终结。本多想，过几天之后，等小公主心情好一些的时候，再请求谒见也不迟。

这样的一味拖延，一半是由于热带气候而感觉倦懒，一半是由于上了年纪，力不从心的缘故。本多的头发已开始花白，眼睛也该花了，亏得他从小就轻度近视，所以还没戴上老花镜。

到了本多这般年纪，遇事能依据自己掌握的一些法则来加以衡量了。天灾地变另当别论，而历史事件的发生，无论多么意想不到，都是经过了长时间的逡巡，就像姑娘面对爱情时踌躇不前那样。能立刻满足自己的愿望，又能以自己期望的速度得到实现的事情，必然带有伪劣品的气味。因此，要使自己的行为符合历史的规律，对一切事物处之泰然是最重要的。刻意追求的常常一无所获，意志却被消磨殆尽，这样的事本多见得太多了。不求而得的，往往求而不得。就连看起来完全由自己的欲望和意志控制的自杀行为，为了完美地实现它，勋也不得不在监狱中等待了一年之久的时间。

可是，回想勋的行刺和自戕，以至“二·二六事件”，可以说他们是扮演了先驱者——星辰阑干之夜的太白金星的角色。诚然，他们期盼黎明的到来，但他们展现出的却是暗夜。如今，时代终于摆脱了黑夜，迎来了烦躁闷热的清晨。这正是他们未敢奢望的清晨。

日德意三国结盟虽然触怒了部分日本主义者和亲法派、亲英派，却受到了崇拜西方、崇拜欧洲的大多数人，以至守旧的泛亚论者们的欢迎。在他们看来，日本不是与希特勒，而是与日耳曼森林结婚；不是与墨索里尼，而是与罗马的万神殿结婚。它是日耳曼神话、罗马神话与《古事记》[①]之间的结盟，是具有阳刚之美的东西方各教的众神联谊。

对此类浪漫的偏见，本多自然不会信服，但显而易见，时代正热衷于一些令人战栗的事情，正在梦想着什么。因而，本多从东京来到这里后，突然增多的休息和闲暇反倒引发了他的疲惫感，无法阻止自己终日沉浸在对往昔的回忆中。

很久以前，本多与十九岁的清显交谈时，曾发表过“参与历史的意志，才是人的意志的本质”的主张，至今他仍没有改变。十九岁的青年对自己的性格怀着本能的畏惧，在特定情况下，有可能成为极

---

① 日本古代官修史书。本书以皇室系谱为中心，记开天辟地至推古天皇（约592—628年在位）年间的传说与史事。亦为日本最古的文学作品。

正确的预见。本多这样主张的同时，却对自己生就的意志性的性格感到绝望。这种绝望感逐年递增，最终成了本多的痼疾，因而，他的性格也不见丝毫的改变。他想起从前在月修寺住持尼的教导下，读过的几部佛教经书中的《成实论》的“三报业品”里，有一句十分恐怖的经文。

“行恶见乐，因恶未熟。”

——这也就是说，尽管自己在曼谷受到了热情款待，所见所闻乃至饮食都见到了地道的热带情调的慵懒的“乐”，但也不能证实这将近五十年的岁月中，自己没有“行恶”过。想必自己的“恶”尚未成熟得如同从树枝上自然坠落下来的醇香的果实吧。

在这个信奉小乘佛教的国家里，南传大藏经的素朴的因果论的背景上，重叠着本多年轻时深受启迪的《摩奴法典》[①]的因果律，印度教诸神亦随处显露出它们那千奇百怪的面孔。寺院屋檐上装饰的圣蛇和金翅鸟，使七世纪的印度戏剧《龙喜记》的故事流传至今，而奉养金翅鸟，则是印度教的毗湿奴神所倡导的。

来到这里以后，本多的考证癖又复苏了。他很想知道，对于使他的前半生总是与合理的事物失之交臂的那神秘的转世说，小乘佛教是怎么解释的呢?

根据学者的研究，印度的宗教哲学划分为以下六个时期。

第一期是梨俱吠陀时代。

① 又称《摩奴法论》。古代印度婆罗门教的经典。约编成于公元前2世纪至公元2世纪。相传为“人类的始祖”摩奴所编。实际上是婆罗门教的祭司根据吠陀经与传统习惯而编成的。

第二期是祭坛哲学时代。

第三期是奥义书哲学时代。即公元前八世纪至五世纪，以梵我一体为理想的自我哲学时代。轮回思想从这一时期开始发端，它与“业”的思想相结合而产生因果律，与“我”的思想相结合而形成体系。

第四期是各学派分立时代。

第五期是自公元前三世纪至公元一世纪的小乘佛教完成时代。

第六期是公元一世纪以后持续了五百年的大乘佛教兴盛的时代。

问题在于第五期。本多以前所熟悉的、令人惊讶的将轮回转世也写入了法律条文的《摩奴法典》就是在这一时期集大成的。然而，同为“业”的思想，佛教以后的“业”的思想与奥义书中的“业”的思想截然不同。它们的区别是什么呢？就是否定了“我”。可以说佛教的本质就在于此。

佛教区别于异教的三个特色之一，即“诸法无我印”。佛教宣扬无我，否定作为生命中心主体的“我”，继而否定了“我”在来世的存续——“灵魂”。佛教否认灵魂的存在。若是生物没有了所谓灵魂的中心实体，那么无生物也同样没有。不，世间万物都没有固有的实体，恰如无骨的海蜇。

但是，这里出现了一个难题。如果死后一切归于无，那么，因恶业坠入恶趣，因善业升为善趣的到底是什么呢？倘若无我，那么轮回转生的主体究竟又是什么呢？

佛教苦于否定了“我”的思想与其传承下来的“业”的思想之间的这种矛盾冲突，尽管分化出各个教派为此争论不休，始终未能得出合乎逻辑的结论，这可以说就是小乘佛教三百年的历史。

关于这个问题，要成就完美的哲学结果，有待于大乘的唯识论的出现。不过，到了小乘经量部，提出了“种子熏习”的概念，这一学说即是发展到后来的唯识论的先导。其概念大致是，就像香水的香气会熏染衣物一样，善业、恶业的积习残存于意志之中，给意志赋予了性格，被赋予了这种性格的力便成为引果之因。

事到如今，本多才明白了暹罗两位王子那和颜悦色的面容和忧郁的眼神里所蕴藏的深意。那就是在这遍布金碧辉煌的寺宇和花果飘香的国度里，在慵懒的阳光照耀下，依然一心崇尚佛教，笃信轮回，忌讳逻辑严整的体系的，黄金般沉甸甸的怠惰和树下微风拂煦的精神。

且不说库利沙殿下，英明的巴塔纳迪多殿下有着惊人的哲学家的犀利头脑。尽管如此，他那强烈的情感冲刷了他那穷究哲理之心。但比起殿下说过的那些话来，最让本多记忆犹新的是，那个夏日，当殿下在终南别墅接到月光公主去世的噩耗时，失神地坐在椅子上时的样子。他那褐色的胳膊软软垂在白漆椅子的扶手上，头歪斜在肩头，看不清他的脸色，只能看见微启的口唇中露出亮洁的浩齿。

殿下褐色的手指优雅而修长，仿佛天生就适于灵巧的爱抚似的。垂下的指尖几乎触到了夏日绿茵茵的草坪，仿佛刚刚为其爱抚的对象殉情，五根手指在一瞬间齐刷刷死去了似的。

——尽管如此，本多仍旧担忧王子们对日本的回忆，即便随着时间流逝而增添怀念之情，也决不会是美好的。使王子们心情不佳的或许是孤独感、语言不通、习俗差异，或许是戒指被盗窃以及月光公主的仙逝吧。但是，最使王子们不能理解的正是那盛气凌人的“剑道精神”，它不仅使本多和清显那样的普通青年，也使白桦派[①]的自由人道主义的青年们陷入了孤立无援之境。最让人头疼的是，王子们自己也朦胧地觉察到，王子们的朋友这边缺少“真正的日本”，而王子的敌人一方却充斥着“浓厚的日本”。狷介的日本就像那些披挂上阵的年轻武士般趾高气扬，同时又像个易受伤害的少年。宁可主动挑战，不愿受人嘲笑；宁可自行赴死，不愿遭人蔑视。勋和清显不同，他生活在这个世界的核心，而且他相信有灵魂。

本多已能够不受一切偏见的束缚，可以说是他年近半百之一得。自己曾经拥有过权威，因而不受权威的束缚；自己曾是理智的化身，因而也不受理智的束缚。

过去，大正初期的“剑道精神”——尽管本多未受其左右——熏陶了整整一个时代。即便现在本多回想起自己的青春年代，也难以否认那个时代对他产生的巨大影响。

至于将“剑道精神”进一步醇化，使之到达登峰造极之境的勋的世界，本多并没有青春与共，只是在一边旁观而已。但是，目睹年轻的日本精神孤军奋战、自取灭亡的情景，不能不感悟到“使自己能够生存下来，全是凭借西方之力，凭借外来思想之力”。固有的思想使人死亡。

想要生存下去，就不能像勋那样执着于纯洁，就不能自断所有

---

① 日本现代文学中的重要流派之一，由以创刊于1910年的文艺刊物《白桦》为中心的作家与美术家组成。他们主张新理想主义为文艺思想的主流，因此也被称为新理想派。该派的作家主要有武者小路实笃、有岛武郎、有岛生马、志贺直哉等人。

的退路，不能拒绝一切。

没有比勋的死更能够使本多强烈感悟到什么是“纯粹的日本”了。除了否定一切，除了否定现实的日本和日本人之外，除了这种最难以生存的生活方式之外，总之一句话，除了杀了人之后自杀之外，难道真的就没有与“日本”共同生存下去的道路吗？所有的人都害怕谈论它，而勋不正是以自己的生命来证明它的吗？

由此可见，民族最纯粹的因素中必定含有血腥气，必然带有野蛮的影子。与不顾全世界动物保护主义者的谴责保存斗牛国技的西班牙不同，日本于明治的文明开化时期，曾致力于消除一切“蛮风”。其结果，日本民族最鲜活最纯粹的灵魂隐藏到了地下，时而喷发出来，疯狂肆虐，越来越受到人们的惧怕。

无论它以多么可憎的面目出现，原本是纯净的灵魂。来到泰国这样的国家，本多看到了祖国文物的洁净、素朴、单纯、河底的小石子都粒粒可数的河水的清澈、神道仪式的清明等等，这所有的一切在本多眼前愈加清晰起来。但是，本多像大多数日本人一样，并没有与它们共生，而是无视它们，对它们的存在熟视无睹，甚至极力回避着它们，苟且度过的这些年。那些以简约素朴为第一要义的存在，那白绢、那清泉、那微风中摇曳的玉串、那被神社牌坊隔开的单纯的空间、那冲津磐座①、那群山、那大海、那日本刀，它们的光辉、它们的纯粹、它们的锐利，这一切的一切，本多始终是躲避着生活过来的。不单是本多，大部分已欧化的日本人越来越忍受不了强烈的日本元素了。

---

① 又名“奥津磐座”，奈良县神山三轮山上的大石群。

可是，信奉灵魂的勋一旦升天，无疑又将印证善因善果。倘若他转世为人，进入了轮回，又该怎么解释呢？

这并非是凭空想象。勋毅然决然赴死的时候，莫非是感受到“另一个人生”的暗示了呢？或许人能够活得极其纯粹无瑕的话，就会自然而然到达可以预感其他人生的境界吧。

天气虽然炎热，但本多一想起这些就如同被清泉浸润了额头似的，脑海中浮现出了日本神社的雄姿。在拾级而上的参拜者眼中，牌坊只不过是神殿领域的一个标志，而在参拜而归者的眼中，它却宛如一片碧空构成的画框。它将庄严的神殿和湛蓝的天空如此完整和谐地包容为一体，简直是不可思议。牌坊就仿佛是勋的灵魂。

至少勋生前是活在一个最高的、最美的、最简朴的神社牌坊那样清晰的画框里的。因此，这个画框里不可避免地装满了蓝天。

本多认为，无论勋临死时，他的精神离佛教有多远，像牌坊那样的关联方式都暗示了日本人与佛教的关联，这就好比用白色绸缎滤过的污浊的湄南河水。

——本多听菱川谈论月光公主的当天深夜，从旅行包中找出了包在紫色包袱皮里的清显的《梦日记》。

这本线装书由于看得次数太多，已经开了线，本多费了好多工夫，亲手将它仔细地修复了。年轻的清显仓促写下的字迹还清晰可辨，但历经三十年的岁月，墨迹已变成了暗黑色。

本多还记得，清显把暹罗的王子们迎入自己的宅邸后不久，做了个色彩鲜明的暹罗梦，并将这个梦写在了日记里。

清显梦见自己“头上戴着镶满了宝石的尖尖的金冠”，坐在皇宫华丽的椅子上，庭院是荒芜的。

由此看来，清显在梦中成了暹罗的皇族。

一群孔雀停在房梁上，白色的鸟粪从梁上掉下来。清显正把王子戴着的绿宝石戒指往自己的手指上戴。

那戒指上的绿宝石中映出了一张“可爱的小女孩的脸”。

这就是那位本多还未见过的神经质的小公主的脸。她现身在这绿宝石戒指中，说明映出的正是低着头的清显自己的脸。所以说，公主就是清显以及勋的转世，这已是毫无疑问的了。

清显把暹罗的王子迎进府邸中，听他们讲述自己国家引人入胜的故事，做出这样的梦也是很自然的。但本多根据自己以往的经验，不能不相信那是清显的梦的应验。

这已经是不言自明的了。一旦超越了不合理，以后的路便豁然开阔。由于勋回避谈及这些，本多也就无从知晓，但勋在那牢狱里的漫漫长夜中，曾梦见过那位热带女子也未可知。

菱川仍旧殷勤地照料着本多的旅行起居。诉讼事件有了本多的协助而进展顺利，这多亏本多发现了泰国方面的过失。

以英国法律为依据的泰国民商法第四七三条规定，有关商品的瑕疵，在下述情况下卖方可以不负责任。

（1）买方在交易时已发现商品的瑕疵。或者除非是疏忽大意，通常情况下能够发现的商品瑕疵。

（2）交货时瑕疵很明显。或者买方无保留取货者。

（3）商品在公开拍卖中售出者。

——根据本多的调查，泰国方面犯有符合（1）或（2）项条款的过失。如果可以搜集到对泰方不利的证据，对此弱点施以压力的话，也许能迫使对方撤诉。

五井物产自然很高兴，本多也觉得这个官司已告一段落，就打算请菱川帮忙办理谒见公主的手续。

尽管如此，本多还是感到很郁闷。

有生以来本多从未想到会和艺术家打交道，而且确实也没有过这样的交往。尤其没有想到在这遥远的国家，会成天和一位蹩脚的艺术家待在一起。

更让人心烦的是，菱川对于照料人生地不熟的旅行者，真算得上是无微不至，有求必应，从无厌烦之态。特别是在这个很难敲得开前门的国家，他是个熟谙所有后门的不可多得的导游。就连菱川本人也认为自己这个导游是无可挑剔的。

本多不知道菱川写过什么作品，只是感觉他的艺术家派头十足。菱川靠导游为生，内心却十分蔑视自己陪同的这些“俗物”们，这一点从菱川的脸上可一目了然。本多也乐得让自己装成菱川心中描绘的那种“俗物”。本多时常对菱川谈起留在日本的妻子和母亲，谈起一直没有孩子的缺憾等等。瞧着菱川一脸同情的样子，本多觉得颇为有趣。

本多认为，与清显和勋的一生中显现出的未成熟的美相比，艺术和艺术家表露出来的不成熟，并以此作为他们这一职业的本质的不成熟，简直是丑陋不堪的。因为他们要拖拽着这丑陋的东西行走，直到八十岁。拖着的其实是块尿布，却还要向人炫耀。

最难缠的是这些冒牌艺术家，他们目空一切，却又自惭形秽，身上散发着懒汉特有的臭气。原本是那种靠着仰人鼻息生存的人的怠惰，菱川却装出富于热带情调的奢侈的贵族般的怠惰。在餐厅点菜时，他总要垫上一句“反正由五井物产付账”，接下来，必定要一瓶昂贵的葡萄酒摆阔。菱川这种做派使本多有些不快，因为本多并不怎么喜欢喝葡萄酒。

本多打心里不情愿为这号人作辩护。但想到自己的客人身份，出于礼貌，也不好要求另换别人。

“您觉得菱川怎么样啊？”

每当在法庭的接待室或晚餐席上，肥胖的分公司经理这么问他时，本多总是有苦难言地含糊其词：

“哦，还不错，不错。”

经理也就信以为真，并不去琢磨他的话外之音，弄得本多哭笑不得。

炎炎烈日被遮挡在密林的上部，地面潮湿的植被眼看着化为了腐殖土，这个国家微妙的人际关系也和这差不了多少。菱川对这种人际关系轻车熟路，能迅速嗅到腐败的气味，就像一只敏捷健壮的绿豆蝇，它兴许还在分公司经理的盘子里舔过残羹剩饭呢。这就是他赖以谋生的本事。

“早上好。”

话筒里传来菱川熟悉的声音，每天早上他都会打电话来叫醒本多。

“打扰您休息了吧？太对不起了。宫里那些管事的可以让人家没完没了地等下去，可是对谒见者却严格地限定时间。所以，我今天提前了一点儿，以备万一。您先刮刮胡子吧，还来得及。您说什么？早饭吗？不了……不了……您不用费心……我倒是还没吃呢，其实不吃也没关系的。啊？去您的房间里一起吃？这多不好意思啊。真是不好意思啊。不过，既然您这么说了，我就恭敬不如从命了，我马上就去您的房间。是不是过五分钟我再上去？要不然十分钟？幸好您不是女士，我也不用这么多虑吧。"

菱川只是嘴上客气，其实，他在东方饭店的纯英国式的"豪华"早餐时做陪客，这决不是第一次了。

不大工夫，身穿整洁的亚麻布白色西装的菱川，呼呼地扇着巴拿马帽，走了进来。一进屋就站到懒懒地旋转的白色大吊扇的下面。穿着睡衣的本多向他问道：

"有个问题先请教一下，过会儿怕忘了。该怎么称呼公主啊？尤阿·海涅斯[①] 可以吧？"

"不行的。"菱川干脆地答道。"这位公主是巴塔纳迪多殿下的女儿，巴塔纳迪多是庶出，所以称号是普拉恩·加欧，用英语称呼是罗亚尔·海涅斯。他女儿的称号是蒙·加欧，英语称呼就是希林·海涅斯。您说'Your Serene Highness'就行了……总而言之，您什么都不用担心，全包在我身上。"

早晨的暑热肆无忌惮地侵入房间。本多从汗津津的床上下来去洗浴时，皮肤才有了清晨的感觉，对他来说，这真是难得的感官体验。不凭借理智决不接触外界的本多，到了这里，通过皮肤感觉到了一切。自己的皮肤不时被热带植物的浓绿、合欢花的艳

---

① 泰语，尊贵的殿下。

红、寺院的金色装饰以及突然袭来的蓝色闪电染上色彩，使本多第一次感觉接触到了某种东西，没有比这种感觉更新奇的了。温暖的骤雨、温和的水浴。外界是色彩丰富的流体，自己就像整天浸泡在流体的浴池里。这是在日本时的本多无论如何也想象不到的。

等候早餐时，菱川在房间里像洋人似的来回踱着步，擦得锃亮的黑皮鞋帮映出了地毯的图案。他看见墙上挂的庸俗风景画，轻蔑地哼了一声，摆出一副自命不凡的架势。“这家伙演艺术家，我演俗物。”对于这出戏里自己扮演的角色，本多开始感到厌倦了。

这时，菱川突然转身九十度，从兜里拿出一个紫天鹅绒小盒，递给本多。

“可别把这个忘了。请先生当面献给公主。”

“这个，是什么？”

“是贡品呀。泰国王室从来不接见空手而来的客人。”

打开小盒一看，是一枚漂亮的珍珠戒指。

“说的是啊，我怎么没想到带礼物啊。真叫你费心了。多少钱买的呀？”

“哪里……不用您付钱。是我让五井物产为先生买的。大概是经理从日本人那儿便宜买来的吧。您不必介意。”

本多立刻明白不该在这里问价钱。不该为了私用给五井物产添麻烦，回头得把钱付给经理。想必菱川多报了价钱，也只好装糊涂，按他说的价格去付账了。

“那我就承蒙你的厚意了。”本多站起身来，把小盒装进上衣口袋里，随口问道：“那么，公主叫什么名字呢？”

“叫姜特帕拉公主。据说原来是巴塔纳迪多殿下死去的未婚妻的名字，殿下用它作为自己小女儿的名字。姜特帕拉是‘月光’的意思，谁知道却和英语的‘lunatic’[①]的发音差不多。”

菱川不无得意地说。

① 英语，疯子。

三

去蔷薇宫的路上，本多从车窗看见外面有一些穿着土黄色制服的少年列队行进着，据说那是模仿希特勒青年团的军事训练。菱川絮絮叨叨地告诉他说，现在很少听得到美国的爵士乐了，可能是銮披汶总理的国粹主义运动奏效了吧。

但是，据本多所知，这种变化在日本已经不是什么新鲜事了。就像酒慢慢变成醋，牛奶慢慢变成酸乳酪一样，一些东西放久了就达到了饱和，因各种自然的力量而逐渐变质。长期以来，人们生活在过剩的自由与肉欲带来的恐惧和忧虑之中。第一次未靠酒精入睡，清晨醒来会备觉清爽。他们发现自己所需要的仅仅是水，而感到无比自豪……这种新的快乐开始侵入了人们的生活。这些东西将把人们引向何方，本多心知肚明。这是由勋的死而产生的确信。因为纯粹的事物往往会诱发邪恶的东西。

“最最遥远的南方。最最炎热的地方……南国的蔷薇之光昱……”

本多耳边忽然响起了勋赴死的三天前喝醉后的呓语。从那以后八年过去了，现在自己为了与勋再度相见，正在赶往蔷薇宫。

他的心情兴奋得如同久旱盼甘雨的土地。

对于本多而言，与自己的这种感情的相遇即是与自己本质的相遇。年轻时的本多总是把不安、悲哀或理智的明晰当作自己的本质，其实它们都不是自己真正的本质。勋切腹自杀的消息传来时，自己并没有刺痛心肺的感觉，只有某种徒劳的钝重感瞬间压上了心头。随着时间的推移，又变成了期待与勋重逢的喜悦。本多那时就意识到自己丧失了人的情感。既然自己能够免受人人难以逃避的爱别离苦，或许自己的本质属于人世之外的超凡脱俗的喜悦吧。

“最最遥远的南方。最最炎热的地方……南国的蔷薇之光里……”

……汽车隔着一片草坪，停在了一个幽雅的大门前面。菱川先一步下车，跟卫兵说了句泰语，并递上了名片。

本多从车里看见龟甲和箭羽花纹装饰的铁格子围墙里面，平整的草坪静静地吸收着强烈的阳光，几株开着黄花和白花的灌木，将它们浑圆的影子投在草坪上。

菱川领着本多走进了大门。

若说它是宫殿则略嫌小了些。这是一座石板屋顶的小巧玲珑的二层建筑，外墙涂成了干枯的黄玫瑰色。除了宫殿旁的大合欢树投下几团浓黑的影子外，满墙的土黄色忧郁地抚慰着炎炎的烈日。

沿着草坪间的弯曲甬路走近大门时，没见到一个人影。本多感到自己的脚趾就像潜行于密林中的猛兽的利爪，正咬牙切齿、垂涎欲滴地走向那形而上的喜悦。不错，他只是为这喜悦才生到世上来的。

蔷薇宫本身就仿佛被封闭在自己小巧而固执的梦中一样，既无翼楼也无延展建筑，其小盒子式的结构更加强了这种印象。一楼全都被法式窗户环绕着，几乎找不见入口。蔷薇木雕的裙板上部，纵向排列着黄、蓝、藏青色的龟纹玻璃，其间点缀着几个近东式样的五瓣蔷薇形紫色玻璃小窗。面向庭院的法式窗户全都半开着。

二楼的百合花裙板上，犹如三尊佛像似的正中凸起的三扇窗户全敞开着，窗户两旁雕刻着蔷薇花。

位于三级台阶上的正门也是同一种式样的法式窗户。菱川按门铃时，本多急不可耐地从紫色玻璃窗向里面窥视，只看见了一片海底般的绛紫色。

——法式窗户打开了，出现了一位老妇人。本多和菱川摘下帽子向她致意。老妇人一头白发，低鼻梁，褐色的脸上浮现出泰国人特有的和蔼微笑。不过，这微笑只是出于礼貌，并没有别的意思。

菱川用泰语和老妇人寒暄了几句。看起来今天的谒见并没有出现什么障碍。

虽然玄关里面也摆放了四五把椅子，但还算不上前厅。菱川递给老妇人一个小包，老妇人合掌收下。然后，她推开正中的一扇门，将二人一直领进了宽敞的谒见厅。

上午天气很热，所以谒见厅里的带着霉味儿的凉气使人感到很舒服。老妇人请他们坐在金色和朱红色的狮子腿造型的中式椅子上。

趁着等候公主的工夫，本多细细地观察了宫殿的内部。宫殿里非常安静，除了苍蝇的嗡嗡声外，听不到其他声音。

谒见厅并不是紧临窗户，中间隔着一圈支撑着二楼加层的拱形柱廊。只有正中的玉座前面，从拱顶垂下厚重的帷幔。玉座上面的二楼加层正面，悬挂着朱拉隆功大帝的画像。柱廊的科林斯式柱子都涂成藏蓝色，竖沟里用金泥填充。柱头装饰是用近东式的金色蔷薇代替了莨菪叶。

整个宫殿到处都执拗地重复着蔷薇花纹的装饰。白边金漆的二楼加层的栏杆上，雕满了镂空的金色蔷薇。从高高的天花板上垂下来的枝形大吊灯，镶着金色和白色的蔷薇花边。低头看脚下，也铺满了蔷薇图案的绯红色地毯。

只有宛如一对新月相拥的摆放在玉座两侧的一对大象牙是泰国的传统装饰。这对象牙擦得非常光亮，在光线黯淡的玉座前泛着发黄的白光。

进里面来才知道，只有正面和前院是法式窗户。隔着柱廊可以看见朝向后院的窗户。由敞开的玻璃窗可知，那些窗户都齐胸高，微风就是从那些朝北的窗户里吹进来的。

本多朝那边看的时候，一个黑影突然飞到了窗户上，吓了他一跳，原来是一只绿孔雀。孔雀落在窗框上，灵活地伸缩着金绿交映的脖颈。它的羽冠构成了一幅剪影，犹如一把精致的小扇子，展开在它那高傲的颅顶上……

“要等到什么时候啊？”

本多不耐烦地凑到菱川耳边问道。

“一般都是这样，没有别的意思。并没有什么想让人久等，以显示威严的意思。您大概已经体会到了吧，在这个国家做什么事都是急不得的。

“据说朱拉隆功大帝之子瓦吉拉伍德王[1]当政时，一向游手好

① H. M. Vajiravudh（1910—1925），拉玛六世。

闲，昼夜颠倒，拂晓才回寝宫睡觉，午后才起床。宫内的大臣们也是下午四点才来上朝，第二天早晨回家。也许在热带国家，这样才能万事通顺吧。如果把这里的人们的美比做鲜果之美的话，这鲜美的果实必然成熟于怠惰，那种成熟于勤劳的果实是不可能有的。”

菱川长舌妇般的喋喋不休叫人实在无法忍受。本多想躲他远点，可菱川的口臭却穷追不舍。这时，刚才那位老妇人又出现了，她双手合什，提醒他们注意。

从孔雀停留的窗户那边传来了喝叱声，像是要把孔雀赶走，而不是要为公主清道。孔雀振翅飞起，它的身影从窗户上消失不见了。本多看见从北边的柱廊那边走出来三位老妇人。她们以同样的间隔，排成一行朝这边走来。而那位公主由最前面的老妇人牵着手，另一只手里拿着当作玩具的白茉莉花环。这位七岁的月光公主被领到象牙前面的中式椅子边时，也许是由于身份低微吧，刚才给本多他们带路的老妇人立刻跪地叩首，给公主行了个叫做“古拉帕”的礼。

为首的老妇人拥着公主坐在中间的中式椅子上，另外两位老妇人并排坐在公主左边的小椅子上。也就是说，第三位老妇人紧挨着菱川。刚才跪拜的老妇人马上退下了。

本多模仿着菱川，站起来向公主深深鞠了一躬后，重新在金色和朱红色相间的中式椅子上坐下来。几位老妇人看样子都有七十高龄了，因此，幼小的公主与其说是被侍候着，更像是被囚禁着。

公主没有穿着传统的服饰“帕农”，她上身穿的是西式白地绣金包边衣衫，下面是叫做“帕芯”的泰国花布裙子，和马来西亚的纱笼差不多。脚上穿了一双朱红色镶金鞋。头发剪成本国特有的短发。

相传这是古时候，呵叻[1]勇敢的少女们女扮男装，迎击柬埔寨侵略军时的发型。

公主长得十分聪慧可爱，看不出一点儿疯癫的迹象。她那双黑亮有神的眼睛目不转睛地注视着本多他们。纤秀的蛾眉和嘴唇透着冷峻，加上留着短发，俨然一位英气勃发的王子。她的皮肤是含有黄金色的褐色。

公主接受了本多他们的礼物之后，晃动着两条小腿，两手玩弄着茉莉花环，一边频频地朝本多看，一边跟为首的女官耳语了几句，女官很严厉地劝阻了她。

在菱川的暗示下，本多从衣兜里掏出紫天鹅绒小盒，呈给了身边的第三位女官，又经过了第二位及第一位女官的手，才到了公主手里。这个过程花费了不少工夫，漫长得使人更觉闷热了。小盒子被为首的女官打开检查，因此，小公主没有能够体验到亲手打开它的那份童趣。

公主那可爱的褐色小手冷淡地扔掉花环，拿起珍珠戒指，饶有兴趣地端详了半天。从她的表情看不出感动还是不感动。这非同寻常的静止不动过于长久，致使本多怀疑这会不会是公主疯癫发作的前兆。突然，公主脸上浮现出鲜灵的微笑，露出参差不齐的小白牙，本多这才放下了心。

公主把戒指放回小盒，交给为首的女官保管。公主开始说话，她的声音清晰，口齿伶俐。她的话经过三位女官的嘴来传达，就像一条绿蛇从合欢树枝间绕行而来似的。最后由菱川做翻译，这才传

① Korat，泰国中南部城市。

到了本多耳朵里。原来公主说的是“谢谢”。

“我对泰王室素怀敬意，又见殿下对日本感觉很亲近，如果您允许，我下次再来贵国时，一定献给您日本的偶人等玩具，不知您意下如何？”

本多请菱川给公主翻译了这句话。菱川讲出来的泰语还比较简短，但经过三位女官的传达，每个单词的音节，一位比一位增多增长，等到第一女官奏给公主时，就变成了一长串的话。

公主的话也是同样被布满皱纹的黑嘴唇一个接一个地传达了过来。公主原话中活泼稚嫩的养分都被中途吸收掉了，最后吐出来的只剩下镶满假牙的嘴嚼过的渣子了。

“殿下说，非常高兴地接受本多先生的盛情厚意。”

这时，突然发生了异常情况。

趁第一女官不注意，公主猛地跳下椅子，跑过了两米左右的距离，紧紧抱住了本多的腿，本多吃惊地站了起来。公主颤抖着，大声哭喊着什么。本多弯下腰，双手扶住了哭喊嘘唏着的公主幼小的肩膀。

老女官们不好把公主粗暴地拉开，她们凑到一堆，瞧着这边，不安地商量着什么。

“她在说什么？快点翻译过来！”

本多冲着正发呆的菱川嚷道。

菱川尖着嗓子翻译道：

“本多先生！本多先生！我好想您哪！我受到您那么多的关照，却不打个招呼就死了，这八年来我一直想要向您道歉，终于盼来了今天的重逢。我现在虽然是个公主，其实我是个日本人。日本才是我的故乡啊。请本多先生带我回日本去吧。”

——女官们好不容易把公主领回到椅子上，恢复了最初的谒见威仪。本多远远望着倚在女官身上啜泣的公主乌黑的秀发，回味着幼小的公主留在自己膝头的温暖气息。

女官说：“今天公主心情不好，谒见就到此为止吧。”

本多通过菱川请求最后提两个小问题。

第一个问题是：“请问公主，在松枝家的池中岛，松枝清显和我知道了月修寺住持尼的所在是何年何月？”

问题传达了过去，伏在女官膝上哭泣的公主，慢慢地半抬起泪眼迷蒙的脸，撩开被眼泪润湿的鬓发，不假思索地回答：

“是一九一二年的十月。”

本多心里一惊，可是，这还不能确定公主的内心是否果真像一幅小小的工笔画卷似的，将已经故去的两位前世的故事一成不变地记录下来了。虽然刚才她说出了勋向自己道歉的话，但她是否清楚地了解那些话的背景呢？因为她说出那些准确的数字时，完全是不动感情地，只是将画卷上的数字照本宣科地说出来而已。

于是本多又提出了第二个问题。

“饭沼勋被捕的年月日呢？”

公主犯起困来，但仍然立刻答道：

“一九三二年十二月一日。”

“今天就到这儿吧。”

第一女官急不可耐地想催促公主离开。

公主突然像弹簧似的站起来，穿着鞋站到椅子上，朝本多尖声叫喊着什么。女官低声劝阻着。公主仍不停地叫喊，并揪住劝阻她的女官的头发。公主发出的音节相同，显然是在重复着同一句话。这时，第二、第三女官跑过去要抓住公主的胳膊，公主愈加嚎啕大哭起来，哭声响彻整个高大的宫殿。公主挣脱老妇人们按着她的手，伸出光泽而富有弹性的褐色小手连揪带抓，老妇人们疼得叫唤着松开了手，躲到一边。公主的哭喊声越来越响亮。

"她为什么哭？"

"公主说，后天去挽巴茵行宫[1]游玩散心，要请本多先生和菱川一起去，女官不同意。这回可有热闹看了。"

月光公主和女官们交谈起来。终于公主点了点头，停止了哭泣。

第一女官一边整理着被揪乱的衣衫，气喘吁吁地直接对本多说：

"后天，殿下要去挽巴茵行宫散心，邀请本多先生和菱川先生一起去游览，请你们务必接受。因为要在那里吃午饭，所以，请你们后天上午九点到蔷薇宫来。"

菱川马上将这一正式邀请翻译给了本多。

——在返回的车里，本多沉浸于万般思绪中，而菱川仍一味地唠叨个不停。这个以艺术家自居的人，对别人的情感丝毫不加体谅，这表明他的神经就像用旧了的牙刷。假如他把人际关系中的悉心体谅看做"俗物"的特性，还情有可原，然而，菱川总是自夸干导游是自己的强项，没有人比他更细致周到的了。

"刚才先生提的两个问题真是妙极了。我虽然根本不明白是怎

---

① Bang Pa-In Royal Palace，又称夏宫，坐落在湄南河左岸。

么回事，但看得出先生和小公主真是一见如故，公主就像您的某位亲人投胎转世，所以您才提那两个问题来考考她的吧？”

“是啊。”

本多淡然答道。

“那么，两个问题都答对了吗？”

“没有。”

“答对了一个？”

“很遗憾，两个都没有答对。”

本多不耐烦地编了个瞎话，这种烦躁的口吻反而掩盖了谎言，菱川信以为真，哈哈地大声笑起来。

“是吗？全没答对呀？看她回答时煞有介事的样子，原来根本不对呀。这也是没办法的事。看来转世说也缺乏说服力啊。先生也够可以的，像考查路边算命的似的考问那位可爱的小公主。其实人生哪有什么神秘的东西呀。神秘的东西只存在于艺术之中。也就是说，只有在艺术中，神秘才能成为‘必然性的’呢。”

本多对这个家伙的强烈的合理主义深感惊讶。映在车窗上的绯红的影子吸引了本多的目光，原来是一条河。远远望见河堤上，那树干火红的猩猩椰子林荫道之间，夹着一些开满大红色花朵的凤凰树，犹如一片红色的云雾。炎热已在那些树梢上翻卷了。

本多现在想的是，即便语言不通，也要想个办法不让菱川陪同，自己去挽巴茵。

四

没想到，不带菱川一起去挽巴茵的想法，居然由于菱川那番矫情的话而顺利实现了。

菱川对本多说："我可不愿意去奉陪那位疯疯癫癫的公主，可是我不跟您一起去的话，您就惨啦。那些老女官只能说几句英语。"

本多也一反常态地回答"与其依靠麻烦的翻译，不如有半天的时间，像听音乐似的欣赏欣赏听不懂的泰语呢"。他巴不得能够就此断绝和菱川的关系。

本多后来不止一次地回忆起这次野游的快乐。

只有前一半的路程可以乘车，然后换乘了宫廷式的画舫。画舫穿行在连接成片的水田和河水之间。偶尔看见刚刚睡醒午觉的水牛，从水田里忽然直起身，挂着泥浆的脊梁在阳光下闪闪发光。路过小丘上的树林时，河边的树枝上，有好多松鼠上蹿下跳，公主见了非常的高兴。有时还能见到昂着头，从低枝飞快地爬向高枝的小青蛇。

热带丛林中处处耸立着用施主们的布施建成的贴着崭新金箔的佛塔。本多知道这些金箔是日本制造的，大量出口到了这个国家。

本多看见一路上都兴高采烈地玩耍着的月光公主，有一段时间一动不动地倚着船舷，凝视着远方。公主这个姿态给本多留下了深刻的印象。女官们对此已习以为常，照样说说笑笑。然而本多立刻意识到公主凝视的是什么了，他觉得这是不能忽略的事情。

从远方的地平线涌起的一大片乌云遮住了太阳。太阳已经高悬在天空，乌云必须伸出巨大的触手才能遮得住它。这片乌云为了遮住太阳而拼命抻长了身子，好歹达到了目的。接触到了青空的乌云上端确实遮住了太阳，但是只有这部分云彩放射出炽热的白光，破坏了其整体的不吉利的黑色。而且，由于这片云彩拽得过长，导致黑云下方露出破绽，里面的光芒倾泻而出，犹如闪光的血从巨大的伤口里无穷尽地迸发出来一样。

远处的地平线被低矮的密林遮挡住了。靠前面的树林在这破绽中迸射出的光辉照耀下，闪烁着绿莹莹的光芒，犹如仙境一般。靠远处的树林，正对着黑云的下面，大雨倾盆而下，似大雾迷漫。雨滴细密如菌丝，笼罩着黑暗的森林。远远望去，可以清楚地看见，只有密林的一部分笼罩在菌丝般的雨雾里，连雨丝在横扫过来的风中飘荡都看得一清二楚。骤雨只被凝结、被幽闭在了那一块地方里。

……本多猛然间明白了小公主在看的是什么。

公主同时注视着时间和空间。远方的骤雨下面的空间，本来属于从这里无法看见的未来和过去。置身于现在的晴朗的空间的同时，能够清楚地看见雨中的世界，这是不同时间的同在，也是不同空间的同在。雨云显示了时间的进程，遥远的距离呈现了空间的连续。这就是说，公主是在凝视这个世界的缝隙。

这时，公主用她那粉红色的湿润的舌头，一个劲儿地舔着本多进献的戒指上的珍珠（要是被女官看见，立刻会被申斥的）。小公主仿佛要用这个动作，来亲自保护这一奇迹的出现……

——挽巴茵。

这里成了本多难以忘怀的一个地名。

公主非要本多牵着她的手走路不可，于是，不管女官们怎样皱眉头，本多仍是牵着公主汗津津的小手，听凭旧地重游的公主引路，尽情游览了这座园林里的中国式的离宫、法国式的小亭、文艺复兴式的庭园以及阿拉伯式的宝塔等等，一饱了眼福。

最美丽的要属建在宽阔的人工池塘中央的水上佛堂，宛如浮于水面上的精致工艺品。

临水石阶因涨水而被淹没，石阶的最下层已隐没于浑浊的池底，看不清楚。能看得见的大理石台阶已被水苔染成了绿色，还有水草缠绕，并覆盖了一层银色的小水泡。公主几次要把手和脚伸进水里去，都被女官制止了。本多听不懂公主说的是什么，好像是公主把水泡当成了珍珠，闹着非要去摘下来不可。

本多一去劝解，公主马上就不闹了，和本多一起坐在台阶上，眺望池中的佛堂。

其实那并不是佛堂，据说只是个停舟歇息之所。这个小阁四方通透，微微褪了色的橙黄色帷幔被风吹得鼓起，里面只是一个空无一物的小屋。

这么个小阁却环绕着许多黑地描金的细柱子，从柱子的间隙可以窥见池塘对岸的绿色、肆意翻卷的乌云和亮得耀眼的青空。看的时间长了，那些柱子仿佛成了竖起来的帘子，将景色细分成了奇妙的细长图案，形成了一幅云彩与森林的壮丽外景。这小阁的屋顶也极尽华美，砖红色、黄色、绿色的琉璃瓦精巧地排列组合。四层重檐之上，金光灿烂的细细的尖塔直插蓝天。

不知是观看小阁时的感受，还是后来回忆时，不知不觉把月光公主和小阁混淆在一起了，总之，池中的小阁深深地烙印在本多的脑海中。那细长的黑柱子变成黑檀似的肉体，身上佩挂着繁琐的黄金饰物，头上戴着尖尖的金冠，犹如一位用足尖站立的苗条舞女。

五

……一切都发生在语言不通、又没有尝试过相互沟通的地方的这些情景，被植入记忆之中时，不需要任何加工，就可以变为一小幅精美的连环画，镶嵌到几个同样大小的、精致的金边镜框里。在那里，流逝的时间被一瞬间的绘画激情连接在了一起，快活的时间粒子翻卷跃动，为形成一幅刹那间的画面而突然静止。就像公主向水中石阶的珍珠伸去的柔嫩小手，手指和手掌上的清洁细致的纹路，遮住脸颊的黢黑的短发，浓密的长睫毛，映在小小前额上的、如黑色漆器上的螺钿一般的潋滟池水，这些都于刹那间静止不动，变成了一幅画。时间在沸腾，骄阳似火的庭园里的空气在沸腾，畅游宫廷园林的一行人的感情也在沸腾。珊瑚般美丽的时间之精髓暴露无遗。不错，年幼的公主无忧无虑的幸福，与其幸福背后的一连串前世苦恼和流血，恰如旅途中见到的远方密林的晴空与骤雨那样合为一体了。

本多恍惚觉得自己正处在拆去了所有隔扇的大厅一般的时间里。这里太宽阔，太自由自在了，以致不像是住惯了的“现世”中的住宅。那些密集排列的黑檀木柱子，似乎能看穿、能听见那凡人的感情无法企及的世界。在这间充满年幼公主的吉祥之气的大厅里，在那些黑檀木柱子的阴影里，就像人们捉迷藏似的，那个柱子后面是清显，这个柱子后面是勋，每个柱子后面都悄无声息地躲藏着无数轮回的影子。

公主又露出了笑容。不过，游山时公主也经常面带微笑，但只有笑得露出湿润的粉红色牙床才是真正在笑。公主笑的时候，一定会仰起脸看着本多。

来到挽巴茵后，老女官们也变得无拘无束了，将死板的礼节抛之脑后，大声说笑起来。一旦忘掉了形式，年老便成了她们唯一的礼节。她们就像满脸皱纹的贪嘴鹦鹉，凑近一个袋子去吃槟榔；把手伸进衣襟里去挠痒痒；还模仿舞女尖声尖气地笑着走着横步。其中一位活像个木乃伊舞女，褐色脸颊上的假发似的白发反射着刺眼的阳光。这老女人咧着被槟榔染红的嘴笑着，一边横着走一边向两旁伸胳膊。她弯起胳膊时，那瘦骨嶙峋的胳膊肘形成锐角，被白云飘浮的青空衬托成了一幅剪影。

公主说了一句话，女官们突然骚动起来，她们簇拥着公主，一阵风似的走了，把本多撇在了一边。本多吃了一惊，但看到她们去的小屋，就明白了公主是要尿尿。

公主要尿尿！这给了本多一个极其可爱的印象。如果自己也有小女孩的话，也会是这样的吧。对于没有孩子的本多来说，这些想象肯定都是抽象的。像小公主这样突然要尿尿，肉体的可爱气息扑鼻而来的感受，本多还是头一次。他甚至想到，可能的话，他真想抱起公主褐色的光滑小腿为她把尿。

公主回来了，好一会儿都不怎么说话，好像有些害羞，也不怎么看本多的脸了。

午餐后，公主在树荫下玩游戏。

那是什么游戏，是怎么玩的，本多都记不清了。翻来覆去就那么几句单调的曲子，本多也听不懂是什么意思。

记忆中只留下了一幅图画，公主站在一大片树阴下的草地中间，炽热的阳光从树叶的缝隙间洒下来。三位老女官围着公主，以各自舒服的姿势坐着，有的支着腿，有的盘着腿。其中一个老女官像是为了凑数才加入游戏似的，一直在吸莲花片包着的烟。另一位女官，在自己的腿边放了一把镶着夜光贝罗纹的漆器水壶，以备爱口渴的公主饮用。

她们玩的游戏也许和《罗摩衍那》有关吧。公主拿着树枝当剑，动作滑稽地躬着腰，做出准备迎战的架势，分明是在模仿猴神。女官们打着拍子伴唱的时候，公主也变换着种种姿势。公主一歪头，花草也随着微风歪一歪头，在树枝上跳来跳去的松鼠也停下来歪歪头，仿佛在和着公主节拍似的。一眨眼公主又变成了罗摩王子，从镶金边的白色衣袖里伸出褐色的细手腕，威风凛凛地举起宝剑指向天空。这时一只野鸽子从公主眼前飞过，翅膀遮挡了她的脸，她却纹丝不动。本多注意到，公主背后耸立的大树正是菩提树。这棵大树苍郁挺拔，硕大的叶片挂满枝条，微风吹来，叶片如风铃般摇曳不已。每片绿叶的黄色叶脉都清晰可见，好似过了滤的热带光线……

——公主热了，一个劲儿向老女官要求着什么。女官们凑到一起商量了一会儿，站起来招呼本多跟她们走。一行人从森林的树荫里出来，走到停船的地方。本多以为要回去了，其实是吩咐船夫从船里取出一大块美丽的花布。

一行人拿着那块花布走到红树气根盘踞的岸边，选了一个僻静的所在。两个女官撩起衣襟，举着布走进水中，走到齐腰深的地方，将布展开，围成帷幔，来遮挡对岸人们的视线。剩下的一个女官也撩起衣襟，陪伴着脱了衣服的小公主走进水中，水面倒映着女官晃动不定的干瘦的老腿。

公主发现了聚集在红树气根附近的小鱼，欢喜得叫起来。本多对女官们无视他的存在的举止感到惊讶，但一想到这或许也是一种礼节，便坐在岸边的树根上，静静地看着公主沐浴。

公主很淘气，在阳光斑驳的花布帷幔里，频频朝本多微笑。她袒露着鼓鼓的小肚皮，不停地往女官身上撩水，一受到斥责，就快速逃离，溅起一片水花。水并不清澈，与公主的肤色相同，也是褐色的。然而，那浑浊的河水溅起的飞沫，在透过花布的阳光照射下，也飞散成晶莹透明的水珠。

公主有时会举起手臂，本多无意间向她那平时都被胳膊遮挡着的、还没有发育的小胸脯的左肋望去，左肋上并没有那三颗黑痣。也许是黑痣在褐色皮肤上看不清楚的缘故吧。本多一有机会就紧盯着那个地方不放，看得眼睛都酸了，可是……

六

本多参与的诉讼案件，因对方估计到对自己不利而突然撤诉，所以意外地得到了顺利的解决。本多也可以马上回国，但五井物产方面为了表达谢意，建议为本多安排一次听从他意愿的旅游。本多想去印度，五井物产表示，由于战争的气氛正在迫近，现在是最后的机会，并且保证由五井物产的分公司给予特别的关照。只要这些关照不是菱川那样的关照，本多就心满意足了。

本多把这件事通知了家里，并且体味到了根据时速仅25.6公里的印度火车的速度编排时间表的乐趣。打开地图一看，本多想去的阿旃陀石窟[①]和恒河河畔的贝纳勒斯[②]之间的距离长得令人晕眩。这两处以同样的磁力吸引着本多指向未知的直观的磁针。

起程前本多想去跟公主告别，但一想到要请菱川当翻译，就没有去。加上忙于出发前的准备工作，就用饭店的信笺给公主写了一封信，表示了对前几天被邀出游的感谢。临出发时，让信童送往蔷薇宫。

本多的印度之旅真可谓丰富多彩，仅仅讲述其中一天下午，游览阿旃陀石窟时的深邃体验，以及游览贝纳勒斯时的慑人魂魄的景观就足以了。在这两个地方，本多见到了对于他此生而言，至为重要的本质性的东西。

① Ajanta Caves，位于印度中部德干高原的群山之中，是印度最重要的佛教石窟。
② Benares，印度佛教、印度教和耆那教圣地。

七

旅程先由海路进入加尔各答，从加尔各答乘了一整天的火车，来到相距六七八公里的贝纳勒斯。再由贝纳勒斯乘汽车到蒙格西米，然后坐两天的火车去曼莫德[①]，从曼莫德坐汽车去阿旃陀。

十月上旬的加尔各答正值一年一度的杜尔迦节，热闹非常。

在印度教万神殿[②]中最受欢迎的，尤其在孟加拉邦和阿萨姆邦最受崇敬的迦梨女神，与她的夫君毁灭神湿婆神一样有着无数的名称和化身，杜尔迦就是其化身之一。但她是较为温和的女神，不像迦梨那样充满血腥气。大街上到处都伫立着杜尔迦的高大塑像，她与水牛神搏斗的英姿、倒竖的柳眉都雕刻得栩栩如生。入夜后，她的轮廓清晰地展现在通明的灯火中，接受着人们的膜拜。

加尔各答是迦梨女神庙的所在地，是信仰迦梨的中心地区，每逢节日各个寺院更是热闹非凡。本多马上请了三个印度人作导游，去参观寺院。

迦梨的本地身[③]是帕尔瓦蒂[④]，帕尔瓦蒂是精力的意思。这位大地母神或以母性的崇高，或以女性的妖冶，或以令人恐怖的残暴姿态，将全能女神的画像分别赋予世界各地的女神，使她们的神性更为丰富。迦梨被赋予死亡和毁灭的形象，这大概即是夏库泰的本性。她代表着瘟疫、天灾等给世上的生灵带来死亡和毁灭的各种自然力量。她身体漆黑、血盆大口、龇着獠牙，颈上挂满骷髅和人头，在瘫倒的丈夫身上疯狂地跳舞。这嗜血的女神为了解渴，会在转瞬间招来瘟疫和天灾。因此，必须不停地奉献牺牲来安抚她。据说一只老虎的牺牲可以让女神止渴一百年，一个人的牺牲可使她止渴一千年。

本多在一个下着雨的闷热的下午参观了迦梨女神庙。

寺院门前，人群和混杂在其中乞求施舍的乞丐们，在雨中互相拥挤着。院内非常狭窄，拜殿前人头攒动，建在高大的大理石基座上的神殿四周，也拥挤得没有立锥之地。被雨淋湿的大理石格外洁白，可是，无数双脏脚的踩踏和从额头掉落的祝福的朱砂，这些黄褐色和朱红色将它弄得肮脏不堪。这简直就是亵渎神明的狼藉，而人们仍然如醉如痴地狂欢着。

一位僧人从寺内伸出长长的黑手，给每个献了香典的信徒额头涂上圆圆的祈福朱砂点儿。人们为了得到朱砂点儿而争先恐后往前挤着。妇女们的蓝色纱丽被雨湿透而贴在身上，清楚地勾勒出了从脊背至臀部的曲线。穿着白色麻衬衣的男人，黝黑发亮的肥硕脖颈堆出了褶皱。他们全都向着那位僧人的染红了的黑指尖雀跃着、渴求着。这些跃动、这些狂热使本多想起了波伦亚折衷派[⑤]画风的一

---

① Manmad，印度中部交通枢纽城市。

② 印度教号称有神灵3.3亿，但崇拜的主要对象是“三位一体”的梵天、毗湿奴、湿婆及其无数的化身、配偶、子神和守护神。

③ 又作本地法身。为密教之佛身说，乃四种法身中之自性身，即一切万化所依之根本身。

④ 湿婆的神妃，喜马拉雅的雪山女神。

⑤ 十六至十七世纪意大利画家鲁多维柯·卡拉齐（Ludovico Caracci）等人成立的进步学院所创作的作品及阐述的理论。

景——阿尼巴尔·卡拉齐[1]的《圣罗科的布施》里描绘的群众的欢跃。光线昏暗的寺庙内，摇曳的烛光辉映着吐出血舌、颈挂人头的迦梨女神像。

本多跟随导游来到后院，这块地方大约不到一百坪[2]，雨水打在凹凸不平的石板地上。这里十分清净，有一对门柱似的低矮的柱子，柱子下面是凹陷的石槽，和一个洗手池似的洼坑。旁边还有一套完全一样的，只是小一些。小的一对柱子虽然被雨淋湿，石槽的凹陷处仍残留着血迹，石板地上的血水被雨水溅了一地。据导游说，大的是水牛的牺牲台，现在未使用。小的是公山羊的牺牲台，像杜尔迦这样的盛大节日时，要屠宰四百只公山羊。

从背面看迦梨女神庙（刚才由于太拥挤没有细看），只有基座是洁白的大理石，正中的塔和周围的拜殿都装饰着色彩绚烂的瓷砖，使人联想起曼谷的晓寺。精细的花卉图案以及对称的重重叠叠的孔雀花纹，均被雨水洗刷去尘埃，绚丽的色彩漠然地覆盖着脚下的流血。

大大的雨点稀稀落落、狼狈不堪地洒落下来。空气在雨风胡乱的吹拂下，反倒酝酿出了雾一般的闷热。

本多看见一个没有打伞的妇女走到公山羊牺牲台前，恭敬地跪了下来。这是一位体态丰满的中年妇女，给人以聪明而虔诚的感觉。她身上的深绿色纱丽已经湿透，手里提着装有恒河圣水的小铜壶。

她把铜壶里的圣水洒到柱子上，点亮了下雨也不会灭的油灯，向周围撒下了深红色的爪哇花。然后跪在血迹斑斑的石板地上，以

---

① Annibale Carracci（1560—1609），十七世纪意大利画家，欧洲古典风景画的奠基人。
② 土地面积单位，一坪约为3.3平方米。

额头抵柱，专心祈祷着。在她忘我祈祷时，她额头上的吉祥痣从雨水濡湿的头发间露出来，像是她以自己做牺牲的一滴鲜红的血。

本多忽觉神魂飘荡起来，体验到了一种恍惚与难以表达的不祥相混杂的情感。在这一情感的支配下，周围的情景都模糊了起来，唯独女人祈祷的姿态十分的清晰，清晰得令人恐惧。就在他已无法忍受这细腻的清晰以及这清晰所包含的不祥时，女人突然不见了。他怀疑刚才的所见是幻觉，但显然不是。从敞开的粗铁蔓藤花纹的后门，他看见了女人远去的背影。只是刚才祈祷的女人和现在走远的女人之间，似乎有着无法连接的隔绝。

一个小孩牵来一只还没长大的黑色公山羊。小山羊被雨淋得湿漉漉的，毛发竖起的额头上点了祈福的红点。小孩向它身上洒圣水时，小山羊摇晃着头，后腿使劲尥着蹶子，极力想要挣脱。

这时，走过来一个穿着肮脏的上衣，留着小胡子的年轻人，从孩子手里接过了小山羊。年轻人用手摁住了小山羊的脖颈，小山羊拼命地哀叫起来，扭动着身子退缩着。臀部的黑毛被雨淋得乱糟糟的。年轻人摁住小山羊，把它的头朝下塞进牺牲台的两根柱子之间的枷锁中，将黑铁卡子夹在柱子上，往下一拉，就把小山羊的脖子紧紧卡住了。小山羊撅起屁股，又是叫唤又是蹬腿。年轻人举起月牙刀，刀刃在雨中闪着寒光。只见手起刀落，小山羊的头骨碌碌地向前滚去，瞪着眼睛，吐出惨白的舌头。留在柱子这一头的身子，前肢在微微颤抖，后肢还在不停地猛劲蹬着蹄子，动作幅度慢慢减弱了下来，就像快要停下来的钟摆。羊的脖腔里流出的血不算太多。

年轻的牺牲执行人，抓起无头小山羊的后腿跑到门外去。把它挂在门外的一个木桩上，快速地开膛破肚，掏出内脏。年轻人的脚边还有一只无头的公山羊，它的后腿还在雨中抽动着，仿佛被噩梦缠住一般……它几乎是在不知不觉间，就干净利落、毫无痛苦的跨越了生死之界的一瞬间，而正在做着的噩梦似乎尚未醒来。

年轻人刀法极为娴熟，忠实地进行着这个神圣而又污秽的行当的冷血程序。血点溅到他的脏衬衣上，他那双精神集中的眼睛大而深邃。从他那农夫似的大手中，“神圣”像流汗般极其平常地滴落着。对祭祀司空见惯的行人，一个个漠然地走过去。因此，“神圣”才得以靠其肮脏的手足，在人们的正中牢牢地占据了一个位置。

羊头呢？已经摆放在了门内的祭坛上，祭坛上面有个简陋的遮雨板。在雨中生着的火炉上撒了红花，在几片花瓣已烤焦的祭祀梵天的火宫旁边，七八只黑山羊的头摆成了一排，爪哇花血红的切口朝着祭祀者。其中之一就是刚才还在嘶叫的小山羊的头颅。在这些羊头后面，一个老太婆就像做针线活似的蹲着，用黑黑的手指，从开了膛的滑腻腻的羊身子里，专心地剥离着油亮的内脏。

八

前往贝纳勒斯的途中，这祭祀的情景，在本多的脑海里不断地重现。

本多觉得，这是在忙于做着某种准备的情景。牺牲的仪式不会就这么简单地就结束了，而是有什么将要开始，仿佛向着肉眼看不见的、更神圣、更可憎、更高的地方架起了一座桥梁。那一系列的仪式似乎是为了迎接某位即将光临的圣者而铺出的一条红地毯。

贝纳勒斯是圣地中的圣地，是印度教徒们的耶路撒冷。接纳了湿婆神道场喜马拉雅山融雪的滔滔恒河在此地弯曲成绝妙的月牙形，其弯曲之处的西岸即是古名瓦拉纳西的贝纳勒斯城。这是奉献给迦梨女神的丈夫湿婆的城市，是通往天国的主门。这里还是各地人们前往朝拜的目的地，是恒河以及豆他帕帕、基尔纳、亚穆纳、斯罗斯瓦提这五条圣河的汇合处。用这里的水沐浴的话，便可坐享来世之福。

《吠陀》①中关于水浴之惠有如下的诗句。

水乃灵丹妙药。

可去疾苦，
可添活力。
水乃神奇仙草，
可医百病，
可除邪恶。

另有一首：

水可使人不老，
水可护体强身，
水可驱除疾患，
如若念念勿忘，
水之神奇功效，
水即身心之药。

正如诗中所颂扬的那样，以祈祷净化心灵，以水清洁身体的印度教礼仪，在贝纳勒斯的各个阶梯浴场达到了极致。

午后到达了贝纳勒斯，本多在旅馆里放下行李，洗浴之后，马上要求旅馆给安排导游。尽管坐了很长时间的火车，鞍马劳顿，但不可思议的勃勃生气，使本多处于躁动不安的状态之中。窗外洒满令人烦闷的夕阳残照。本多恍惚觉得跃入其中，能立刻捕捉住神秘似的。

---

① 印度最古老的宗教历史文献总集，是对神的颂歌和祷文，在印度被尊为圣典。“吠陀”本义是“知”、“知识”。

贝纳勒斯是一座极其神圣的城市，同时也是一座极其肮脏的城市。日光只能照射到狭窄小巷的房檐上，小巷两边摆着各种小摊，有油炸店、糖果店、算卦屋、面粉店等等，充斥着恶臭、湿气和疾病。从这条街道穿过去，就来到了河边的石砖地广场。从全国各地来朝拜的成群的麻风病人，在等待死亡到来之前，一个挨一个地蹲在广场两边乞讨。广场上有许多鸽子，午后五点的天空是灼热烤人的。乞丐们跟前的白铁皮罐子底儿上扔着几枚铜币。一个一只眼睛溃烂了的麻风病人，向着空中伸出失去手指的手，就像一棵被修剪过的桑树。

这里可以见到各种各样的残疾人以及蹦跳着走路的侏儒。他们的肉体就像欠缺共同符号的、未被解读出来的古代文字般排列着。这些并非由腐败或堕落所导致的、看似奇形怪状的形体，依然以活生生的肉体和热气，呼出可憎的神圣的意味。成群的苍蝇像搬运花粉似的搬运着血和脓。每只苍蝇都很肥，发出绿荧荧的光。

在通向河边的道路右侧，搭起了画有鲜艳圣纹的大帐篷。在听僧侣宣讲的人们身旁，放着裹着布的尸体。

一切都在浮游着。众多最露骨最丑陋的人的肉体实像与排泄物、病菌、尸毒一同曝晒在光天化日之下，就像从现实中蒸发出来的热气一般飘浮在空中。贝纳勒斯是一条越华丽越显得丑陋不堪的地毯。这里有一千五百座寺院，有的寺院的朱红柱子上，以各种性交姿势的黑檀浮雕表现爱欲。终日高声诵经的等待死期来临的寡妇们的家、居民、来访者、将死者、已死者、浑身疮痍的儿童、叼着母亲奶头死去的孩子们……贝纳勒斯就是由这些寺院和人们，夜以继日地、无比喜悦地悬挂在天空的一块喧嚣的地毯。

广场朝向河流铺设了斜坡，行人很自然地被引向阶梯浴场“十马牺牲”。相传那里是创造神大梵天献上十匹马作为牺牲的地方。

这条滚滚流淌的黄土色河流就是恒河！在加尔各答，被虔敬地存储在黄铜小壶里，洒在信徒额头上的点滴圣水，竟这样在眼前的大河里澎湃奔腾。这简直是神圣得难以置信的飨宴。

在这里，无论是病人、健康人，还是残疾人、濒死的人都毋庸置疑地充满了黄金般的喜悦之情。连苍蝇蛆虫都沾了喜悦而变得肥硕。印度人特有的严肃而煞有介事的表情中，充溢着与无情难以分辨的虔诚。本多不知如何才能使自己的理智融入这酷热的夕阳以及这充满恶臭的瘴气般的河风中去。如何才能投身于这由无论走到哪里都能听到的祷告的唱和声、钟声、乞讨声、病人的呻吟声等等密集编织而成的，热烘烘的毛织物般的傍晚的空气中去。本多害怕自己的理智会像暗自揣在怀里的匕首，刺破这块完整的毛织物。

关键的问题是要抛弃理智。从少年时代起，理智的锋刃虽然几番转世的突袭使其卷刃，却仍旧保存至今，本多一向把这视为自己的使命。然而现在，只得悄悄把它扔在这充满汗臭、病菌和尘土的人群中了。

阶梯浴场上竖着无数个供沐浴的人们歇息的蘑菇似的遮阳伞。现在距离沐浴的高峰时的日出还有很长时间，所以夕阳照射的遮阳伞下面，见不到什么人。导游走下河边，跟小船上的船夫谈价钱。夕阳像烙铁似的烤着脊背，在岸上等候着的本多觉得时间无限漫长。

小船载着本多和导游渐渐离开了岸边。在恒河西岸遍布的浴场中，十马牺牲浴场大体位于正中。游览浴场的小船要先南下，看过十马牺牲以南的浴场后，再北上去看十马牺牲以北的浴场。

恒河西岸如此的神圣，而东岸却毫无神圣感。甚至传说住在东岸的话，死后会投生为驴，所以遭人忌讳。从远处望去，那里是一片低矮的绿色灌木丛，一座房子也没有。

就在小船启程南下时，酷热的夕阳旋即被建筑物隐没了，许许多多壮丽的浴场和形成其背景的成排的大柱子，以及这些柱子所支撑的紧密排列的殿堂被夕阳映照出一片背光。只有十马牺牲浴场背靠广场，夕阳得以肆意照耀。夕空将河面映成了柔和的玫瑰色，来往的船只投下了淡淡的帆影。

这是夜幕降临之前的、遍地洒满神秘光线的时刻。这一时刻端正万物的轮廓，细微地描绘出每一只飞鸽，给大地染上枯萎的黄蔷薇色，保持着河面的反光与天空残照之间的阴郁的调和，支配着酿造出铜版画之精致的最佳光照度。

阶梯浴场正是与这种光照相辉映的雄伟的建筑群。尽管可与宫殿和大寺院比肩的石阶伸向水中，其背后却只高耸着巨大的背壁。即便排列着柱子与穹隆，那柱子也是壁柱，拱廊是盲窗，因此阶梯自身已尽显圣域的威风。柱头采用了科林斯式和近东式相混合的装饰。高达四十英尺的柱子上，用白线标出了每年夏季的洪水水位。幅度特别大的涨水，则除了白线外还注明一九二八年、一九三六年等年份来作为纪念。比令人晕眩的柱子更高的是有人居住的长廊，背壁的顶部是一排拱洞，石栏杆上常有一群群的鸽子停歇。房顶的最高处反射着逐渐减弱的夕阳的背光。

小船渐渐向喀达尔浴场靠近。小船附近有人在撒网捕鱼。阶梯浴场十分冷清，沐浴的人和台阶上的人都像黑檀木般干瘦，兀自沉浸在祈祷和冥想之中。

本多的目光被一个走到台阶的中央，准备沐浴净身的人吸引住了。他的背后是一排壮丽的黄土色立柱，柱头装饰在落日的余辉中看得非常真切。此人恰好站在神圣的中心地，与旁边蹲着的削发僧人们的黑身子相比，使人不由怀疑他是否真的是人，因为只有他一个人发出真正蔷薇色的光。

他是个身材魁梧的老人，头顶留着很小的白发髻，左手撩着腰间沉甸甸的绯红色腰布，裸露着丰满而略显松弛的肉体。他陶醉于深深的冥想中，茫然遥望着对岸辽阔的天空，仿佛周围人都不存在似的。他的右手缓缓伸向天空，像在渴求着什么。他的面部、胸部和腹部在残阳中呈现出新鲜的淡粉色，显示出了与他人迥异的不凡气质。然而体现老人的现世痕迹的黑皮肤，却像黑痣或黑斑或黑纹似的在手腕、手背和腿上，眼看将要剥落般斑驳地残留着。正是由于这个残缺，更衬托出他那熠熠生辉的淡粉色皮肤的崇高。原来他是个白癜风患者。

无数的鸽子飞了起来。

再度北上的本多坐在小船中，看见一只鸽子受惊吓飞起。只一瞬间，便有无数的鸽子从菩提树丛中振翅高飞，使得本多眼前一片晕眩。各个浴场之间都有无数的菩提树枝伸向河面，据说等待转生的亡灵，十天丧葬期内就栖息在那一片片菩提叶子上。

小船已经驶过了十马牺牲浴场，只见沿河的红沙岩住家都用绿色和白色的瓷砖装饰窗框，室内也涂成了绿色，这些都是“寡妇之家”。从窗口飘出袅袅香烟，传出阵阵钲声，齐声咏诵的唱经声穿透天花板，撒向河面。来自各地的寡妇们住在这里，一心等待死期的到来。不堪疾病的折磨，期待以死亡来解脱的人们，以这段光阴能在贝纳勒斯度过为莫大的幸福，因而希望住进这样的“祈求之家”(Mumukshu Bhavan)。因为在这里一切都近在咫尺。北面不远的地方是火葬浴场，而火葬场上面就是供奉着上千种性交姿势塑像的尼泊尔爱染寺的黄金尖塔。

本多看见船边有个包裹在水面上忽隐忽现的。从形状、体积和长短来看，本多推断是两三岁的幼儿。果不其然别人告诉他，里面包的是幼儿的尸体。

本多无意中看了一下手表，是五点四十分。四周已天色渐暗，本多看见前方的阶梯浴场跃动着火光，那是玛尼克尔尼克浴场的葬火。

那个阶梯浴场背靠一座印度教寺院基座，基座是由面朝恒河的五层宽窄不一的祭坛构成的。寺院里围绕着中央高塔有几座高低不同的宝塔，每座宝塔都有一个回教的莲花形拱洞露台。这座巨大的黄褐色寺院被烟熏得黢黑，又坐落在高高的柱廊之上，越离近越觉得它那烟雾缭绕、无执着而阴森可怖的威严，像是浮在空中的幻影似的不吉祥。在小船与台阶之间荡漾着土色的水。黑沉沉的水面上漂浮着很多供花（其中也有在加尔各答见过的红色爪哇花）和香料等。冲天的葬火光焰清晰地倒映在河面上。

伴随着升腾的火焰散落的灰烬，塔上栖息的鸽子们骚动不已。天空变成了暗淡的蓝灰色。

阶梯浴场临水处有个被烟熏黑了的石头小祠，供奉的是湿婆神和他的妻子之一的沙蒂。沙蒂是为了维护丈夫的名誉投身火中而死的，他们并肩而立的塑像前也有供花。

四周停泊着许多满载火葬木柴的小船，连本多的船都难以靠近台阶中央。在熊熊燃烧的柴火后面，可以窥见寺院柱廊最深处的小火焰。那正是永不熄灭的圣火，每一个火葬都是从这里求得火种的。

河面上的风死去了一般，四周的空气中积淀着令人窒息的暑热。此时的贝纳勒斯也和其他地方一样，喧嚣代替了沉寂，从阶梯浴场也开始传来了人们制造出的各种声响，叫嚷声、孩子们的欢闹声、诵经声等等浑然一体。除了人类之外，皮包骨头的狗也跟在孩子们的屁股后面跑。在距离葬火较远的石阶的一角，赶牛的突然大声吆喝起来，把浸在水中洗澡的水牛一个接一个地赶出了水面。随着它们晃晃悠悠地走上台阶，露出了光滑的黑脊背。这群水牛湿淋淋的黑皮，像镜子似的映出了葬火。

火焰不时被笼罩在白烟里，从烟雾的间隙中蹿出火苗。被风刮到寺院露台上的白烟，在黑暗的殿堂里生龙活虎地翻卷着。

这个玛尼克尔尼克阶梯浴场可谓是净化的极点，是印度式的公然曝露的露天火葬场。而且，这里所有神圣洁净之物无不令人作呕，一如贝纳勒斯那般充斥着不吉祥的气氛。这里毫无疑问是现世的尽头。

在湿婆与沙蒂的小祠旁的斜面台阶上，放着一具浸过恒河水的红布包裹的尸体，等候着火葬。紧紧包裹尸体的布如果是红色的，表示死者是女人，白色的表示男人。死者的亲属和僧人在同一个大帐中等候着。他们要等尸体放到柴堆上点火时，将黄油和香料投入火中。不久，又一具放在竹架子上的白布包裹的新尸体，在僧人和亲属们的诵咏唱和中抬了过来。几个孩子和黑狗互相追逐着在这些人的腿间窜来窜去。正如在印度随处可见的那样，活着的东西总是跃动着、纠纷着。

六点了。不知什么时候开始，有四五个地方腾起了火焰。烟尘都被吹向寺院，因此船上的本多闻不到恶臭，得以从容观看眼前呈现的一切。

火葬场的最右边有个地方专门集中骨灰，浸泡于河中。肉体生前固守的个性消失了，众人的骨灰被混合在一起，融入了恒河的圣水，回归四大[①]与浩气。在被水浸泡之前，骨灰堆的最底层与其四周的湿土想必已难区分。印度教徒不建坟墓。这使本多突然想起去青山墓地为清显扫墓时发现墓碑下确实没有清显而浑身战栗的情景。

本多看见尸体一个接一个地被投入火中。捆绑尸体的绳子烧断了，红的白的尸布烧成了灰。有的尸体突然抬起黑胳膊，有的好像在火中翻身打挺。先着火的地方渐渐变成了黑灰色。煮开了锅似的咕噜咕噜声从水面传来。最难烧的是头盖骨。拿着竹竿走来走去的焚尸人，用竹竿敲碎那些身子已烧成灰烬，却还在冒烟的头盖骨。他使劲戳那头盖骨时，胳膊上的黑色肌肉被火焰映得通红，咔咔的敲击声回响在寺院的墙壁上。

为回归四大的净化如此之缓慢，与之抗拒的人的肉体，在死后还要留下无用的芳醇……在火焰中，红布掀开了，光滑的肢体颤动着，黑色的粉末与火花一起飞扬，仿佛生成了别的什么，透过火焰看得见有什么东西在不停地闪烁。有时轰的一声响，柴堆倒塌，火苗

① 佛教用语，构成万物的四元素：地、水、风、火。

开始减弱，焚尸人加添了木柴后，猛然又升腾起了熊熊火焰，火势几乎要将寺院的露台吞没。

这里看不到悲哀。看似无情的东西都是喜悦。人们不仅相信轮回转生，而且把它看做是与水田里生长出水稻，果树上结出果实相同的、天经地义的自然现象。就像收获、耕耘需要人手一样，转生也需要一些帮助，但是归根结底，人是为了轮流着做这一自然的帮手而出生的。

在印度，看似无情的事物的原因都与隐秘的、巨大而恐怖的喜悦相连接！本多害怕理解这种喜悦。但是自己既然亲眼目睹了终极的景象，那么，从此以后就再也无法忘却了。就像整个贝纳勒斯都患上了麻风病一样，本多的视觉本身也好像得了这种不治之症。

然而，这一目睹了终极景象的印象，在下面那一瞬间到来之前还是不够完整的。那一瞬间使本多的心感受到了水晶般纯粹的战栗的撞击。

那就是圣牛朝这边回眸一望的瞬间。

在印度，可以随意行走的一头白色圣牛转悠到了这座火葬场。走到了火堆跟前，它也毫不惧怕。不一会儿，它被焚尸人用竹竿赶开后，便伫立在离火焰较远的寺院黑暗的柱廊前。柱廊里黑洞洞的，圣牛的白色愈加显得神圣，充满了崇高的智慧。白色的腹部在晃动的火光映衬下，犹如喜马拉雅山的白雪撒落在月影里。那是冰冷的雪和庄严的肉在兽身上的无垢的结合。火焰包藏着白烟，白烟掩盖着火焰，火焰时而红彤彤地睥睨四周，时而被旋转的浓烟吞没。

就在此刻，透过焚尸的白烟，本多朦胧看见圣牛那张雪白而庄严的脸正转向这边。本多确信是转向自己这边的。

那天晚上，本多吃完饭，匆匆跟导游交代了一句明天拂晓前起床，就上了床，借着酒劲儿入睡了。

他梦见了许许多多的景象。在梦中，他的手指弹着从未摸过的键盘，发出了音响。他像个技师似的检查了他所能知道的宇宙机构的各个角落。忽然间，前面恍惚出现了洁净的三轮山，可转眼间又出现了山顶的冲津磐座，横卧着千奇百怪的恐怖岩石。从岩石的裂缝中迸出血液，伸着长长血舌的迦梨女神现身了。他还看见烧成灰的尸体复活了，变成一个美丽的青年站起身来，青年的头发和腰部都缠绕着光亮洁净的杨桐树叶。周围令人憎恶的寺院忽然间变成了白净沙地的寺内庭院。所有的观念以及所有的神明都在合力转动着巨大的轮回之环的转轮。这个宇宙的涡状星云状的环，满载着并未感觉到轮回的、沉浸于日常的喜怒哀乐的人们慢慢转动着，就如同每天生活在地上而感觉不到地球自转的人们一样。轮回之环又像是诸神游乐园里的霓虹灯闪烁的夜空中的游览车。

难道说印度人知晓这一切吗？即使在梦中，本多也感到了恐怖。正如地球自转这个事实，决不是五感所能感知的，而是以科学的理性为媒介才好不容易认识到一样，轮回转生也是仅仅依靠日常的感觉或智力所无法把握的。它是凭借某种极其正确的、系统而又直观的超理性才能够认识到的。难道不是这样吗？难道说正是由于知道这一切，印度人才这样的懒惰，这样的抗拒进步，而且，把我们一般用来判断人的感情基准的共同符号——人的喜怒哀乐都从他们的表情中统统删除了吗？

不言而喻，这只是一个旅行者的浮浅之见。梦境往往把最崇高的象征和最卑俗的思考混淆起来。本多在梦中思考的时候，过去当审判官时代的冷漠呆板的思辨方法又冒了头，恰如那种所谓思想"怕烫"的人，将很热的未分化的事实冷冻起来，不制成概念化的冷冻食品就无法进食。这种性格和职业习惯至今仍然残存在他的身心之中。人在做梦时尤其变得小心谨慎，本多也不例外，他或许还没有丢弃那套陈旧的精神保身术。

梦境尽管荒诞离奇，但现实中的所见所闻则是更加强烈的、更加拒绝破解的谜。那些事实所具有的热度，在他醒来后，更加深刻地遗留在了身心之中。他感觉自己就像染上了热病。

旅馆走廊尽头的服务台点着昏暗的灯，留胡子的导游正在和值夜班的侍者小声说笑着。他们看见穿白色亚麻西装的本多向服务台走过来，便远远地向他恭敬地行礼。

本多天不亮就出门，还是想去看看阶梯浴场上，人们等待礼拜日出的热闹景象。

贝纳勒斯是奉献给众多而又单一的、具有神格而又超越神格的梵天这一多神教下的统一原理的。太阳即是神的体现，太阳从地平线升起的一瞬间，其神圣达到了顶点。正如圣徒商羯罗阿阇梨[①]所说："神将天空和贝纳勒斯放在天平上时，重的贝纳勒斯坠落于地，轻的天空飘忽上升。"所以，圣城贝纳勒斯一直受到与天空相等的对待。

印度教徒认为，在太阳里能看到神的最高意识的体现。对神来

---

① Shan kara(788—821)，印度中世纪吠檀多哲学的集大成者，著名的不二论理论家。"阿阇梨"为梵语"轨范师"之意。

说，太阳才是终极真理的象征性的化身。因此，贝纳勒斯充满了对太阳的仰慕与祈祷，人们的意识都挣脱掉地上的羁绊，靠祈祷的力量把贝纳勒斯自身托向天空，就像悬浮的地毯。

十马牺牲阶梯浴场被多出昨天无数倍的人挤满，无数个伞下的烛光在黎明前的黑暗中跳跃着。对岸丛林的上空，重重叠叠的云霞下面已露出了微明。

每把大竹伞下面都放着缘台[①]，湿婆化身的男根石上装饰着红花。人们用小药杵将浴后点额用的朱砂捣碎。僧人在旁边帮忙，用装在黄铜瓶里的、已献给寺院开过光的恒河水搅拌朱砂粉，为给入浴后的人们额头上点朱砂做着准备。有些人想在水中叩拜旭日升起，急步走下台阶，先捧起水拜了拜，然后慢慢浸入水中。有些人跪坐在伞下等候日出。

晨曦从地平线上迸出，眼看着沐浴台阶上便着上了轮廓和色彩。女人们纱丽的颜色、她们的皮肤的颜色、鲜花、白发、疥癣、黄铜圣具……仿佛一齐发出色彩的呼喊。忧郁的朝云徐徐变形，让位给扩散的光芒。当旭日的火红色尖端终于出现在低矮的丛林之上的时候，与本多拥挤在一起的人们嘴里一齐发出了虔诚的叹息声，有的人就地屈膝跪下。

半身浸没在水里的人们，或合掌、或张开双手礼拜徐徐升起的火红的朝日。紫磨金般的水波之上，这些人们的上半身影子抻得老长，直抵站在台阶上的人们脚下。无限的欢喜无不朝向对岸的太阳。人们仿佛被看不见的手牵引着，络绎不绝地浸入河水中去。

---

① 用木头或竹子做的，放置在庭院等地方的细长坐台。

太阳已经升到了丛林上面，直到刚才还容许人们注视的红色圆盘，突变为瞬间也不能够注视的光辉火团。它已变成了威风八面、轰鸣四射的光焰。

突然本多意识到，勋一直想象的自戕之后的虚幻世界彼岸的太阳，正是这样的太阳。

九

……公元四世纪以后，印度的佛教急遽衰落。婉转的说法是“印度教以其友爱的拥抱将佛教扼杀了”。正如犹太的基督教与犹太教、中国的儒教与道教的关系一样，在印度，佛教为了成为世界性的宗教，需将其祖国让给更具有土著性的宗教来统治，并被逐出祖国。印度教只在其万神殿的一隅，象征性地保留了佛陀之名，即作为毗湿奴神十种化身的第九种而留了下来。

印度教相信，毗湿奴神具有鱼、龟、野猪、人狮、侏儒、持斧罗摩、罗摩、克里希那、佛陀、卡尔吉等十种化身。按照婆罗门的解释，作为佛陀的毗湿奴神故意引诱民众走向异端而坠入迷界，这反而为婆罗门教导民众回归印度教的正道开辟了机缘。

就这样，与佛教衰落同时，西印度的阿旃陀石窟寺院化为废墟，直至十二世纪后的一八一九年，才被一队英军偶然发现，此前一直被埋没着。

瓦格拉河悬崖上排列的二十七个石窟，是公元前二世纪、公元后五世纪和七世纪开凿的，跨越了三个时期。除第八、第九、第十、第十二、第十三石窟属于小乘佛教之外，其余均属大乘佛教。

本多在访问了那般鲜活的印度教圣地后，想要探寻已死灭的佛教遗迹。

他必须到那里去。他说不清为什么必须要去。

无论在石窟，还是在投宿的旅馆四周，都没有拥挤的人群，静寂洁净之极。这也使他确认了自己的想法。

不过，阿旃陀附近并没有可投宿之处。本多选择了闻名的印度教遗迹埃洛拉[①]附近的旅馆，顺便也可游览这一名胜。旅馆位于奥兰加巴德，距埃洛拉十八英里，距阿旃陀六十六英里。

由于五井物产公司的安排，旅馆准备了最好的房间、最好的车子迎候本多，加上锡克族司机的恭顺态度，招致了其他英国游客的反感。早晨外出前吃早餐时，本多也感到了沉默的英国人对这个唯一的东洋人的无言的敌意，有时甚至露骨地表现了出来。先向本多的餐桌端来腊肉鸡蛋的侍者被邻桌的叫过去，极为简短地被申斥了几句。那是一位偕夫人就餐的、退伍将军模样的美髯老人。从此以后，送到本多餐桌的就是最后一份了。

一般的旅行者遇到这种情况会立刻不快起来，但本多的心却坚固得没有被伤害到。自从访问了贝纳勒斯以来，一层不可思议的厚膜覆盖了他的心，所有一切都从这个厚膜上滑过去了。侍者的过分恭敬，说明五井物产预先多花了钱，因此，这次事件不足以伤害本多从法官时代就养成的所谓“客观性的尊严”。

恐怕是花费了五个以上的空闲人手精心擦拭的这辆漂亮的黑色轿车，在旅馆前院盛开的鲜花旁等候着本多出发。不大工夫，轿车

① 位于印度马拉哈斯特邦奥兰加巴德市西北有埃洛拉石窟群（Ellora Caves），有佛教、印度教、耆那教石窟共34座。

就载着本多，奔驰在西印度美丽广袤的原野上了。

这原野上不见一个人影，除了从树上向这边窥视的一群长尾猴外，偶尔见到一只浓茶色的獴，淌起沼泽地的水，矫捷地从车前飞蹿过去。

本多心中产生了对净化的期待。印度式的净化太可怕，在贝纳勒斯见到的秘迹依然像热病一样存留在他的内心。他需要一捧清水。

辽阔的原野使本多心旷神怡。这里没有田地，也没有农夫，只有那一望无际的美丽旷野上的，片片相连的合欢树深蓝色的浓密树阴。还有沼泽、小河、黄色和红色的花朵。这一切景物之上，高悬着犹如一块巨大天盖般的灼热的天空。

这片自然里既没有新奇的景物，也没有激越的风貌。无为的困倦被包裹在光辉的绿色里，璀璨夺目。对于内心被某种可怕的不祥火焰烧灼着的本多来说，原野能使他情绪镇定。这里没有飞溅的牺牲的鲜血，只有从灌木林中飞出的白鹭的纯白。那白色忽隐忽现地从一片阴暗的墨绿间掠过。

天边的云彩微妙地翻卷着，绽开的云端散发出丝绸般的光亮。湛蓝的天空一望无际。

一想到不久将进入佛教的地盘，使本多得到了很大的慰藉。尽管那已是衰微破败的佛教了。

的确，在接触了光怪陆离的曼陀罗后，他梦想中的佛教就像一块冰。在这明媚静谧的原野中，他已经预感到了所熟悉的佛的寂寞。

本多不禁品味到了回归故里的滋味。此刻，自己正从一个由印度教统治的喧嚣的王国回到虽已衰落，却因此而变得纯粹的那个亲切的梵钟之国去。每当想到有佛等候在由绝对回归的终点时，就觉得自己似乎从来没有在佛教中梦想过绝对。他所梦寐以求的家乡的宁静之中，有着不断亲近衰亡的东西。在美丽而灼热的碧蓝的天际，即将出现佛教自身的坟墓——被忘却的遗迹。还未见到它之前，本多就真实地感受到了那治愈猛烈燃烧的心灵的幽暗的冷气，以及石窟中冰凉的岩石和晶莹的泉水。

这对于心灵来说是某种减压。或许仅仅是由于那些色彩、肉体以及鲜血颓然崩溃之惨相，促使他另外寻求化为闲寂之石的其他宗教。前方的云彩中也存在着衰败的清净的灭亡。看似茂盛的美丽的树阴里，也潜藏着这棵树的幻影。但是，这里却不见一个人影。在这上午的绝对宁静之中，在这除了发电机疲惫的响声之外，没有任何声息的世界中，随着车窗外慢慢移动的原野开阔的景色，本多的心也渐渐被带往家乡去了。

不知不觉间已驶出了平坦的原野，来到了险峻的大峡谷近旁。这是阿旃陀已不远的标志。汽车沿着蜿蜒的盘山公路，朝着谷底的剃刀般耀眼的瓦格拉河流域驶去。

……他们下了车，去路边的茶屋里休息，这里也照样是苍蝇乱飞。本多从身旁的窗口，眺望由广场那边起始的游览石窟的入口。本多觉得如果迫不及待地马上进到里面去，反而有悖于自己现在正在追求的寂寞。本多买来明信片，用汗津津的手拿着钢笔，翻来覆去地端详了半天印刷粗糙的石窟照片。

在这里本多再次预感到了喧嚣。充满猜疑目光的穿着白衣服的黑皮肤人们，有的站着，有的坐着。在广场上，还有一些瘦小的孩子在叫卖当地的项链。黄灿灿的烈日照耀着广场的每一个角落。光线不足的茶屋内，桌子上摆了三个干瘪的小橘子，上面也落满了苍蝇。从厨房飘出刺鼻的油炸东西的气味。

本多在明信片上写了起来，是写给好久未去信的妻子梨枝的。

“今天我到阿旃陀石窟寺院来游览。过一会儿就进去。面前这杯橘子汁，杯子边上沾着星星点点的蝇屎，喝不下去。我很注意身体，勿念。印度的确是个奇异的国家。你要留心肾病。代我问候母亲。”

这算是写给爱妻的信吗？他写的东西总是这样。此时他的心中浮起雾霭般的温情，再加上思乡之情，使他不禁拿起笔来，可是，一旦写成文章，仍旧是这样一篇干巴巴的东西。

无论本多离开日本多少年，梨枝都会用送别本多时那样平静的笑容迎接本多回来，梨枝就是这样的女人。即使在这期间，她的两鬓增添了白发，送别和迎接时的表情也毫无变化，就好比把左右两个袖子的菱形花纹对接起来时，分毫不差似的吻合一般。

轻微的肾虚使得她的面庞总是显得很模糊，犹如白天的月亮那样朦胧。现在这样远离她，在记忆中回忆这张脸时，就觉得将它放在记忆中似乎最合适不过了。不言而喻，对于这样的女人任凭谁也不会憎恶的。本多写着明信片，从心底里感到了放心，某种莫名的感谢之情油然而生。但这和本多相信梨枝是爱他的，完全是两码事。

他只写了这么多，便把信塞进脱下来的上衣兜里，站了起来，打算回旅馆后寄出去。他朝着烈日曝晒下的广场走去。导游像个刺客似的紧跟了上来。

二十七座石窟是在俯瞰瓦格拉河的断崖的半山腰上，一排岩石突出的地方开凿出来的。河流、河滩、河滩石头中夹杂着野草的斜坡缓缓延伸到灌木丛覆盖着的断崖的半山腰，在成排的石窟前面，有一条白晃晃的石头栈道将它们连接了起来。

第一个石窟是礼拜堂。这里一共有四座礼拜堂和二十三座僧院的遗迹，这是四座礼拜堂之一。

带着霉味的阴冷的拂晓气息，一如本多所料。借着从入口射进来的只有一块擦鞋布大小的光线的反光，可以清晰地看见位于中央的巨佛的轮廓优美的结跏趺坐之姿。而要观看天井和四周的壁画，则由于光线太弱，导游的手电筒像发光的蝙蝠在到处乱飞一样，忙活着东一下西一下地照来照去。于是，本多又一次看到了始料未及的描绘种种世间烦恼的画面。

一群千姿百态的半裸女人出现在了手电筒的光晕中。她们都头戴金冠，只在腰间裹了一条华美的布。她们大多手里拿着一枝莲花，长得都像姐妹一样相似。微阖的细长的丹凤眼，两道同样曲线的新月般纤细的柳眉，伶俐而凛然的冷冰冰的鼻梁，因稍稍翘起的鼻翼而变得温和。下唇丰润，嘴唇收紧如樱桃。这一切使本多想象起月光公主长大成人后的面容。与幼小的公主不同的是，这些画像中的女人成熟的肉体。她们的乳房都宛如即将裂开的石榴般诱人。精美的金银珠宝项链就像缠绕在乳房上的葛草，杂乱地缠绵在一起。有的女人为显示丰满的腰部而侧身背坐着；也有的女人故意裸露出淫荡的腹部，只在胯骨上挡了一条遮羞布。有的女人在跳舞，也有的女人濒临死亡……

随着喋喋不休的导游的手电光的移动，女人们一个接一个地再度隐没在了黑暗之中。

——走出第一个石窟后，猛烈敲响了钲鼓般炙热的热带阳光，立刻将刚才看到的景象还原为幻影。本多恍惚觉得自己处于白日梦般半梦半醒之间，逐一寻访着早已忘却的久远记忆中的石窟。确实给人以现实感的，只有下面波光粼粼的瓦格拉河的溪流和岸边赤裸的河滩景色。

像以往一样，本多很疏远一味饶舌的导游，导游冷淡地向前走去。本多索性一个人留在一般游客不屑一顾的空荡荡的僧房中坐着不走，让导游他们走到前面去。

空无一人时反而更便于随心所欲地描绘幻象。一个僧房就是如此。它没有可看的佛像和壁画，洞内两侧是发黑的粗大柱子。里面正中的最暗处，模模糊糊能看见有个讲经坛，一对又长又宽的石桌，对称地摆在两边。射进这僧房里的光线也是十分粗放的。本多恍惚觉得许多僧人刚刚离开这个教室兼食堂的石桌，去户外换空气了似的。

色彩皆无使本多感到舒心。仔细一看，在石桌的小凹坑里还依稀残留着当时涂抹的红色颜料。

谁在这里待过呢？

到底是谁在这里待过呢？

独自一人待在石窟的冷气中，本多发觉四周迫近的黑暗，仿佛一齐在向他诉说着什么。这种毫无任何装饰和色彩的“不在”，恐怕是自从来到印度以后，第一次将他内心的某种灵验显著的存在之感唤醒了。没有比衰亡、死灭、一切皆空更能使人深切体味新鲜的存在之征兆了。不，存在已然在这里开始成形了。就在那弥漫在所有石窟里的霉味中成形了。

心中的某种感觉将要形成时，便产生了某种搀杂了欢喜与不安的动物性的感情，犹如狐狸闻到了远处的气味而一点点接近猎物时那样。尽管没有确实抓住这种情感，但在他的内心深处，遥远的记忆之手已将它捕捉住了。期待搅乱了本多的心情。

本多从僧房出来，在日光中朝着下一个目标——第五个石窟走去。栈道拐了个大弯，展现了一派新的景色。经过石窟前面的路是由嵌入岩石的湿漉漉的柱廊连接而成的。柱廊之所以是湿漉漉的，因为它们位于两条瀑布的内侧。本多知道第五个石窟就在那一带，便停住脚步，隔着一条峡谷，眺望那两条瀑布。

其中一条瀑布沿着岩石时断时续地倾泻下来，另一条就像银色的绳结似的流淌着。二者都是狭窄而流速很急的瀑布。沿着黄绿色的峭壁坠入瓦格拉河的这一对瀑布，激起周围岩壁的清越的回音。瀑布左右除了黑洞洞的石窟外，还有绿油油的合欢树丛和红艳艳的山花陪伴在周围。那水花飞溅时的五颜六色、那水雾闪烁出的七彩缤纷令人目不暇接。在本多注视瀑布的视线上下，有几只黄色的蝴蝶正飞舞着。

本多抬头仰望瀑布的源头，惊叹于那使人眩晕的高度。由于实在是太高了，就仿佛窥见了一个与此处相隔绝的彼岸世界。瀑布倾泻的岩壁的绿色是地衣和羊齿苋的暗绿，而山顶瀑布源头的绿色则是清澄的淡绿。那里虽然也有裸露的岩石，但那柔和而明亮的黄绿色简直不像人世间之物。一只黑色小山羊在山顶吃草。而在那比绿草更高的无与伦比的碧空里，厚厚的云层蕴涵着光辉，庄严地涌动着。

忽而听到声音，忽而人间极致的无声又支配了这里。刚一感觉沉默的重压，瀑布的喧声又卷土重来。本多陶醉于寂静与这流水声的不断交替之中。

本多急于想要到瀑布飞溅的第五个石窟去，却又望而却步，两种意念在心里争斗着。那里很可能什么也没有，几乎可以这样认定。但就在这时，清显发烧时说的一句话，字字滴落在本多的心里。

“我们还会见面的，一定会的。就在瀑布的下面。”

——本来本多相信清显所指的是三轮山的三光瀑布。那时他确实是这样认为的。但是，此刻他认为，清显所指的终极的瀑布，肯定是这阿旃陀的瀑布。

一〇

本多搭乘的从印度出发的五井商船的南海号，是一艘有六间客房的客货船。南海号横穿已过雨季、东北季风带来的凉风已开始吹拂的暹罗湾，经过湄南河口的北榄，一边测量着海潮的涨落，继续向曼谷逆流而上。十一月二十三日的这一天，天空晴朗，蓝如珐琅。

从瘴疠流行之地回到熟悉的城市去，使本多的心情舒畅。尽管没有什么使自己感到不平静，但旅行中的那些可怖印象沉重得犹如船底的压舱物。本多一直倚着甲板上的栏杆，感觉那些压舱物正在精神的深深的舱底轧轧作响。

途中除了与一条泰国海军驱逐舰错肩而过外，椰子、红树和芦苇丛生的河岸上寂静无声，人烟稀少。快要接近右岸的曼谷、左岸的吞武里的时候，本多看见了河岸上的一些屋顶上铺着水椰叶，地铺打得很高的住家。透过反射着阳光的树叶，瞧得见在果园干活的人们黑皮肤。他们正在栽种香蕉、菠萝和山竹果等。

攀鲈喜欢爬的槟榔树也在果园的一角亭亭玉立。本多联想到老女官嚼着用蒌叶包的槟榔果口嚼烟时，满嘴血红的样子。现代主义者銮披汶已对此下了禁令。看来女官们至少要在远离首都的挽巴茵，才能避开这一禁令的困扰。

单桨小货船渐渐多了起来。过了一会儿，本多看见了远处穿梭往来的商船和军舰的桅杆。那就是库隆·特威港，即曼谷港。

在夕阳西晒下，浑浊的河水异彩纷呈，看上去近似烟熏过的蔷薇色，河面漂浮的油如彩虹般绚丽，这使本多想起了印度成群的麻风病人那光亮的皮肤。

快靠岸时，本多从挥帽迎接他们的人群中，逐渐看清了五井物产的肥胖的分公司经理、两三位职员以及日本人会长。但是躲在经理身后的菱川，使本多的心情一下子沉了下来。

本多走下舷梯，一名职员刚要接过他的手提包，就被插进来的菱川抢走了，他以从未有过的谦卑而殷勤的态度迎接本多。

"欢迎您回来，本多先生。看到您这样健康，我就放心了。这次印度之行一定非常辛苦吧。"

这番问候不仅对本多是失礼的，对分公司经理更加不敬。所以本多没搭理他，向经理表示了谢意。

"所到之处，您天衣无缝的安排关照，实在使我惊讶万分。此次奢侈的旅行全托了您的福啊。"

"英美对日本资产的冻结根本压不垮五井物产，您这回深有感受了吧。"

前往东方宾馆的路上，菱川抱着手提包不言不语地坐在副座上。经理对本多讲述着本多不在曼谷这段时间人心的恶化。他说"人们受到英美宣传的蛊惑，对日感情变得极其恶劣，所以要多加小心"。本多从车里看见，街上到处是一群群的贫民，这是以前没有见过的景象。

“这里谣传日本军队很快就要从法属印度支那边境打过来，地方治安恶化等等，所以大批难民涌入了曼谷。”

然而，宾馆里英国式的冷漠却一如既往。本多在房间里安顿下来，洗了个澡，心情平静多了。

经理等人坐在面朝庭院的前厅的椅子上，等候与本多共进晚餐。巨大的吊扇缓缓旋转着，时而听见甲虫撞上吊扇的响声。

本多走下楼来，重新审视起包括自己在内的这些“南亚地区的日本绅士们”旁若无人的做派。他们实在是缺乏美感。

为什么这么说呢？因为就在这一瞬间，本多才真正发现了他们的丑恶，同时也发现了自己的丑恶。简直无法想象他们与俊美的清显和勋同属日本人。

英国亚麻西服、白衬衣以至领带全是无可挑剔的上等货，可是每个人手里都拿着一把日本扇子扇个不停，手腕上都戴着一条镶着一颗黑玻璃球的细带子。咧嘴一笑都露出金牙，个个都戴着眼镜。上司是假意谦虚地吹嘘自己，而下属则是百听不厌的洗耳恭听，一边阿谀逢迎着“不愧是经理啊，真是胆识过人，智勇双全哪”。接下来便是谈论流浪的女人，主战论，或小声议论军部的粗暴……他们说话的腔调，无一例外的像是热带地方的无精打采的念经，这声音与表面的活力奇妙地结合在一起。他们体内已然倦懒不堪，或者因出汗而身上发痒，却仍然保持着恭谨的姿态，内心里不时回想着昨夜的风流快活，以及害怕传染上那沼泽地的红色睡莲般的花柳病……刚才本多在房间里照镜子时，尽管脸上增添了几许旅途的倦容，但还不肯定自己也是“他们”中间的一员。他从镜子中看到的是曾经参与过正义，继而又拿通向正义的小路作交易，并存活到了今天的四十七岁男人的脸。

“我的丑恶是独特的。”本多站在通向前厅的扶梯的红地毯上，在缓缓而下的这段时间，又迅速找回了自信。他想：“和那些商人不同，好歹我也有过‘正义’的前科呀。”

——晚上，在粤菜馆里，酒过三巡后，分公司经理当着菱川的面，大声对本多说道：

“这位菱川君给本多先生添了很多麻烦，多次伤害了您的感情，他本人觉得十分歉疚。先生去旅行后，他一再表示‘是我不好，我错了’。由于反省过度，以致到了神经衰弱的程度呢。他的确有不少的缺点，但我们以为有他陪同总会好一些，就让他来陪同先生，结果反倒给先生增添了很大的麻烦，对此，我们也负有责任。所以，今天我们想冒昧地跟先生商量一下。还有四五天您就要出发了（噢，军用飞机已经安排好了），而且菱川已经深刻反省了，保证以后一定一切服从先生。在此，恳请先生多多包涵，让他陪您前去，先生意下如何？”

菱川从餐桌对面站起来，企求似的说：

“先生，请您骂我一通吧。都是我不好。”

他向本多深鞠了一躬，额头差点儿碰到了桌面。

这种局面使本多极为不悦。

分公司经理这番话的意思是现在依然自信指派了一个相当不错的导游。然而，从菱川的态度来看，一定是本多过于任性，对菱川过于苛刻。不过，如果现在把菱川换掉，就会伤害菱川，无论如何也得让菱川再忍耐着干四五天，为此，把过错一股脑儿都推到菱川身上才是上策。这样的话，也就不会伤及本多的面子了……

本多一时有些生气，但立刻意识到，如果固执己见，局面会更加不可收拾。菱川不会向经理忏悔自己的具体“过错”，而且，以菱川的性格，也决定了他根本弄不明白自己为什么被人厌恶。显然他的想法是，既然被人厌恶已成事实，就必须设法挽回这个局面。所以他巧妙地拉拢经理，从而导致了经理这番不近情理的表态。

本多即便可以原谅这位胖经理的愚蠢，但是，对菱川感觉到自己被厌恶，而导演了这出厚颜无耻、敏感至极的闹剧，对菱川这种精心策划的强人所难是不能原谅的。

本多突然想要明天就回日本。可是事已至此，再变更计划，别人一眼就会看成是出于憎恨菱川的孩子气做法。他意识到，自己现在已别无选择了。因为自己一开始对菱川过于宽大，以后就得对他越来越宽大才行。

——既然如此，就只剩下把菱川当作机器来使用这一条道了。于是，他笑着对菱川说，经理误解得也太离谱了。明天置办礼品，逛书店，与蔷薇宫联系辞行等事宜，都要靠菱川帮忙。能够如此高明的掩饰自己的感情这一点，使本多深为自诩。

——果不其然，菱川的态度有所转变。

首先他领本多去了一家书店，只陈列着一些英文版和泰文版的印刷粗糙的小薄本，就好像进货不足的蔬菜店里的菜架上，摆着稀稀拉拉的蔬菜一样。要是以前，菱川准会轻蔑地发表一通泰国文化如何低俗的议论，现在却一声不吭地等着本多挑选。

这里找不到有关泰国小乘佛教以及轮回转生方面的英文版书

籍，但是，有一本薄薄的诗集引起了本多的兴趣。这本草纸印刷的诗集好像是自费出版的，白色封面已被太阳晒得卷起。本多看了看英文序言，原来是一九三二年六月的不流血革命[①]后，一位曾投身其中的青年，将出生入死的革命后的幻灭感，以诗歌的形式写了下来。出乎意料的是，这诗集出版于勋死去的翌年。翻开诗集一看，英文字母印刷得模糊不清，文笔也显得有些稚拙。译成日文后，是这样一首诗。

有谁知道啊，
奉献于未来的青春的牺牲之中，
生出的全是腐败的蛆虫。
有谁知道啊，
在约定了新生的瓦砾之地，
萌芽的净是毒草荆棘。
于是，蛆虫扇动金色的翅膀，
毒草随风肆虐如瘟疫。
空怀一腔忧国的热血，
比雨中合欢花更鲜红。
雨后的屋檐柱子栏杆，
专制的霉菌迅速蔓延。
昨日的明智被洗刷于名利浴场，
昨日的健步已裹足于锦绣花轿，

① 1932年6月，泰国民主党发动政变，改君主专制为君主立宪。

不如让，

那卡宾府、巴塔尼府，

淹没于茂盛的花梨木、紫檀和苏木，

常春藤、荆棘和淡竹之路。

阳光风雨皆不透的密林里，

犀牛、貘、野牛，不时有象群寻水，

不如让它们

踏碎我的尸骸继续前行。

双手撕开自家咽喉，

宛如红月照出草上露珠，

有谁知道啊，

有谁知道啊，

悲歌一曲难倾诉。

……本多的心被这首绝望的政治诗所打动，他认为没有一首诗能如此抚慰勋的在天之灵。难道不是这样吗？勋未能成就期盼已久的“维新”，便死去了，但是，即便维新成功，他一定会感到更大的绝望。失败是死，成功亦是死，这就是勋的行动原理。可是，人生不如意的是，不能置身于时代之外，公平地比较两个时代、两种死法之后，再做出自己的选择。无法将体验到“维新”后的幻灭感而死，与没有体验幻灭感而先死，这二者并列起来进行选择。因为，若先死则不可能有后来的死，若是后死也不可能成为先死。因此，人除了把这两种死置于未来，听命于先见，选取其一之外，别无他途。当然，勋选择了在未体验到幻灭之前去死，但在此先见之中，包含着对权力的滋味一无所知的年轻人所具有的清流般的睿智。

但是，参加革命，并在革命成功之后感受到幻灭和绝望，就像是终于看清了月球背面那样伤感，即便那时求死，那样的死只不过是逃避比死更甚的凄凉。而且无论那是怎样真挚的死，也难免被看做是在疲倦不堪的革命的午后，发生的病理学意义上的自杀。

这正是本多想把这首政治诗献于勋的灵前的动机。勋至少是梦想着太阳而死的，而这首诗中的早晨却是一幅在出现了龟裂的太阳下曝露着化脓的伤口的情景。然而，偶然生于同一时代的勋的壮烈之死，与这首政治诗的绝望之间连着一条连绵不断的线。因为人们舍弃生命追求的未来的幻想，那些最好的幻想与最坏的幻想，最美的幻想与最丑的幻想或许都在同样的地方，更可怕的是，甚至有可能是同样的事物。勋豁出生命追求的梦想，其先见越是英明，他的死越是纯真，与这首政治诗的绝望也就愈加重合了。难道不能这样说吗？

本多感到，自己会有这些想法，自然是由于那庞大的印度的影响。印度将重重叠叠的莲花花瓣式的构造植入他的思考，已不容许他停留在直线型的简单思路上了。本多为营救勋而不惜抛弃法官之职（虽然其中含有最终未能营救清显的悔恨心理），恐怕是他此生仅有的一次无私与献身的精神。但是，连勋也徒然失去之后，他除了向转世之中去占卜未实现的理想，到轮回之外去瞻望未来之走向以外，再也没有其他办法了。而将最终的暗示赋予难以保持“人类”感情的本多之心的，正是那可怕的印度。

对于无论成功或失败早晚都会带来幻灭的先见，如果只限于此的话，就算不上是什么先见，因为它不过是常见的悲观论者的见解。最重要的，只是以行动、以死来体现的先见，仅此而已。勋出色地实践了它。随处设置的时间的玻璃屏障，决不是人力所能逾越的。只有靠勋的那种行为，才能由屏障的对面看到这面，由这面看到对面，才能使均等地透视两边成为可行。使所有的渴望、憧憬、梦想、理想，使过去与未来变成等价的东西，即，变成平等的东西。

勋在死的瞬间，究竟看到了这样的世界了吗？本多已上了年纪，弄清自己死时将会看到的情景，已是个不容忽视的问题。至少那一瞬间，实在的勋与假想的勋互相对视，这边的先见切实抓住了还未看见的那一边的光辉。同时，对面的目光正充满无限的渴望透视着这一边，憧憬着已经获得或尚未获得的东西，抓住了来自过去的，对自己充满渴望的光辉。这是千真万确的。两个生命，通过不能再生的两个机缘，穿透那玻璃屏障而结合。勋与这位政治诗人，即憧憬经历结局之后而死的诗人，与拒绝经历结局而死的年轻人之间，暗示了一种永恒的连环。那么，他们用各自的方法追求和期望的事物本身将会如何呢？历史决不会以人的意志为转移，而人的意志的本质正是勇于参与历史的意志。这种想法即是本多从少年时代以来的一贯主张。

……那么，在这种情况下，怎样才能把这本作为最好祭品的诗集献给勋的亡灵呢？

就这样将它带回日本，供奉在勋的墓前行不行呢？不行，本多知道勋的墓穴里也是空的。

对了，将它献给月光公主好了。就献给那位直言不讳地坚持说自己是勋的转世的年幼的公主好了。这应该说是最直接而又快速的信件了。自己成了能够轻而易举地穿过时间屏障的往来自如的飞毛腿信使了。

但是，年仅七岁的公主就算再聪明，能够理解这诗中的绝望吗？而且，勋的转世采取的形式过于直露，致使本多产生了一丝疑虑。首先，尽管在明亮的日光下检查过，但公主那可爱的褐色侧腹上，没有那三颗星状黑痣……

——本多决定将印度土特产上等纱丽和这本诗集作为进献的礼品，让菱川和蔷薇宫取得联系。回话说，三天后，公主特命打开因国王外出而关闭的却克里宫，在“王妃厅”里接见本多。

不过，这是附带了女官的苛刻条件的。据说，本多去印度旅行期间，公主一直急切地盼望本多回泰国，并且闹着要在本多回日本的时候，跟他一起去日本。于是，女官们不得不假装准备行装来哄她，不然她会闹个没完没了。因此，女官们希望本多在谒见时，不要提到回国的日期，连回国二字都不能说，尽可能装出要在泰国长住下去的样子。

一一

回国的前一天早晨，晴空万里，没有一丝风，天气炎热。

为了上午十点的谒见，本多和菱川大热天也系了领带，穿上西服，于九点四十分来到了宫殿。

一八八二年朱拉隆功大帝建造的这座宫殿，是一位意大利建筑师的杰作，融合了新巴洛克风格与暹罗风格，极其宏伟壮丽。

这座宫殿耸立在热带的蓝天下，正面的造型梦幻般复杂。抬头望去，那巧夺天工，耀眼得令人晕眩的正面，尽管是欧式的，仍带有炎热的南亚建筑所特有的迷醉与酩酊。青铜像守护着左右两侧平缓向上的大理石台阶口。再往前是正门，罗马式神殿的拱洞上部庄严的栉形立壁上，镶嵌着色彩绚烂的大帝画像。以上均属纯西洋式的新巴洛克风格，全部用大理石、浮雕与黄金构成。再上一层是走廊，伫立着一排桃红色大理石的科林斯式列柱。走廊中央有个凸出的暹罗式楼阁，像船上的望楼般堂皇，朦胧可见白色打底的枣红和金色格子搭配的天花板。山墙上雕刻着附有枝形装饰的烛台样的却克里王朝的徽章。由此往上，直到黄金尖塔顶端的水烟[①]，一层又一层暹罗式金黄和朱红色的复杂重檐，重叠着舞女耸肩似的翘向青空的鸱尾。

这一切足以使人感受到，却克里宫的整个结构似乎是要以极其复杂，色彩极其鲜艳而疯狂的高贵王族的热带式梦想，压碎和领略坚固而理性的欧式的冰冷基座。它恰似有着锐爪尖嘴的梦魔，张开金色与朱红色的翅膀，重压在横卧着的王者威严冷酷的白色胸脯上。

“这宫殿简直太美了。”

菱川停下脚步，一边擦去仰着的脸上的汗，一边说道。

本多立刻发觉，菱川的怪癖又要旧病复发了。发现苗头马上将它摧毁，乃是善意的表现。

“美也好，不美也好，又怎么样呢？我们只是应邀来谒见的人而已。”

没想到本多如此不客气，菱川的眼睛里露出畏怯的神色，缄口不言了。本多真是后悔，怎么没有从来曼谷之日起，就采用这种有效的方法呢。

两名警卫军官来为他们引路，并暗示由于月光公主一时高兴，而临时打开了这座关闭已久的宫殿，他们为此做了相当繁杂的准备。于是，这回本多照着菱川的眼色，迅速把一些钱塞进了军官的口袋。

——打开巨大的宫门，进入了一间光线暗淡的大厅。由黑色、白色、灰色和带斑纹的等各种大理石马赛克铺成的地面上，摆放着大约二十张红木镶边的洛可可式椅子。一位曾见过面的女官立即跟军官交接了两位客人，领着他们走进了右边的大门。这是一间天井很高，采光很好的欧式宫殿大厅。天井上吊着枝形灯，在意大利式镶

① 佛塔尖上的火焰形装饰。

花边的大理石桌子周围，放着几把金色与红色的路易十五式的椅子。

墙上挂着朱拉隆功大帝的四位王妃和母后的等身画像。据菱川介绍说，四位王妃之中，有三位是姐妹。画像全是维多利亚王朝的画法，显示了外国画家的精心描画的痕迹。尤其是容貌的描绘，将画家的良心与阿谀、真诚与恶意、担忧是否过于写实的缩手缩脚的大胆与厚颜无耻的虚假混杂着呈现了出来，就像脏物荡漾的水边一般。王室特有的稍显沉郁的气质与微黑肤色的肉感相互映衬，加上服饰及背景的热带风情，使得这幅如此写实的画面也充满了梦幻色彩。

大帝的母后名叫泰普西林，是一位身材矮小的老年贵妇人，她的长相带有阴沉野蛮的威严。本多仔细地欣赏着每一幅画像。菱川介绍说，第一夫人普拉潘披是三姐妹中的小妹。和她的大姐斯南塔、二姐索万古·瓦塔娜相比起来，谁都会认为斯南塔王妃最美。

斯南塔王妃的画像在房间最里面，被阴影遮了一半。这是一幅立像。王妃一只手扶着桌子站在窗边，窗外淡蓝的夕空中浮着几缕云霞，弯弯的橘树枝条伸到了窗前。桌子上放着一个插了一枝小莲花景泰蓝花瓶、金酒瓶和酒杯。王妃的金色泰裙下露出了美丽的赤脚，粉红色绣花上衣的肩头佩戴着宽宽的绶带，胸前戴的一枚大勋章闪着光。另一只手里拿着一把精巧的象牙扇，扇穗和地毯都是像晚霞那样的绛红色。

吸引本多的是这张在五幅画像中最美丽可爱的玲珑娇颜。那丰润的嘴唇，稍显冷峻的目光，以及短短的发型，都使人不由想起月光公主。凝神注视时，又不觉得相似了。可是没过多久，这种感觉仿佛笼罩这幅画面的暮色一般又从四处冒出来，只觉得那握扇的黑色纤细手指，那扶桌的弯曲手指，又渐渐相似了起来，最后，就连严峻的目光及嘴唇都和月光公主重合了。然而，到达了顶峰后的相似感，却又像沙钟的沙子似的，止不住地崩溃了下去。

这时，里面的门开了，那三位老女官簇拥着公主出现了。本多和菱川原地站立着向公主深施一礼。

看来挽巴茵之行融化了女官们的心，公主高兴地叫着跑到本多跟前，也没有人加以阻止。公主杂乱无章地叫嚷着什么，菱川赶紧像鸽子快速啄食地上的撒豆般地，忙不迭地对着本多的耳朵翻译起来。

“您的旅行好长啊……我寂寞极了……为什么不给我多写写信呀？……泰国和印度哪里大象多？……我不想去印度，想早点儿回日本去……”

公主拉起本多的手，把他带到斯南塔王妃的画像前，自豪地说：

“她是我的祖母。”

“公主就是为了让本多先生看到这幅美丽的画像，才请您来却克里宫的。”

为首的女官插话道。

“不过，我只是继承了这位斯南塔王妃的身体。我的心是来自日本的，所以，本来我想把身体留在这里，只把心带回日本去。可是，那样的话，我不是就得死吗？所以也必须把身体一同带回日本去，就像小孩子到哪儿都抱着她的布娃娃一样……您明白我的话吗？本多先生，您见到的我这可爱的外表，其实只不过是我抱着的布娃娃呀。”

当然，公主幼稚的话没有菱川翻译得这样有条理。但是公主不停地讲话时的清澈的眼睛，在翻译过来之前，已经使本多的心开始战栗了。

“还有一个布娃娃呢。”公主依然不顾大人们怎么想，松开本多，跑到被阳光映出一个个窗格的大厅中央去了。那张意大利大理石桌子边上镶嵌着参差不齐的复杂的象牙雕花，公主专注地用指尖挨个摸着齐胸高的桌边上的象牙雕刻的藤蔓和花朵，歌唱般地说："在洛桑有个和我特别相像的布娃娃，她是我的姐姐，但姐姐不是布娃娃。她的心、她的身体都是泰国人，不像我本来是日本人。"

公主欣然接受了本多献上的纱丽和诗集，可是只翻了几页诗集便把它放在了一边。一个女官抱歉似的解释说，公主还读不懂英文。本多的尝试没有成功。

在这没有丝毫家庭气氛的房间里，应公主的要求，本多给她讲了一会儿印度的故事。但是，当他看到全神贯注地听他讲故事的公主，眼睛开始湿润，脸上露出悲伤的神色时，感到很心痛，因为自己对她隐瞒了明天就要回国的事。

何时还能再次见到公主呢？公主长大后一定非常美丽吧。不知那时还有没有相见的机会。说不定今天就是与公主的诀别。不久以后，转世的神秘也会像热带午后的庭院里飞过的一只蝴蝶的影子一样，从公主的记忆中消失不见的。也许这一切仅仅是勋借助年幼公主的痴话，向本多传达自戕前没有向他辞别的歉意罢了。这样一想，自己就可以轻松地离开曼谷了。

可是，听本多讲故事时，越来越眼泪汪汪的公主无疑预感到了别离。本多尽量选择孩子爱听的可笑的段子讲，可是公主的大眼睛里的哀伤却越来越深。

本多讲一小节就停一下，菱川比比划划地翻译过去。突然间，公主睁大了眼睛，大得眼睛都快要凸出来了。女官们一齐凶神恶煞地盯着本多，本多不知道发生了什么事。

公主突然尖叫着死死抱住本多，女官们站起来拼命要拉开公主。公主的脸紧贴着本多的裤子，不停地哭喊着什么。

于是，先前出现过的较量又开始了。女官好容易把公主从本多身上拉开，示意本多“快跑”。就在这个意思被菱川翻译过来的工夫，本多又差点儿被哭喊着的公主抓住。本多穿过桌椅间逃走，公主哭着追赶他。女官们从三面包抄公主，路易十五式的椅子哐当哐当倒在地上，宫殿的大厅变成了捉迷藏的院子。

本多总算甩掉了公主，穿过前厅，从大门跑下大理石台阶时，听到背后公主的哭喊声回荡在宫殿高高的天穹里。本多又踌躇了起来。

“女官们说让您快走，她们来想办法善后。先生快点儿走吧。”

本多被菱川催促着，汗流浃背地跑到宽阔的前院。

汽车发动后，菱川对呼哧呼哧喘着粗气的本多说道：

“真是对不起，让您受惊了。”

“这算什么受惊呢？也不是头一次了。”

本多用大白手帕擦着汗，掩饰自己的狼狈。

“刚才先生对公主说的是‘本来打算从印度坐飞机回来，可是因为是军用飞机，没有买上票’吧？”

“是这么说的。”

“我给翻译错了，结果给说漏了。我译成了‘我要坐飞机回日本，但因为是军用飞机，您的票也没能买到，所以不能带您回去了’。公主就说‘我不让你走’，‘一定要把我带回去’，结果造成了这个局面。女官们很生气，怪罪我们违约。哎呀，这都怪我太愚笨，实在是抱歉。”

菱川面无表情地向本多赔不是。

一二

日泰定期航班自去年，即昭和十五年开通。为封锁援助蒋介石的物资，日本向法属印度支那派遣了监督委员后，法属印度支那的态度一下子软了下来，恢复了原有的台北—河内—曼谷航线，并增加了经由西贡的南亚迂回航线。

这是大日本航空公司经营的民航。而五井物产公司却认为，尽管军用飞机的乘坐设备不好，但速度快，发动机性能好，所以招待重要客人时，偷偷乘坐军用飞机是最地道的。因为它既可以给迎送的人们留下公务紧急的印象，还可以向军方显示五井物产的威风。

本多对热带的风物很是恋恋不舍。随着金色的佛塔渐渐消失在绿色的密林中，他觉得自己在这里经历的转世际遇，全变成了一篇童话，变成了一场梦。虽然转世的证据确凿，但由于月光公主太幼小，一切都混杂于儿歌的哀欢，未能触及清显和勋那样的一生流变，及那湍急的终结，仅仅犹如一辆使游人眼花缭乱的疯狂的彩车。

奇迹也需要日常性，这真是不可思议！飞机离日本越来越近了，本多的心也随之平静了下来，因为自己即将回到那只剩下免除了奇迹的日常性中去。他终于不仅失去了理性的法则，而且还失去了感情的桎梏。就连与月光公主的离别都没有使他特别悲伤。即便在飞机上遇见大肆谈论一触即发的战争的军人，他都既不觉得讨厌，也没有任何感动。

看见前来迎接的妻子的身影，本多自然感到了久别重逢的喜悦。正如自己预料的那样，他真切地感到，离开日本时的自己和归来时的自己，以这张微微浮肿的、睡眠不足的苍白的脸为媒介，逐渐融合在一起了。两个时刻的间隔消失了，旅途中留下的深深的红色伤口仿佛也不留痕迹地平复了。

"您回来啦。"

站在欢迎的人们背后的妻子，取下肩上的素色羊毛披肩，朝本多鞠了一躬。她不喜欢美容院的造型，一回家就自己将烫发抻直一些，但仍看得出原来的发型。她那熟悉的经过自己整形的刘海儿一直触到了本多的鼻尖，散发着一股电烫过的焦焦的药水味。

"妈妈身体很好。但是夜晚太冷，怕得感冒，就在家里等着您回来呢。"

梨枝不等本多发问，就抢先报告了婆婆的情况，语气里没有一丝敷衍的感觉，使本多感觉很温暖。生活就应该是这样的。

"明天，你赶快去商店买个布娃娃来。"

在回家的车里，本多对妻子说。

"好的。"

"在泰国见了一位小公主，我答应送她一个日本娃娃。"

"河童[①]那样的娃娃可以吗？"

---

① 日本传说中的动物。水陆两栖，形如四五岁儿童，面似虎，嘴尖，身上有鳞，发如刘海，头顶凹陷，存有水。

"不要太大了，这么大小就行了。"

本多用两手比划着怀里抱着那么大小。他也想到了寓意变成男子[①]的男娃娃更好，又觉得不太自然，就没说出来。

回到本乡的宅邸，老态龙钟的母亲身着细条纹布和服，亲自到大门口来迎接儿子。她把短发染得黑黑的，金边眼镜的细腿压着头发挂在耳朵上。本多一直想劝母亲不要染发，戴眼镜，可老是晚一步。

在妻子和母亲的陪伴下，沿着榻榻米走廊，走进那依旧宽大、黑暗而阴冷的家里时，本多发觉自己的脚步渐渐地有点像父亲回家时的脚步了。

"这就好了，在战争开始前回来了。我真为你揪着心哪。"

曾当过爱国妇救会的活跃干部的母亲，一边气喘吁吁地走在夜风飕飕的走廊上，一边说道。年迈的母亲害怕战争。

——休息了两三天后，本多去丸大厦的事务所上了班，开始了忙碌而平稳的生活。日本的冬季使他的理性很快苏醒了。理性好像是那东南亚之旅中难得一见的冬季候鸟，又像是飞到返回日本的本多已冻结的心灵港湾上来的一只仙鹤。

十二月八日早晨，妻子走进卧室来叫醒了本多。

"今天提前叫醒您，对不起。"

她平静地说。

"怎么啦？"

他以为是母亲身体出了问题，就起来了。

---

① 佛教用语，积修功德，女子转世为男子。

"跟美国开战了。刚才听广播里……"

梨枝的语气里依然带着提前叫起本多的歉意。

——早晨去事务所上班,大家都在热烈地谈论攻击珍珠港的新闻,根本没有人工作。年轻的女职员尖声地笑个不停,好像怎么也控制不住似的,这让本多很惊讶。难道女人这种生物,只会把爱国的欢喜和肉体的欢喜混同在一起来表现吗?

午休时间到了,事务所的同事们商量着一起去皇宫广场。本多送走大家后,把事务所的门锁好,一个人出去散步,可是,他也不由自主地朝二重桥前的广场走去。

人们不约而同都到丸之内附近来了。宽阔的人行道上到处都是人。

本多暗想,我已经四十七岁了。无论肉体还是精神都已失去了朝气、力量和纯洁的热情。再过十年,或许就该准备后事了。但是自己毫无死于战争的可能性。本多没有军籍,即使有,也用不着担心被驱上战场了。

他已经到了远远地为年轻人勇敢的爱国行动拍手称快就可以的年纪了。去轰炸夏威夷!以他的年龄,这种动人心魄的行为简直是遥不可及的。

这遥远的距离仅仅在于年龄吗?绝对不是的。因为本多从来就不是为行动而生于世的人。

他的人生和所有人一样,正一步步地走向死亡,不仅如此,他还是一个只知道走的人。他从来没有跑过。虽然他曾经打算救助过别人,却从没有面临过需要别人救助的危急时刻。他缺少被救助的资质。他从来没有体验过人们不由自主地伸出手去,想要救助自己也很珍视的光辉价值那样的危机感。(这不就是所谓烦恼的感觉吗?)遗憾的是,他是一个缺乏烦恼感觉的具有自主性的人。

如果说本多对攻击珍珠港的狂热感到嫉妒,那未免有些夸张。他只不过成了“自己今后人生中不会再放出什么光彩了”这种利己而忧郁的确信的俘虏。他从来没有真正渴望过这种光彩!

但是,当印度贝纳勒斯的幻影一出现,何等壮烈的荣光也会黯然失色。难道说,这是由于转生的神秘使他心灵枯萎、丧失勇气,使他明白一切行动皆是徒劳……以至最终将这一切哲学只用来保重自己的缘故吗?本多感到,他就像在躲避身边燃放的花炮似的,人们的狂热反而使自己心越来越缩小下去。

远远能看见聚集在二重桥前的人们手里拿着太阳旗,能听见他们在山呼“万岁”。本多在自己与他们之间,隔了一条宽阔的沙子路,远远眺望着护城河堤岸上的枯草和寒冬的凋零色调。他双手插在大衣兜里站着,两个穿藏蓝色工作服的姑娘手拉着手,大声笑着跑过他的身边。本多瞥见她们笑口里露出的雪白牙齿,在冬日下映出熠熠光泽。

这冬天的嘴唇。这美丽的弓形嘴唇。她们走过去的一瞬间,在清澈的大气中划出一道娇艳温暖的裂缝的女人的嘴唇……驾驶轰炸机的勇士们一定梦见过这样的嘴唇。人在青年时期总是这样的。在追求最残酷的东西的同时,又被最柔媚的东西所诱惑。这柔媚的东西,或许就是死吧……本多也曾经年轻过,但他是一个绝对没有被死诱惑过的“有为青年”。

在此时的本多眼里,冬日照耀下的开阔的沙石子地面,突然变成了广漠的荒野。三十年前清显给他看过的,日俄战争影集里的

《追悼得利寺附近的阵亡者》的照片，又清晰地浮现在脑海中，与眼前的风景重合，最后完全占据了它。那是战争的结束，这是战争的开始。尽管如此，这也是个不祥的幻象。

远方的山脉云蒸霞蔚，左边开阔的山麓缓缓增高，右边的视野与稀疏的小树林一起消失在黄尘升腾的地平线。再往右去，群山被越往右越高的一排排树木所替代，透过树林间望得见斑驳的橙黄色天空……

这是那张照片的背景。在那画面的正中，有一个很小的白木墓标和白布飘动的祭坛，上面摆着一些花束，数千名士兵围着它低垂着头。

本多清晰地看到了这一幻象。这时，高呼“万岁”的声音和挥动着小太阳旗的海洋又回来了，然而，这幻象在本多的心里留下了无比悲伤的感慨。

一三

——战争期间，本多将余暇全用来研究轮回转世，体味到了四处搜寻这种不合时宜的书的乐趣。战时新出的书越来越无聊，于是旧书店里积满灰尘的书就越来越有市场。只有这里才公然销售超然于时代的知识和情趣。而且，与生活中的物价上涨比起来，不管是外文书还是日文书，低廉的价格总是维持不变。

本多从这些旧书中，也学到了许多西方有关轮回转世的学说。

那是公元前五世纪爱奥尼亚[①]哲学家毕达哥拉斯[②]的著名学说。他的轮回学说接受了公元前七世纪至六世纪风靡整个希腊的俄耳浦斯密教[③]的影响。而且，俄耳浦斯教是在动乱的整整二百年间，到处煽风点火的狄俄尼索斯（酒神）信仰的末代子孙。

酒神来自亚洲，与希腊各地的地母神崇拜以及农耕仪式相互结合，暗示了此二者本为同源。大地母神生机勃勃的姿态，本多在加尔各答的杜尔加寺庙已亲眼看到了。酒神早就来到了北方的色雷斯[④]，与冬同眠，与春同醒，体现了自然界生命的循环不息。无论他装得多么快活放纵，也是那夭折的美少年们——以阿多尼斯为代表的五谷精灵们的先驱。如同阿多尼斯必将与女神阿芙罗狄蒂相会那样，酒神后来在各地的秘密仪式中，也与大地母神契合。在德尔斐[5]，酒神与地母并祀，而勒纳[6]秘密仪式的主神就是这些男神女神的圣合。

酒神来自亚洲。这带来疯狂、淫荡、生啖和杀人的宗教，正是为了"灵魂"所必须面对的问题而从亚洲传来的。它那不允许理性的明晰，不允许人和神停留在稳固的美丽形态里的狂热，恰似阿波罗式的希腊富饶的田野上空，扑天盖日袭来的蝗群，转瞬之间使田野一片荒芜，把庄稼吃得精光。这恐怖的情景使本多不由得与印度之行的体验进行了一番比对。

酩酊大醉、死亡、疯狂、热病、破坏……这些邪恶的东西为什么会如此迷惑人们，如此使人们的灵魂"出窍"呢？为什么人们的灵魂会如此舍弃安逸黑暗平静的家园飞到外面去呢？为什么心灵如此厌恶平静的停滞呢？

这既是发生在历史上的，也是发生在每个人身上的事。因为人们一定感到，不如此就无法触及那圆形的宇宙、那整体、那全一。人们用烂醉如泥、披头散发、撕破衣服、裸露生殖器、血淋淋地活剥生啖……毫无疑问，如此程度地想用自己小小的指尖去触及"全体"。

---

① Ionia，古地名。是古希腊时代对今天土耳其安那托利亚西南海岸地区的称呼。

② Pythagoras（公元前572—前497），古希腊数学家、哲学家。最早悟出了万事万物背后都有数的法则在起作用。

③ 希腊人信奉的不是单一的宗教，可分为正统宗教，以奥林匹斯为代表；传统或民间宗教以俄耳浦斯为代表。

④ Thrace，今爱琴海与黑海之间的地区，是欧亚大陆的连接点。

⑤ Delphi，希腊圣地，供奉着阿波罗。

⑥ Lerna，位于伯罗奔尼撒半岛阿尔戈斯城西南，是希腊一处以青铜器早期文化为主的遗址。

这就是经俄尔浦斯教团洗炼过，并变成秘密仪式的“凭灵（神灵附体）”和“脱自（灵魂出窍）”的心灵体验。

其中最初使希腊的思想向轮回转世延展的正是这“脱自”的体验。因为转世具有的最深刻的心理源泉即是“恍惚”。

在俄尔浦斯教团信奉的神话中，酒神名叫狄俄尼索斯·扎格留斯。扎格留斯是地母神的女儿珀尔塞福涅与天神宙斯所生的儿子，是受父神钟爱，指望其统治未来世界的婴儿。传说天神宙斯热恋地神少女珀尔塞福涅时，是化作大地的精灵（大蟒）而同她交媾的。

生性嫉妒的宙斯之妃赫拉发觉此事，教唆地下巨人提坦等，用玩具引诱幼小的扎格列欧斯，将他残杀后，肢解了煮食之，只留下心脏经由赫拉献给宙斯，宙斯把它赐给塞默勒，由此再生为狄俄尼索斯。

宙斯对提坦等的残忍极为震怒，以雷霆击之。后来，从提坦的骨灰里产生了人类。

就这样，人类继承了提坦的邪恶本性。另一方面，由于他们咀嚼的扎格留斯之肉余香尚存，因此体内还保留有神的因素。所以俄尔浦斯教团提倡，要由“脱自”皈依狄俄尼索斯，通过自我神化达到神圣的本源。其圣餐仪式，甚至影响到后来的基督教的圣饼和葡萄酒。

被色雷斯的女人们割下四肢杀害的奏乐者奥菲斯，仿佛再现了狄俄尼索斯的死。他的死、复活及冥府的秘密成为俄尔浦斯教的重要教义。

既然由“脱自”走出躯体的游魂，转瞬间能够接触狄俄尼索斯的神秘，那么，人类早已懂得了灵肉的分离。肉是提坦的邪恶骨灰所生，而灵则保留了狄俄尼索斯纯洁的余香。而且俄尔浦斯的教义上说，地上的苦并不与肉体的死亡一同结束。脱离了尸体的灵魂，在冥府度过一段时间后，必须再次出现在地上，附在别的人或动物的肉体上，沿着无限的"生成之环"循环往复。

原本具有圣性的不灭的灵魂，之所以必须经历如此黑暗的弯路，归根究底，是由于肉体所犯的原罪，即提坦等杀害扎格列欧斯之故。而地上的生活又添新罪，罪上加罪，人永远摆脱不了轮回之苦。由于罪孽不同，不一定投生为人，有可能变成马、羊、鸟、狗，或变成冰凉的蛇，终生匍匐在地上。

祖述或者说深化了俄尔浦斯教的毕达哥拉斯教团，是以轮回转世学说与宇宙呼吸学说为其教义之特色的。

后来，本多在曾与印度思想作过长久对话的弥兰陀王[①]的生命观、灵魂观中，看到了这一"宇宙呼吸"思想的痕迹，它与我国古神道的密义也有相通之处。

同小乘佛教那种童话般明朗的《本生经》比较，虽然教义相通，但充满伊奥尼亚阴郁色彩的轮回学说使本多心灵疲惫，使他觉得毋宁去听万物流转论者赫拉克利特[②]的解说。

只有在这流动统一的哲学里，"凭灵"和"脱自"才能合一，一者即一切，一者来自一切，一切来自一者。在超越了时间与空间的领域，自我消失，可轻而易举地实现与宇宙的合一。在某种神的体

---

① 公元前二世纪后半，希腊籍的弥兰陀王，以舍竭城为首府，建立了希腊人在西北印度的王国。

② Heraclitus（约前530年—前470年），古希腊爱奥尼亚的哲学家、爱菲斯派的创始人。辩证法的奠基人之一。

验中，我们可以成为一切。在那里，人与自然，鸟与兽，风声呼啸的森林，鱼儿跳跃的小河，白云缭绕的山峰，岛屿散在的碧海无不互相摘去存在的框框，融合合一。赫拉克利特所讲述的，便是这样的世界。

生者与死者，
清醒与梦境，
青年与老年，
一切为同一。
此流转为彼，
彼复流转为此。

白昼与黑夜，
冬天与夏天，
战争与和平，
富饶与饥馑，
世间万物转化，
皆靠神力使然。

昼与夜同一。

善与恶同一。

圆周的终点与起点同一。

这些就是赫拉克利特的雄浑的思想。本多接触到这样的思想，只觉那光芒亮得耀眼，他真切地感受到了解放感，可又不愿匆忙挪开捂住眼睛的手，害怕晃瞎了眼睛。还因为他觉得自己的感性和思想还不成熟，不够沐浴在如此无边无际的光明中。

一四

……于是，本多暂时将目光转移，埋头研究复兴于十八世纪的意大利复活的轮回转世学说。

生活在十六、十七世纪的修道士唐玛佐·康帕内拉[①]信奉转世学说。这位异端与叛逆的哲学家，在二十七年的监狱生活之后，被迎接到法国，度过了幸福而荣耀的晚年。当路易十四诞生之际，他献上了作为自己的轮回学说的实证的赞歌。

康帕内拉从鲍提罗那里学习婆罗门教徒的轮回转世论，知道了死者的灵魂甚至会投生为猴、象、牛等。他还假托毕达哥拉斯教团是信奉灵魂不灭和转世的，规定《太阳城》（他的主要著作）的居民“来自印度，是躲避莫卧尔人的篡夺和暴虐的贤人们”。称他们为“毕达哥拉斯式的婆罗门教徒”。但关于其轮回的信仰却含糊其辞。不过，康帕内拉自己却提倡“死后的灵魂既不进地狱和炼狱，也不进天堂”。

可以窥见其轮回学说之一斑的据说是《高加索十四行诗》。康帕内拉在诗中流露了充满悲伤的感怀。诗歌唱道，人类不会因自己的死而进步，即使将灾祸转变，邪恶却更加猖狂，这已屡见不鲜。他相信感觉在死后也会永远存在，不过是为了忘却现世的烦恼。既然不知道前世是痛苦的还是平安的，又如何能知道死后呢？

与贝纳勒斯的欣求相比，提倡轮回学说的西欧人，全被今世的不如意和悲愁压得一筹莫展。他们不希求来世的欢喜，只求忘却。

说到这里，十八世纪的哲学家笛卡儿的激烈反对者詹巴齐斯特·维科，虽然同样倡导轮回学说，但就其才气和斗志而言，是尼采的永劫回归论的先驱。维科根据他那一知半解的知识，称赞日本民族是尚武的民族。本多愉快地读到了他写的一段话："日本人犹如迦太基战役时的罗马人，礼赞英雄的人性，武勇善战，语言颇似拉丁语。"

维科以其回归的观念解释历史，即各文明时代是以比最初的"感觉的野蛮"更为恶劣的"反省的野蛮"为结局的。前者意味着高洁的未开化，后者意味着卑劣狡猾、奸佞诘诈。这有毒的"反省的野蛮"、"文明的野蛮"经历的几个世纪中，不能不遭受新的"感觉的野蛮"的侵袭而灭亡……在不长的日本近代史上，本多仿佛也看到了这种情形。

维科信奉天主教式的神意，同时也发表下面这样的不可知论者的言论。这些言论与"业感缘起论"[②]是十分接近的。

"神与被造物是不同的实体，而存在理由与本质乃实体所固有，所以被创造的实体只要是有关本质的，便是与神的实体不同的其他东西。"

---

① Tommaso Campanella（1568—1639），意大利文艺复兴时期的空想社会主义者、哲学家、作家。写有《太阳城》一书，是具有深远影响的空想社会主义著作。

② 佛教用语，四种缘起之一。谓世间一切现象与生死流转，皆由众生之业因所生起。

如果把这看似实体的被造物看做是“法”和“我”，把存在的理由看做是“业”的话，那么成为另一个空间的神的实体，即是“解脱”。

维科在他的神学理论中提倡，神的创造“内在地”转化为被创造之物，“外在地”转化为事实，因此世界是在时间中被创造出来的。他认为，追求无限和永远的人的精神，乃是神意的体现，它不受肉体的限制，因而也不受时间的限制，所以是不死的。但是关于无限者是怎样降落到有限的事物里的，他却诉诸于不可知论，避开不谈。不过，轮回转世学说的睿智正是从这里发端的。

这样说来，印度哲学不借助幻想和梦，一味仰赖于坚韧的认识力，始终与不可知论无缘，则是令人惊叹的。

一五

……当本多了解到西洋的这种轮回思想，是一些极其孤独的思想家从古代断断续续流传下来的之后，也就能够理解公元前二世纪，统治西北印度的弥兰陀王接见那伽犀那长老时，提出的种种问题，表现出对佛教的轮回转世说抱有深深的怀疑与好奇心，并把希腊自古以来的毕达哥拉斯派哲学抛之脑后的缘由了。

日译本《大藏经》中《弥兰陀王问经》的第一卷，是以描写下面这样的都城开头的。

“如是所闻：希腊人（殖民）建国之地，有一名为奢揭罗之都城，乃通商贸易一大中心。此地山清水秀，花园、森林、池塘和湖泊、山川林野形成（天然的）极乐净土，令人流连忘返。该地居民充满虔诚之念。加之敌人已尽被扫荡，毫无不安与压迫之感。此皇城砦垒重重，城门宏壮，拱门威严，白壁高墙，深沟堑壕，防备极其森严。且街衢宽阔，十字街、市场等设计甚是巧妙。商家橱窗装饰绚丽，名贵商品堆积无数。数百座慈惠院，尽显街市之庄严肃穆。数千幢高楼大厦，恰似喜马拉雅山巅，巍巍乎高耸云霄。但见街市上，男子如青松，女子似花朵，婆罗门、刹帝利、毗舍、首陀等，上中下各等级民众，成群结队，熙熙攘攘。

“因此地市民恭迎各教派学者教师之故，奢揭罗府可谓各宗长老硕学之巢穴。街市上，叫卖贝纳勒斯纺织物，及各种绸缎布匹之商铺鳞次栉比。花香市场发散馥郁芬芳，净化街市。出售如意宝珠等各种宝石之商家，金银铜石器皿之店铺，多得不可计数。踏入店中，如入眼花缭乱之宝石矿山。移步至另一街市，则随处可见五谷杂粮商号，充斥高价商品之库房，各式食品店，各类果品店，可谓应有尽有，生活极其方便优裕。总而言之，此奢揭罗府之富庶可与北俱卢洲匹敌，其繁华可与天庭之市拮抗。”

自视甚高、辩才机锋所向披靡的弥兰陀王，认为印度现在不过是智慧的谷壳。他初次会见具有真知灼见的高僧那伽犀那就是在这座光怪陆离的都市里。

弥兰陀王向那伽犀那提出下面的疑问。

“高僧啊，当我呼唤那伽犀那时，这那伽犀那是什么人呢？”

长老反问道：

“您认为那伽犀那是什么人呢？”

“高僧啊，我认为那伽犀那是存在于身体内部，化为风（呼吸）而进出的生命（灵魂）。”

本多读到这里，不由想起毕达哥拉斯的宇宙呼吸说。就是说，希腊语的灵魂本来的意思是气息。如果人的灵魂是气息，可以说人是靠空气生存的。整个宇宙也是如此，由气息和空气来维持。这就是伊奥尼亚的自然哲学所主张的。

高僧又反问，吹法螺的人、吹笛子的人和吹角笛的人的气息，一旦吐出就不再返回，可他们并不会死，这是为什么呢？国王回答不出来。于是，那伽犀那说了一句话，暗示希腊哲学与佛教的根本区别。

“并不是灵魂存在于呼吸之中，进出的气息只是身体的潜在能力（蕴）。”

……本多此刻似乎马上预感到了下一页上的回答。

国王问道：

“高僧，无论什么人，死后都复生吗？”

“有的复生，有的不复生。”

“什么人复生，什么人不复生呢？”

“有罪孽者复生，无罪孽的清净者不复生。”

“高僧您复生吗？”

“如果我死时，心中贪恋生而死，则复生，否则不复生。”

“善哉，高僧。”

——由此开始，弥兰陀王心里萌发了旺盛的探究欲，他执拗地就轮回转世的问题接连发问。关于佛教“无我”的论证，以及“既然无我，为何有轮回？”等关于轮回主体的追究，以希腊式对话的螺旋状穷理的方式向那伽犀那质疑。如果轮回是由于善因善果、恶因恶果的业的报应，那么必须有对行为负责的永恒的主体。然而，高僧所属部派佛教的阿毗达磨教学断然否定《奥义书》[1]时代承认的“我”，所以，这位尚不知后世精妙的唯识论体系的高僧只能回答：“没有作为实体的轮回的主体。”

但是，那伽犀那以一盏明灯来比喻轮回转世。那傍晚的火焰、

① 印度古代哲学典籍，《吠陀》的最后一部分。

深夜的火焰、黎明前的火焰，都不是完全相同的火焰，但又不是别的火焰，而是依存于同一盏灯，彻夜燃烧着。本多觉得这一比喻，具有无法形容的美。作为缘生的个人的存在，并非实体的存在，仅仅是像这火焰一样的“事象的连续”。

那伽犀那还这样教导：

“所谓时间，即轮回的生存本身。”

这与相隔久远的后世的意大利哲学家的解释非常相近。

一六

……不过，弥兰陀王以佛教徒作为对话者也是理所当然的。国王是外国人，原本就在印度教圈外。虽然他是统治者，但不是生活在印度的种姓制度中，无论怎样去接近印度教，也只会被其排斥在外的。

但是，本多最初接触轮回这个词，是三十年前在松枝清显家，听月修寺住持尼讲述佛法后，自己阅读了L·迭朗善的法译本《摩奴法典》的时候。从公元前二世纪到公元后二世纪之间形成的这部法典，继承了始于公元前八世纪的，梵我一体的《奥义书》时代确立的轮回思想。

“诚然，善业之人为善，恶业之人为恶，因净行而为净，因恶业而为黑。故曰：人由欲成，欲生意向，意向生业，因业而有轮回。”

看来本多在贝纳勒斯的体验，也许早在十九岁接触这部法典时就已注定了。《摩奴法典》可谓包罗万象，从宗教、道德、习惯、法律，到开天辟地、生死轮回。而且，由于贤明的英国人的大力推广，在英国统治印度期间，这部法典对居住在印度的印度教徒一直发挥了作为实在法的作用。

重读这部法典的本多，再一次接触到了贝纳勒斯那样的欢喜和渴求的源泉。因为《摩奴法典》在庄严的第一章里描述了这样的情景：拨开黑暗的混沌，自身发出光辉的自存神，首先造水，然后将种子放进水中，种子长成了太阳般光辉的金色的卵，一年之后，全世界的始祖梵天破卵而生。培育出梵天的水正是贝纳勒斯的水。

《摩奴法典》所昭示的轮回之法将人的转世大致分成三类。支配一切众生肉体的三种性情之中，充满喜悦、恬静及光明磊落情感的睿智之性情，转世为神；热心事业、优柔寡断、从事不正当职业并耽于感官享乐的无智之性情，转世为人；过着放荡、懒惰、软弱、残忍、无信仰、邪恶生活的怠惰之性情，转世为畜生。

《摩奴法典》详细规定了转世为畜生之罪。杀害婆罗门者，投生犬、猪、驴、骆驼、牛、山羊、绵羊、鹿、鸟之胎；偷盗婆罗门金钱的婆罗门，一千次投生为蜘蛛、蛇、蜥蜴及水栖动物之胎；侵扰高僧打坐者，一百次投胎为草、灌木、蔓草及肉食兽；盗五谷者变成鼠，盗蜜者变成虻，盗牛奶者变成鸟，盗调料者变成犬，盗肉者变成秃鹰，盗肥肉者变成鹈鹕，盗盐者变成蟋蟀，盗绢者变成鹧鸪，盗亚麻布者变成蛙，盗棉布者变成鹤，盗牛者变成大蜥蜴，盗香料者变成麝香鼠，盗蔬菜者变成孔雀，盗火者变成苍鹭，盗家具者变成蜂，盗马者变成虎，盗妇人者变成熊，盗水者变成郭公鸟，盗果实者变成猿。

一七

……依据完好保存了巴利语[①]原典风貌的《南传大藏经本生经》的朴素教义，泰国小乘佛教认为，即使是佛陀，其过去世的菩萨行期间，无罪而轻易转世为鼠或金色的天鹅也是天经地义的。

在泰国流行的南传佛教，直至明治时代，还不为日本所了解。佛陀圆寂后，大约一百年至二百年间，小乘佛教分裂成许多派别，称为小乘佛教二十部。公元前三世纪，阿育王统治下的摩晒陀，使其中的“分别上座部”传到了锡兰（即斯里兰卡），至今仍流传于锡兰、缅甸、泰国、柬埔寨等国。

用巴利语书写的“分别上座部”的三藏之中的繁琐详尽的律藏规定，至今仍是泰国修行僧的戒律，严格规戒着他们的日常修行。其中比丘二百五十戒，比丘尼三百五十戒。

“分别上座部”的轮回转世观是怎样的呢？它与唯识论有何区别，有何特色呢？且不说年幼公主的信仰，曼谷街头随处可见的，身披袈裟的僧人们内心暗藏的轮回思想是怎样的呢？本多渴望了解这些而广泛阅读佛教书籍。

结果他知道了，这些南传上座部的教义起源于与弥兰陀王交谈的那伽犀那高僧所属的阿毗达磨教学。关于《弥兰陀王问经》流传的途径，有学者认为，最初大概是在希腊的殖民地西北印度写的，流传到东边的马加达地区后改为了巴利文，经过增补之后再传到了锡兰。不久，又经锡兰流传到了缅甸、泰国等国家。这就是暹罗版大藏经《弥兰陀王问经》的由来。

因此，可以认为泰国人信奉的轮回观，大致与那伽犀那高僧所说的轮回观相同。这一派认为：

"引起轮回转世的'业'的本体是'思'，即意志。"

这种观念与《阿含经》的主张也很一致，接近佛教最根本的思想。若站在动机论的立场，正如这派所说的那样，人的肉体或外界事物本无善恶之分，使其成为善或成为恶的全是心，是"思"，是意志。

按说可以到此为止了，但阿毗达磨教学为了说明无我，又从这一物质界整体的无记[②]开始解释。譬如那里有一辆车，构成车的诸因素不外是一般物质的诸因素，但由于乘它的人轧了人而逃走，这车便成了罪的容器。由此可见，心与意志构成了罪与业的原因，所以说，我们本来是无我的。然而，"思"坐在这里面，因贪、瞋、邪见、无贪、无瞋、正见之六业道引起轮回转世。因此尽管"思"是轮回转世的原因，却不是主体。主体终归是无法知晓的。来世只是今世的连续，与今世连成一体的长明之灯便是生。

联想到年幼的泰国公主内心发生的变化，此时的本多，感到更能够理解了。

---

① 巴利语与梵语同属古印度语，但梵语属于雅语，巴利语属于俗语；梵语是贵族语，巴利语是民众语；梵语是婆罗门教—印度教的标准语，巴利语则是佛陀及圣弟子们的用语。

② 佛教用语，善恶无记三性之一的无记性。

每到雨季，曼谷便河水泛滥。道路与河流，河流与田地的界限顿时消失，道路变成河流，河流变成道路。生活在那里的那颗幼小的心灵里，即便出现梦中的河水泛滥变成了现实，冲破前世与来世的堤坝，将今世变成一片汪洋的情景，也不稀奇吧。而且，她还会看见从河水泛滥的田野中露出水稻绿油油的叶梢，原来的河水与田地里的水都沐浴着同样的太阳，倒映着同样的积雨云。

就这样，月光公主的心里爆发了自己也没意识到的来世与前世的洪水。当她极目远望，看到在雨后明月高悬的广淼水域里，遗留着一个个岛屿似的现世痕迹时，恐怕会感到难以置信的。然而，堤坝业已决口，境界业已冲破。从现在起，前世将自在言说了。

一八

……本多感到，凭借遗留在曼谷的那一团美丽可爱的谜，居然轻易回归了使他年轻时那样烦恼的唯识论回归了那雄伟的大迦蓝般的大乘佛教体系里去。

尽管如此，“唯识”也是一座令人头晕目眩的崇高智慧的宗教殿堂，它以最为周详精密的理论，克服了曾经否定“我”与“魂”的佛教围绕轮回转世“主体”的理论困境。那繁冗无比的哲学成就就像曼谷的晓寺，以充满拂晓凉风和微光的幽玄的时间，洞穿了清晨淡蓝的苍穹。

最终解决了几个世纪都未能解决的轮回与无我的矛盾的，正是“唯识”。是什么轮回于生死之间，或往生净土呢？究竟是什么呢？

……………………

其实最早使用“唯识”一词的是印度的无着。无着的生平，自从他的名字在六世纪初叶经由《金刚仙论》传到中国以来，就已带有传说的性质。唯识说起源于大乘《阿毗达磨经》，如下面所述，《阿毗达磨经》的一个偈构成了唯识论最重要的核心。无着以其主要著作《摄大乘论》将它系统化了。顺便说明一下，“阿毗达磨”是经、律、论三藏中意味着“论”的梵语，所以《大乘阿毗达磨经》等于《大乘论经》。

我们平常是以所谓“六感”的精神作用生活的，即眼、耳、鼻、舌、身、意六识。唯识论又创立了第七识，叫做末那识，可以解释为，它包含了自我、个人的自我意识的一切。然而唯识没有就此止步，还在其后面进一步设想了“阿赖耶识”这一终极之识。这是如同其汉译“藏”那样的，包藏着存在世界的一切种子之识。

生命是活动着的。阿赖耶识是活动着的。这个识是总报的果体，蕴藏着一切活动的结果——种子。所以，我们生存于世，归根结底，不外乎是阿赖耶识在活动。

这个识犹如白沫飞溅的瀑布一样长流不息。瀑布历历在眼前，而每一瞬间的水都是不同的水。水在永不停歇地翻卷着、流动着、飞溅着。

集无着学说之大成，著有《唯识三十颂》的世亲曰：

“永恒流转如瀑布。”

这句偈是二十岁的本多，为了清显拜访月修寺时，心不在焉地听老住持尼讲的。

这又使他联想起，印度之行时去的阿旃陀。当他走出仿佛刚才还有人待过的僧房时，突然映入眼帘的那一对坠入瓦格拉河的瀑布。

而这一对恐怕是最终的、终极的瀑布，与初次见到勋时的三轮山三光瀑布，以及很早以前见过的松枝宅邸的瀑布，就像在镜中一样互相映照着。

在阿赖耶识中种植着一切结果的种子。只要人活着，上述七识就要活动。且不论其活动的结果，不仅这种心法的活动，就连作为其对象的色法的种子，也在心法的陪伴下一起种在这里。将此比喻为给衣服熏香，称为“熏习”，因此称之为“种子熏习”。

可是，关于阿赖耶识本身是否是未经任何污染的中性之物，有各种不同的看法。如果它本身是中性的，那么引起轮回转世的必然是外力，即所谓业力。因为存在于外界的所有事物，所有诱惑，不，就连内心也存在着的，从第一识至第七识的所有感觉的迷茫也包括在内，都不能不以其业力来施加影响的。

但唯识论将这种业力以及业力带来的种子——业种子看做是间接原因（助缘），认为阿赖耶识本身既包含引起轮回的主体，又包含其动力。这就导致这样一种看法，即无着所主张的那样，阿赖耶识本身当然不是一尘不染，而是水乳交融的和合识，一半受到污染，成为去往迷界的动力，而另一半洁净的成为悟道的动力。于是，其包藏的种子借助善恶业的种子，现行[①]而为来世苦乐的果报。重视业力活动的具舍论与唯识论的不同之处就在于此。唯识论认为，阿赖耶识由阿赖耶识的种子现行而形成自然法则（同类因等流果），其种子以业种子为助缘而生成道德法则（异熟因异熟果），以此展开了其独特的世界构造。

阿赖耶识即是有情总报的果体，是存在的根本原因。例如，作为人类的阿赖耶识现行，即是指的人类的现实存在。

阿赖耶识就这样使这个世界——我们居住的迷界显现。一切认识的根包括了一切认识对象，并使之显现。这个世界是由肉体（五

---

① 阿赖耶识有生一切之法的功能，谓之种子。自此种子生色心之法谓之现行。

根)、自然界(器世界)和种子(可使一切精神现行的潜在力量)构成的。如果无论是作为被“我执”所控制的我们的实体——自我,还是我们认为死后不灭的灵魂,都是从产生一切诸法的阿赖耶识发生的话,那么一切归于阿赖耶识,一切归于识。

但是,如果由唯识这个词语,导致我们将此岸看成作为一个实体的主观,将映现在那里的世界都看做是其产物的唯心论的话,只能说我们混淆了“我”与“阿赖耶识”。因为作为常数的“我”是一个不变的实在,而阿赖耶识则是没有瞬息停歇的“无我之流”。

无着的《摄大乘论》中,将受阿赖耶识熏染而显现迷界的种子,解释为三种熏习。

第一是名言种子。

例如,蔷薇被认为是美丽的花。为了区别蔷薇之名与其他花名,弄清它究竟是怎样美丽的花,我们来到蔷薇跟前,认识它与其他的花有何不同。蔷薇首先是作为一个名称而出现,概念引起空想,被引起的空想接触到实体,其香气、其颜色、其形态便储藏在了记忆中。或者,看到一种不知其名的花,因美得令人陶醉,而产生认识欲,得知其为蔷薇,便将其编入自己的概念世界中。我们这样学习意义、名称、语言、对象,还学习与之有关的知识。学习的不一定只是美丽的名称,也不只是正确的意义,但知觉与思考所得到的一切,被储存于无始以来的记忆深处,从而不断产生出世界环境。

第二是我执种子。

八识中的第七识末那识,向阿赖耶识引发区别自他的我执时,这我执主张绝对的个我,进而推动其他六识,将我执熏习不断地重复下去。本多不能不认为,所谓现代人的自我的形成以及自我哲学的迷茫，也无不由此发源。

第三是有支种子。

有即是三有（三界），指欲有、色有、无色有的迷界整体。支即是因。这个种子造成一切迷苦世界的因，即是所谓业种子。命运的不同，走运与背运的不公平，皆由于这业力的功能。

——至此，什么是轮回转世的主体，什么轮回于生死之间，便一清二楚了。它正是构成滔滔不绝的“无我之流”的阿赖耶识。

一九

……然而，越是深入学习唯识论，本多对于阿赖耶识以怎样的形态显现世界，越是感兴趣。因为唯识论认为，阿赖耶识引起的因果是“同时”，即一刹那间发生的，并且是交替发生的。既然本多只能把因和果想象为时间的继起，因而，他觉得阿赖耶识与染污法的“同时更互因果”的观念最难理解。而且，这显然是唯识及大乘与小乘的分歧之所在，表明了它们对世界的解释根本不同。

在小乘佛教的世界里，就像曼谷的雨季，河水、水田和原野已分不清界限，无边无际地连成一片。现在那里泛滥的洪水，过去有过，将来同样会发生。庭院里开出鲜红花朵的凤凰树，昨天立在那里，明天还会立在那里的。这些存在，即便本多死后也还会继续下去的。确实如此的话，同样，本多的前世也必定会顺利地延续到来世，反复地转生的。世界这般自然而然地允许，就像热带的土地吸收水分一般自然地允许，即是南传上座部小乘佛教的教导。由于我们的生存是横跨过去、现在、未来而延续，因此，无论过去、现在，还是未来，都存在于浓厚而缓慢的流逝之中，好比一条悠悠流淌的、两岸长满红树根的褐色的河。这种学说就叫做“三世实有法体恒有说”。

与此相反，大乘，尤其是唯识，把这个世界解释为奔腾不息的激流，或飞泻直下的瀑布。如果这个世界的形态是瀑布的话，那么这个世界的根本原因和认识的根据都是瀑布。它即是每一瞬间都在生灭的世界。无论过去的存在，还是未来的存在都没有任何确证，只有我们手能摸到，眼睛能看到的现在一刹那是实有的。大乘特有的这种世界观，被称为“现在实有过未无体说”。

可是，为什么叫做实有呢？

假如眼睛看到，或手触摸到了一枝水仙花，那么，至少现在这一刹那，水仙花及与之相关的世界是实有的。

它得到了确认。

那么，假设人在睡眠的时候，别人把水仙插在他枕边的花瓶里，那么，整个夜晚的每一刹那，他是否都能不停地确认水仙花的存在呢？

当挖眼、割耳、削鼻、切舌、出窍、灭意时，一枝水仙花及其相关的世界还存在吗？

然而，世界是必须存在的！

作为第七识的末那识，也许是以我执来肯定世界的。有可能是否定世界的。既然有自我，既然这自我能够认识，即使失去了五感，他周围的钢笔、花瓶、墨水瓶、红玻璃水瓶（晨曦将白色的十字窗框在水瓶上映出一条优美的曲线）、六法全书、镇纸、桌子、壁板、画框及其他细致地排列在其延长线上的世界也是存在的。或者说，既然有自我，而且那自我能够认识，那么世界上的一切都不过是现象的影子，是认识的投影而已，因此，世界是无，世界不存在……这种我执的习气，是狂妄自大地想要把世界当成一个美丽的皮球踢来踢去吧？

然而，世界是必须存在的！

为此，不能没有使世界产生，使其存在，使一枝水仙花存在，并在每一瞬间不断保证它们存在的识。这就是阿赖耶识。就是使无明的长夜存在，并在这无明的长夜里独自清醒，在每一刹那持续地保证存在与实有的，犹如北斗星般的终极的识。

这是因为世界必须存在！

即便将直到第七识之前的所有世界称为无，或者五蕴[①]尽灭，死亡来临时，只要有阿赖耶识，世界就因此而存在。一切皆依阿赖耶识而存在。因有阿赖耶识而有一切。但是，如果灭掉了阿赖耶识呢？

然而，世界是必须存在的！

因此，阿赖耶识是不会毁灭的。就像瀑布一样，虽然每一瞬间的水是不同的水，却是奔流不息的。

为了使世界存在，阿赖耶识就这样永远流淌着。

因为世界无论如何必须存在！

可是，为什么呢？

因为只有通过作为迷界的世界存在，才能带来到达悟的机缘。

世界必须存在，因为此乃终极道德之要求。这就是阿赖耶识对于世界为什么必须存在这一问题的最终回答。

如果作为迷界的世界的实有是一种终极的道德要求，那么，产生一切诸法的阿赖耶识正是这种道德要求的源泉。此时，阿赖耶识与世界，即阿赖耶识与染污法形成的迷界是互为依据的。因为如果

① 佛教用语，指形成物质和精神等一切存在的五个要素，即色（肉身）、受（感受）、想（想象）、行（意志）和识（认识）。

没有阿赖耶识，世界就不存在了。如果世界不存在，阿赖耶识也就失去了它作为主体进行轮回转世的场所，达到悟的途径也就因此被永远封闭了。

因为根据最高的道德要求，阿赖耶识与世界相互依存，阿赖耶识也依赖于世界存在的必要性。

而且，如果说只有现在的一刹那是实有，保证这一刹那实有的最终依据是阿赖耶识，那么，在同一时间里使世界的一切显现出来的阿赖耶识，也就存在于时间轴和空间轴的交点上。

本多终于理解了，唯识论独特的"同时更互因果"的原理是从这里产生的。

佛说之为佛说，须有释迦佛陀直接的教诲为典据，即必须有圣教量[①]。唯识是在大乘《阿毗达摩经》里最难懂的一偈中找到这一典据的。

诸法藏于识，
识亦藏于法。
二者互为因，
亦常互为果。

本多是这样理解的。

依据阿赖耶识的因缘相续说，把世界作为当下一刹那的片断来看的话，应该是下面这样解释的。

---

① 佛教用语，以圣者所说之教示正确无误，依之可以量知种种义趣，故称圣教量。

就像将黄瓜切成片似的，把世界当下的一刹那切成片，检验其断面一样。

尽管世界是在瞬息间生生灭灭的，但在这断面上显出了其生灭的三种形态。一是“种子生现行”，一是“现行熏种子”，一是“种子生种子”。第一个“种子生现行”是种子造出现在世界的姿态，它当然包含着过去的习气，拖着过去的尾巴。第二个“现行熏种子”描绘了当下的世界受阿赖耶识种子的熏习，向着未来污染下去的姿态。当然，未来的不安投下了阴影。但是，并非一切种子都由于现行而被污染生成现行。那里自然会有虽被污染，但种子只由种子延续的部分。这就是第三个“种子生种子”。只有这第三个因果不可能在同一刹那进行，肯定是随着时间的继起，于“异时”被延续的。

于是，世界以这三种形态，于现在的一刹那，显现出了一切。

而且，第一个“种子生现行”与第二个“现行熏种子”在同一刹那重新生成，并且在同一刹那相互影响，在同一刹那灭亡。一瞬间的横断面，仅仅依靠种子来延续、舍弃、转向下一个瞬间的横断面。我们的世界构造，就像是将阿赖耶识的种子串起来一样，不停地匆忙穿透无数个刹那的横断面——即无数个黄瓜片之后，又不停地将其舍弃掉，再穿越过去，再舍弃掉，如此循环往复。

轮回转世是在人的漫长一生中进行准备的，并非死亡之后才开始。它每一瞬间都在更新世界，每一瞬间又都在废弃世界。

就是这样，种子一瞬间一瞬间地使“世界”这一巨大的迷惘之花开放，并一边废弃它一边延续下去。而种子生出种子这种延续，如前所述，需要业种子的助缘。从哪里才能得到这种助缘呢？依靠的就是一瞬间的现行的熏。

唯识的真意就是，我们现在的一刹那中，会显现出这个世界上的一切。而且，一刹那的世界在下一刹那一旦灭亡，又会立刻显现出一个新的世界。现在出现在这里的世界，在下一瞬间仍旧不断变化着存续下去。因为，这个世界的一切都是阿赖耶识……

二〇

……这样思考下来，在本多眼里，周围的事物与以前所看到的迥然不同了。

偶然这么一天，本多为了一个拖了多年的官司，被请到位于涩谷松涛的某宅邸，坐在二楼的客厅里等候。诉讼当事人到东京之后没有合适的住处，常住在一位已经搬到轻井泽去的、有钱的同乡这所空着的住宅里了。

没有比这个行政诉讼更超越时代、更漫长的诉讼了。此案起始于明治三十二年制定法律之时，而争端则要追溯到明治维新初期了。诉讼的被告方也随着内阁的变换，由以前的农商务大臣变为农林大臣，律师也换了好几代。现在，本多是依据“如果胜诉，原告所有山林的三分之一作为报酬”的历代的合同，才受理此案的。不过，本多也知道，在自己的有生之年，这一诉讼大概不会有什么结果。

总之，本多是因为委托人从乡下带给他白米和鸡肉等土特产，才应邀来涩谷这个宅邸，以工作为名消遣一番的。

早该到的委托人迟迟未到，想必是火车旅途不顺利之故。

在这炎热的六月的下午，穿着国民服[①]、打着裹腿的本多，推开英式的高大窗户，站在窗边，想透透风。本多没有当过兵，总是打不好裹腿，小腿肚上堆成一团，走起路来像拖着个头陀袋。妻子梨枝老是念叨“要是在拥挤的电车上绊住，可就危险啦”。

今天，裹腿的臃肿处已渗出汗水，本多知道他那身夏天穿的化纤国民服俗不可耐，净是褶皱。后背底襟坐出了褶子，皱巴巴向上翘起，难看极了。可是无论怎么熨烫也不见效。

窗外，六月的骄阳下，涩谷车站一带显得十分开阔。这里一周前刚刚遭到了空袭，附近的住宅街虽然没有被烧毁，但从高坡下面直到车站，随处可见烧黑的楼房。昭和二十年五月二十四日和二十五日，连续两个夜晚，总计五百架次的B29轰炸机，轰炸了山手地区，硝烟味至今还未散尽。在当空的烈日下，看着这满目疮痍的惨状，本多仿佛进入了令人毛骨悚然的地狱。

这里的气味近似火葬场。此外，还混杂着日常生活中的厨房或火炉的气味，以及从制药厂飘过来的刺鼻的机器味儿或化学味儿。本多对这种废墟的气味早就习以为常了。幸运的是本多的家乡还没有受到轰炸。

炸弹掉下来的金属声音就像在头顶上的夜空里打钻。燃烧弹喷火后，夜里准会从天空下的一角传来不像是人发出的凄厉的尖叫声，本多后来才意识到，那就是所谓阿鼻叫唤。

眼前的废墟中，烧成红色的瓦砾和倒塌的房顶依然如故，像烧焦的栅栏似的高高低低柱子一个连着一个，从柱子上剥落下来的黑灰随着微风飘飞。

---

① 二战中日本规定男子日常必须穿着的类似军服的土黄色服装。

到处都闪烁着灿烂夺目的光。那其实是散落遍地的破玻璃窗、烧得歪曲变形的玻璃和破碎的坛坛罐罐反射出来的。然而，它们却仿佛机不可失似的将六月的阳光收敛到身上。本多还是初次见识到所谓瓦砾的光辉。

各个房屋的混凝土地基，尽管被坍塌的墙土覆盖了，但依然清晰可辨。一座座房屋的高低错落的地基被赫然袒露在午后的阳光下。整个火灾后的废墟，看上去犹如报纸的纸型，不过，主色调不是那种阴郁的深灰色的凹凸，是近似素陶花盆那样的红褐色。

由于是商业街，少有庭院树木。被烧剩一半的街树依然伫立着。

许多被烧毁的高楼窗户上一块玻璃也没有，对面窗户的光线一无遮拦地重叠到了这边的窗户上。窗户四周大概是被火焰熏的，乌黑乌黑的。

由于这一带坡道和高低不平的小路很多，所以还留有一些混凝土台阶，通往空无一物的地方。石阶下面和石阶上面都是空荡荡的。在这块遍地瓦砾、无从辨别方向的野地里，只有台阶固定出了方向。

万籁俱寂中，有什么东西在微微蠕动着，暄软地浮游着。猛一看使人产生一种错觉，就像是爬满了无数蛆虫的黑色尸体在蠕动一般。其实那是被风刮下来的各种灰烬在飘浮。有白色的灰，也有黑色的灰。有时这些飘浮的灰烬也附着在倒塌的墙头歇息。有的像稻草灰，还有纸灰，旧书店的灰，被服店的灰……这些灰烬混杂在一起，又各自独立地浮游着，在废墟上踉跄着四处游动。

而柏油马路上，有的地方闪耀着黑油油的光泽，那是从破裂的管道缝隙里迸溅出来的水在流淌……

天空异样地辽阔，夏云是洁白的。

——这就是本多的五感此时所感受到的世界。战时，他依仗自己的充裕积蓄，凭着意愿受理诉讼，空闲时间全部用来研究轮回转世。现在，本多忽然发觉，他的研究似乎正是为了显现这片废墟而谋划的。破坏者原来正是他自己。

这一大片世界末日般的焦土，它本身既不是结局，也不是开始。它是一瞬间一瞬间地平静地更新着的世界。阿赖耶识不为任何事物所动摇，它把这个赤褐色的废墟作为世界接受下来，在下一个瞬间又会立刻将它舍弃，再去接受一个同样的、日复一日衰败下去的世界。

眼前的景象丝毫没有引起本多追忆往昔的感慨。他凝视着废墟上刺眼的反光，真切感觉到，如果现在看到一块碎玻璃，那么下一个刹那这块玻璃也将灭亡，整个废墟都将灭亡，再迎来一个新的废墟。以悲惨的结局来对抗悲惨的结局，以更巨大更整体的一瞬间一瞬间的灭亡来对抗无休止的衰败与破灭……是的，心中牢记每一刹那的实实在在的规律性的整体灭亡，同时准备面对不确实的未来的灭亡……本多沉醉于从唯识学来的这种思考令他战栗的清爽。

二一

谈完话后，本多收下礼物，便去涩谷车站坐电车回家。有消息说，B29大举空袭了大阪，人们传说下一个遭受空袭的目标是关西一带。看样子，东京暂时还太平。

于是，本多想趁着天黑之前出去溜达溜达。走上道玄坂，便是松枝侯爵府邸的遗址。

据本多所知，松枝家在大正中期，将其十四万坪土地中的十万坪卖给了箱根地产开发公司。可是，好不容易到手的这笔钱，后来由于十五银行倒闭而损失了一半。以后，继承家业的养子是个败家子，把剩下的四万坪土地也接二连三地卖掉了。所以，现在的松枝家，只不过是一个千坪左右的普通宅子。本多虽然常常坐车路过这座宅子，但现在和松枝家已没有来往，所以就未造访。上周这一带遭空袭，不知这个宅子是否被烧毁，本多不由抱有一丝好奇心。

道玄坂烧焦的高楼旁边的人行道已经被清理出来，上坡并不费力。遮盖着烧焦的木头和白铁皮的防空壕随处可见，人们开始在壕沟里安家落户了。炊烟袅袅，快到晚饭时间了。他还看见有人拿着锅，从露出地面的自来水管接水的情景。天空一片火红的晚霞。

从坡上到南平台一带，过去均属松枝宅邸十四万坪地产的范围之内。后来被分割成许多小块，如今又变成了一望无际的废墟。它沐浴着满天的晚霞，又恢复了往日的规模。

唯一幸免于火灾的是一座宪兵队的建筑物，戴着袖标的宪兵进进出出。这里应该是邻近松枝家的。果然，对面不远处就是松枝家的石头门柱。

本多站在大门前望去，偌大的千坪之地也显得十分狭窄。这是由于盖了很多房屋，把地皮都分割成了小块的缘故。宅第里的泉水和假山，一如昔日大池塘和红叶山的寒酸模型。后院没有石墙，木板墙也烧毁了，所以连接南平台的毗邻土地上的大片废墟尽收眼底。本多还记得，那片地正是原来的大池塘被填平的地方。

池中有个小岛，红叶山的瀑布也注入那里。本多曾与清显一起划着小船去岛上玩。在小岛上认识了一身浅蓝装束的聪子。清显是英姿勃发的青年，本多也是远比自己想象的要充满活力得多的青年才俊。在那里，曾经发生过什么，又结束了。然而，却没有留下一丝痕迹。

松枝家的领地由于毫不留情、不偏不倚的轰炸而再现了原貌。土地的起伏虽与过去不同，但在这一大片废墟上，本多几乎可以指点出那边是池塘，那边是侯爵的住房，那里是上房，那里是西式建筑，那里是大门口的停车场。本多由于常来松枝家，所以记得非常准确。

但是，在翻卷的火烧云下面，弯曲的白铁皮、破碎的瓦片、炸裂的树木、熔化的玻璃、烧焦的壁板，以及白骨一般孑然而立的火炉烟囱，变成菱形的破门等等无数的碎片，都无一例外地被染上了铁锈色。这些杂物乱七八糟地躺在地上，显得极其潇洒，无拘无束。那形状就像是从地里刚发芽的奇怪的荨麻。夕阳给它们一个个配上实在的影子，更加深了这种印象。

天空像画满了乱云的布景，姹紫嫣红的。云彩也被染得火红，一缕缕飘逸的云丝缝隙间，透出金色的光芒。本多还是头一次见到天空出现这般不祥的景象。

他忽然看见，前面望不到边的废墟中的一块假山石上，有个人背对他坐着。夕阳下，发亮的紫藤色松腿裤反射着葡萄色的光。黑亮的发束湿漉漉的。头垂得很低，看样子很悲伤。好像在哭泣，肩头却没有抽动。好像很难过，却不见痛苦的唏嘘，只是枯死了似的低着头。即便是在沉思，一动不动的时间也太长了些。从头发的光泽来看，好像是一位中年妇人。本多猜想她多半是宅子的主人，不然就是与主人关系密切的人。

本多想，如果她是突然发病的话，就应该上前去救助她。走到近旁，他看见那妇人的一个黑色手提包和手杖放在石头边。

本多扶着她的肩头，轻轻摇了摇她。他怕太用力的话，她会立刻崩溃，化为灰烬。

妇人微微仰起脸来，本多一看她的脸，感到很可怕。那不自然的黑黢黢的鬓发显然是假发。厚厚的白粉遮盖了眼窝和皱纹，又配以宫廷式的上唇山形、下唇点色的鲜艳的口红。透过这难以言表的衰老，蓼科的容貌浮现了出来。

"您是蓼科小姐吧？"

本多不禁说出了她的名字。

"您是哪位呀？"

蓼科说道。

“请稍候。”

她说着，急忙从怀里掏出眼镜，打开眼镜腿戴到耳朵上，这一掩饰般的动作使本多脑海里浮现出蓼科的惯用伎俩来。她是借着戴老花镜来看清对方这个幌子，快速判断对方。

然而这一企图未能成功，在戴老花镜的老女人面前站着一个不认识的人。蓼科的脸上显露出了不安和某种极其古老的贵族式的偏见——她长期巧妙地模仿来的温柔的冷淡表情。然后，她拘谨地说道：

“请原谅，我的记性很不好，您是哪一位，实在是……”

“我是本多。三十几年前，我和松枝清显君是学习院的同学。我们是好朋友，我常来这宅子玩。”

“啊，您是那位本多君吗？真是好久不见了。没认出您来，实在是抱歉哪。本多君……对，对，的确是本多君。您的模样没怎么变哪。这可真是太……”

说着，蓼科赶紧把袖子按在了眼镜下面。从前的蓼科的眼泪多半是值得怀疑的，但现在她眼睛下面的白粉眼看被眼泪润湿，好比白色的墙壁被雨水淋湿了一样。泪水从那浑浊的眼睛里机械地汩汩流出。这样与悲喜无缘的倾盆大雨般的泪水，比起她过去的泪水要可信得多了。

尽管如此，蓼科也衰老得太厉害了！在那厚厚的白粉遮盖下，老年斑似乎已遍布她的全身。只有细腻而超人的理智，像死者身上还走着的怀表似的，仍在勤恳地工作着。

“看来您真是很健康，今年高寿啊？”

本多问道。

“今年虚岁九十五了。托您的福，只是耳朵有点儿背，没什么别的毛病，腰腿也挺硬实的。这么拄着拐杖，自己一个人，哪儿都能去。我住在侄子家，他们不愿意我一个人外出，可我是个死在哪里都无所谓的人了，想趁着还能走得动的时候出来走走。空袭也没什么可怕的。炸弹也罢，燃烧弹也罢，碰上了，就可以干脆地死去了，不给别人添麻烦。这么说也许让您见笑，看见倒在路旁的死尸，我还有些羡慕呢。前些天听说涩谷一带被炸了，我特别想看看松枝老爷的宅邸，就瞒着侄子夫妇出来了。哎哟，要是侯爵夫妇还在世，看见这般光景会怎么想呢？没受这份痛苦就去世了，或许反而是他们的福分呢。”

“我家侥幸没有被烧。不过，家母也有同感呢。家母是在日本节节胜利的时候死的，说不定这样反倒幸福一些呢。”

“哎呀，真是的，令堂也作古了……这可真是，我一点儿也不知道啊……”

蓼科还是没忘记过去那种不带任何感情的谦恭的客套。

“绫仓小姐后来怎么样了？”

话出了口，本多觉得问了个不该问的问题。果然，老妇人很明显地露出了踌躇的神色。只是蓼科越是将感情表现得“很明显”，其感情越是同展览品一样，距离坦率也越远。

“哦，小姐削发之后离开了绫仓家，后来只回来参加了老爷的葬礼。那时候夫人还在世，老爷去世后，夫人处理了东京的房产，借住在京都鹿谷的亲戚家。而小姐她……”

“您见到过聪子吗？”

本多问道，不禁感到了一阵心跳。

“是的，后来见到过两三次。我前去拜访小姐时，小姐待我特别亲切。对我这样的人，还挽留我住在寺里。她可真是心地善良啊……”

蓼科摘下因眼泪而模糊的眼镜，从袖子里掏出粗糙的手纸，长时间地捂在眼睛上。把手纸拿下来时，眼睛四周的白粉脱落而成了黑眼圈。

“聪子小姐过得还好吧？”

本多又问了一句。

“当然很健康了。怎么说好呢，小姐越长越俊秀了。那拂去了尘世污浊的美貌，随着年龄的增长愈加清纯脱俗了。请您务必去看看她。您也一定很想念她吧。”

本多蓦然回想起，那次从镰仓回来途中，与聪子二人深夜同车兜风的情景。

……她是“别人的女人”。但当时的聪子，可以说是个极不守礼法的女人。

已经预感到了结局的到来，对此有所准备的聪子，在黎明前的车窗外繁茂的绿色闪过时，忽然闭上了她那睫毛长长的眼睛。这令人战栗的一瞬间至今仍历历如在本多眼前。

从回忆中清醒过来时，本多见蓼科一改假意谦恭的表情，正在观察自己。犹如纺绸被拧过似的皱纹，围绕着山形口红四周，嘴角两端的皱纹微微抽动着，看似在微笑。突然，她那双稀疏的残雪中的一对古井似的眼睛里，闪过一丝媚态。

“本多先生，您也喜欢小姐，这我是知道的。”

比起有意谈起事过境迁的不愉快的事来，蓼科狐媚的余温更为可怕。本多想转个话题，正巧手里有刚才委托人送的礼物，就从里面拿出两个鸡蛋和一些鸡肉送给她。

接过鸡蛋的蓼科，果然露出了天真的快乐和感谢之意。

“哎呀，鸡蛋。这年头，鸡蛋实在太稀罕了！好多年都没见了。鸡蛋，啊！”

然后，老女人不厌其烦地、絮絮叨叨地道起谢来。本多这才发觉她几乎得不到可以充饥的食物。更使本多吃惊的是，她把放进手提包里的鸡蛋又拿出来，朝着晚霞黯淡，暮色沉沉的天空高举起来，说：

“请原谅我的失礼，与其带回家去，不如就在这里……”

老女人这样说着，仍恋恋不舍似的拿着鸡蛋朝暗蓝色的天空照着。她那颤抖的衰老手指间，鸡蛋细腻光滑的蛋壳闪着光辉。

然后，蓼科把鸡蛋放在手掌里抚摩了好一会儿。四周一片寂静，只听见老女人干枯的手掌轻轻摩挲鸡蛋的声音。

本多没有帮她寻找磕鸡蛋的地方，觉得那就像是帮着她干一件不吉利的事情，所以没有伸出手来。谁料想，蓼科相当灵活地在自己坐着的石头边上，把鸡蛋磕破。她怕鸡蛋流到地上，小心翼翼地送到嘴边，慢慢抬起头来，向暗空张开嘴，让鸡蛋一股脑儿流进白色的假牙中间。在流进嘴里的一瞬间，能看得见亮晶晶的圆圆的蛋黄，紧接着蓼科的喉咙里发出了很响亮的咕噜一声。

“啊，好久没有吃到这样的美味了。我好像又得到新生了。仿佛又变回了当年的美貌。别看我现在这副模样，当姑娘时，我曾经是当地闻名的美女呢。您大概怎么也无法相信吧。”

蓼科说话的口气一下子变得无所顾忌起来。

物体的色彩在即将被暮色笼罩之前，反而看得更加清晰。现在正是这样的时刻。废墟上烧焦的木头的颜色，植物新鲜的裂痕的颜色，以及积了雨水的弯曲的白铁皮等等，都令人不快地一一映入眼帘。只有在西边的天空下，耸立着的黑森森的几座烧毁的楼房之间，残留着一条朱红色光线。那朱红色的断片把建筑物的玻璃窗映得通红，宛如无人居住的废屋里点着红灯。

“真不知该怎么表达我的谢意。从前您就是位和蔼的少爷，现在还是这么温和。我也没什么可以答谢的，至少……”

蓼科说着，伸进手提包里摸索着什么。本多正想阻止她，蓼科已拿出一本日本线装书，放在本多手里。

“……至少把我平日最珍惜的，随身携带的这本经书赠给您。据说它能祛病消灾，是一位和尚送给我的宝贵经书。今天想不到遇见本多先生，谈起了许多往事，我也没什么可牵挂的了，所以把它送给您。出门时可能会遇到空袭，现在又流行热病，但只要随身带着这本经书，您一定能得到保佑。这是我的一点心意，请您一定收下。”

本多恭恭敬敬地接过书，暮色中，朦胧看见封面上印着《大金色孔雀明王经》几个字。

二二

从这一天开始，本多难以抑制想见聪子的欲望。从蓼科嘴里得知聪子依然美丽如初，也使他的这一念头愈加强烈。因为他最怕看到像焚烧过的遗迹般的“美丽的废墟”。

但是，战况日益严峻起来，要是没有过硬的军方门路，很难弄到火车票，随心所欲的外出旅行简直是天方夜谭。

在这段日子里，本多读起了蓼科送给他的《孔雀明王经》。本多迄今为止从未接触过密教的经典。

这本书是用密密麻麻、难以辨认的铅字印刷的，开头是解说以及密教的仪式规范等等。

孔雀明王排在从“胎藏界曼荼罗苏悉地院”南端数第六位，具“诸佛能生”之德，故又称“孔雀佛母”。

本多查阅了迄今为止所收集到的佛书，知道了这位女神起源于印度教的“精力信仰”。由于“精力信仰”是倾向于湿婆神之妻迦梨和杜尔迦的，而本多曾在加尔各答参拜过的迦梨女神庙里的那尊迦梨女神像，正是孔雀明王的原型。

了解了这些，本多立即对这本偶然得到的经典发生了兴趣。印度教的古代诸神改头换面之后，与密教的密仪使用的“咒文”（陀罗尼）和“真言”一起，不断向佛教世界内部雪崩般地涌入。

《孔雀明王经》原本是佛陀为预防蛇毒，或者即便被蛇咬了，也可以去除蛇毒所念的咒文。经文曰：

“吉祥出家未久，为僧之洗浴备薪时，异木下盘踞一黑蛇，螫吉祥比丘右足趾，比丘闷绝躄地，目翻吐沫。是时，阿难诣佛所问：‘如何能治？’佛告阿难：‘汝持如来大孔雀王咒经，拥吉祥比丘，结戒结咒，则毒不能害，且刀杖众患皆不能加，悉除。’”

这部能治蛇毒，并能祛除一切热病、外伤、痛苦的经典，不仅诵读有效，只要心中浮现孔雀明王，即可消除恐怖、仇敌及一切灾难。它就是这样一部不可多得的经典。所以在平安朝时代，只允许由东寺长者和仁和宫主持孔雀明王经法的秘密仪式，专门祈祷消除从天灾人祸至疫病分娩的所有灾难。

孔雀明王与其原型迦梨女神耷拉着舌头、颈挂人头的血淋淋形象不同，它像是神化的孔雀，美丽而华贵。

无论是模仿孔雀啼声“诃诃诃诃诃诃诃诃诃诃诃诃”的陀罗尼，还是意味着“孔雀成就”的真言“摩谕罗吉罗帝莎诃”，以及仪规中被尊崇为“佛母大孔雀明王印”的反绑双手，将双手的大拇指和小指重合起来的特殊印相，皆为孔雀的庄严直叙和摹写。这印相即是孔雀的形状，小拇指是孔雀尾，大拇指是孔雀头，其余六指模仿翅膀。一边吟咏真言一边扇动六指的姿势，即是表现孔雀舞蹈时的姿态。

骑着金色孔雀的明王背后摇曳着的，正是那印度的苍穹。为了使人们心中怀有幻象，这些热带的天空，那瑰玮的云彩，那午后的倦怠，那傍晚的微风是不可缺少的。

金色孔雀朝向正面，两脚有力地站在地上。它张开双翼，驮着明王，以绚丽多彩的开屏代替背光，守护着明王身后。明王在孔雀背上的白莲花座上结跏趺坐。明王有四只胳膊，右边第一只手执开敷莲花，第二只手持具缘果，左边第一只手持吉祥果贴于胸前，第二只手持三五根孔雀羽毛。

明王面呈慈悲相，朝向正面的脸和肌肤异常白皙，头戴宝冠，颈饰瓔珞，耳垂耳环，腕套手镯，这些灿烂夺目的装饰品使它那披着薄纱的肌肤愈加庄严神圣。那半睁的眼睛，低垂的眼睑，好似午睡刚醒时的倦懒神情。其大慈大悲，普度众生，恐怕会产生出恰如本多在印度明亮的原野里时发现的那样的无为而假寐般的感情。

与这洁白的佛像相比，相当于光环的孔雀屏则是五彩缤纷，灿烂耀眼。在鸟类的色彩中，它最接近晚霞。仿佛将混沌的世界严格排列起来的密教的曼陀罗一样，它把失去了一切秩序的晚霞的色彩的泛滥、其形态的不羁、光线的缭乱整理成井然有序的几何学图案的色彩组合。只是，金色、绿色、深蓝色、紫色、茶色等黯淡的光彩，显示出的是几乎与落日同归于尽的晚霞的最后时刻。

那孔雀屏上只是缺少火红的颜色。如果世上真有火红色的孔雀，火红色的明王骑在这展翅开屏的孔雀背上，人们一定会认为她就是迦梨女神。

本多想，在与蓼科相遇的废墟上空的那片火烧云里，一定有这样的孔雀在显灵。

第二部

二三

“您家的柏树林长得真茂盛，从前这一带特别荒凉，连一棵树都没有。”

本多的新邻居对他说。

久松庆子是一个气度不凡的女人。

虽说她已经快五十岁了，却显得很年轻。她那张据说整过形的脸，依然光艳照人。她早已离了婚，是个很特别的日本人，居然可以对吉田茂首相或麦克阿瑟元帅也出言不逊。她现在的情人是个年轻的美国占领军军官，驻扎在富士山脚下的兵营里。她为了把一直闲置的御殿场二冈的别墅收拾出来，作为幽会的场所，就借口要“慢慢给积压的信件写回信”，到这里来了。所以，她和本多成了邻居。

昭和二十七年春天，本多已经五十八岁了，有生以来第一次拥有了别墅。明天，为庆祝别墅落成，从东京请来了一些客人。所以，今天自己提前来这里住一晚上，做些准备。顺便请邻居庆子先来瞧瞧这幢房子以及五千坪的庭院。

“我一直像自己盖房子似的盼望着您的别墅早日完工哪。”庆子穿着尖跟鞋，像只水鸟似的踮着脚，在带霜的枯草坪上一步一步走着，“这块草坪是去年种的吧，还真种活了呀。先造庭院，后盖房子，要不是特别喜欢植物，是做不到的。”

“就因为后盖房子，只好先住在御殿场，每天过来栽种植物。”

本多回答。为了抵御严寒，他穿了件巴黎执政官穿的那种厚厚的对襟毛衣，已旧得有点儿开线了，还戴了条丝绸围脖。

本多在一辈子养尊处优的庆子面前，不觉有些自惭形秽。自己这一生只知道工作、学习，直到五十岁才学会了安逸。

本多今天能成为这个别墅的主人，多亏了明治三十二年四月十八日，以天皇名义颁布的《国有土地森林原野归还法》。这陈旧的法律条款，如今早已无人知晓了。

明治六年七月，颁布修改地租的诏书时，政府官员们巡视了各地的村庄，以便查清土地所有者。害怕征收地租的土地所有者，对自己的土地也故作不知，予以否认。因而，许多私有土地和集体所有地就成了所属不明的土地，被征为国有土地了。

后来人们对此一直是怨声载道，明治三十二年又颁布了新的法律。新法第二条规定，申请归还土地者，必须负责证明曾是土地所有者这一事实，并提交文件及其他六项凭据中的至少一项。第六条规定，此项诉讼归行政法院管辖。

许多此类诉讼是明治三十年代提交的，只经过行政法院的一审判决，未及上诉，况且，当时又没有审判事务监督机构，所以，无论什么诉讼都是拖延不决的。

由于一时的谎言而被没收了所有山林的村落共同体中，大字[①]

① 日本“町”、“村”内的行政区划。

成为诉讼权者，成了行政诉讼的原告。即使大字合并成了町，大字本身仍作为“财产区”继续成为权利主体。

在福岛县三春地方某村，自明治三十三年开始了该诉讼，但当地政府一直拖拖拉拉，原告也拖拖拉拉。半个世纪来，被告已几经更换，从农商务大臣直到现在的农林大臣，作为诉讼代理人的辩护律师也相继去世。昭和十五年，大字代表上京拜访了颇有名气的本多律师，委托他帮助打这场没有胜算的诉讼案。

日本的战败打破了这一长达半个世纪之久的胶着状态。

昭和二十二年颁布的新宪法，取消了特别法院和行政法院，争执中的行政诉讼案件的审理，委托给了东京的高等法院，作为民事案件处理。因此，本多得以轻易地胜诉。当然，这种胜利只能说是当事人的侥幸而已。

本多依据明治以来连续继承下来的合同，领取了胜诉的报酬，即获得归还给大字的山林的三分之一。可以直接要山林，也可以按照地价取得钱款，由自己选择。本多选择了后者，获得了三亿六千万日元。

这件事改变了本多的生活。本多从战时就开始厌倦律师工作了，他保留了颇有名气的本多事务所的名号，将实际工作交给晚辈去做，自己只是偶尔去事务所露露面。本多的交际圈起了变化，心态也变了。对于将近四亿日元的巨款进了腰包，以及使之成为可能的新时代，他都无法认真去面对。因此，不如今后也游戏处之吧。

本多本想拆掉或改建家里这所旧得不如被烧毁更省事的老房子，可他早就厌倦了在东京盖新房子的梦想。因为不知什么时候，下一场战火又会将这里烧成一片荒野。

妻子梨枝的想法是，夫妻俩住在这么破旧的大宅子里，还不如卖了它住公寓去。而本多的想法是，在人烟稀少的地方盖别墅，有利于梨枝调养多病的身体。

经人介绍，夫妇二人去箱根仙石原看了土地，但听说那地方特别潮湿，害怕起来。便让司机带他们越过箱根，来到御殿场二冈，在四十年前开辟的别墅地带转了转。这里有昔日显贵们的别墅，只因为忌讳战后富士演习地区周围的美国占领军，以及为他们服务的妓女，都人去楼空。别墅地带西边原来是国有土地，由于农田改革，当地的农民们意外地分到了荒地，他们说这是天上掉馅饼。

这一带是箱根外围山麓，虽然不是像富士山麓那样的火山灰地，但土地贫瘠，只适合栽种柏树林，使农民们伤透了脑筋。芒草和艾蒿覆盖的山坡，缓缓向溪流倾斜下去。这块地正好可眺望对面的富士山，本多感到非常满意。

本多打听到地价很便宜，便不顾梨枝再考虑考虑的劝告，马上预付了五千坪的定金。

梨枝说，她很讨厌这块荒地上的某种说不清的阴冷感觉。梨枝所惧怕的，乃是一种忧愁。她直觉这对于晚年生活是不必要的。可是，本多梦想的快乐中，土地带有的忧愁感是不可缺少的。

本多说："别担心，等平整了土地，铺上草坪，再盖上房子之后，它就成了要多亮堂有多亮堂的别墅喽。"

——盖房子雇佣了当地的木匠，植树、造园林也需要用当地人。这样虽然进度慢了点儿，却能够节省开支。本多还没有扔掉鄙视铺张挥霍的遗风。

不过，带着别人游览自己宽阔的别墅地盘，可以说是自少年时代经常出入松枝宅邸以后，就滋生于本多心底的欲望。微风里夹带着箱根残雪的冰冷刺骨，他觉得，这料峭春寒一如自己的别墅庭院里的凛冽寒意。偌大草坪上只有两个寂寥的人影，那正是自己的土地的寂寥……他感到自己第一次真正体味到了私有制奢侈的实质。而且，这是他靠着彻头彻尾的理性和时代的恩惠获得的，丝毫没有被疯狂的信仰所蒙蔽。

他看见庆子那张相当漂亮的侧脸上，既没有取悦于人的妩媚，也不见对人的戒备之态。庆子具有使自己身旁的男人（即使本多这样五十八岁的男人！）恍惚感觉回到了少年时代的力量。

这是什么力量呢？是女人的魅力。它甚至驱使一个五十八岁的男人表面上假装平静而开朗，实则像个少年似的，对女人怀着焦躁与敬意相混杂的情感，却又极力掩饰自己，用清高的伪善和虚荣心把自己束缚起来。

对本多来说，年龄早已不在他的考虑之列了。直到四十多岁，对待年龄就像对待账目差额一样十分敏感的本多，如今已经持无所谓的无赖般的态度了。他偶尔发现五十八岁的躯体里面残存着赤子般驿动的心，也能淡然处之。因为年老说到底就是一种破产宣言。

他对于健康比一般人要怯懦得多，但对感情却恣意放任。如果说理性是抑制机能的话，那么它的应急性已经失去了。而经验，不过是盘子里的残羹剩饭。

庆子站在草坪中央，带着睥睨一切的威严，眺望着东方的箱根山和西北方的富士山。她穿着套装，胸部丰满，高昂着头，健美而挺拔，浑身透着指挥官的气韵。她那位年轻的军官，想必对她也是唯命是从吧。

与残雪点缀的箱根山脉清晰的起伏相对照，富士山上部云雾缭绕，神秘莫测。本多发觉，由于眼睛产生的错觉，富士山好像时高时低。

“今天第一次听见黄鹂叫啊。”

本多瞻望着稀疏的柏树林说道。这些柏树是从附近买来移栽的，枝叶还比较羸弱。

“三月中旬有黄鹂飞来，五月能见到杜鹃。不是听见，是看见呀！只有在这里才能看得见边叫边飞的杜鹃吧。”

庆子说道。

“请进屋吧。生上火，请您喝杯热茶。”

本多催促道。

“我带饼干来了。”

庆子指的是刚才放在门口的小包裹。银座尾张町拐角的服部钟表店，战后成了美军商店。一向自由进出那里的庆子，常去那个商店买小礼品。在那里，能很便宜地买到战前的英国名牌饼干，这饼干夹着薄薄硬硬的杏仁果酱的口感，将她吃茶点的少女时代和现在连接了起来。

“我有一只戒指，想请您给鉴定一下。”

本多边走边说道。

二四

环绕凉台的瑞香花含苞欲放,凉台的一角是鸟舍。它和主建筑同样是红瓦房顶,成群的小琼雀聚集在那里,唧唧喳喳地欢叫着。本多和庆子一走近,它们便呼地飞了起来。

正门里,正中央还有一扇镶着彩色玻璃的门,其左右两边各有一扇荷兰住家式样的橘黄色玻璃的格子窗,可依稀窥见室内。本多喜欢站在这个位置观赏自己布置在各个角落的、浸透了夕阳伤感的余辉的室内陈设。粗大的房梁是买来农家的房梁骨架原封不动安上去的。北欧古老而朴素的枝形吊灯,画着大津画①的交错镶板,步兵的盔甲和弓箭等等都沐浴在黄色的光线中,宛如荷兰画派的扬·凡·爱克画的有日本元素的沉郁的静物画。

本多请庆子进了屋,让她坐在壁炉旁边的椅子上后,自己去点炉子,却怎么也点不着。这个炉子是从东京请来的专家修的,所以还不至于弄到满屋子乌烟瘴气的程度。但是,每当本多点燃柴禾时,总会不由想起,自己这辈子还没有过学习如此质朴的知识和技术的机会。难道说,他的确没有接触过“物”吗?

这是今年最奇妙的发现了。本多活到今天,尽管完全不知闲暇为何物，但这件事证明了，他既与劳动者通过劳动感受自然——譬如感受大海的波涛、树木的软硬、岩石的沉重，以及船具、拖网、猎枪等工具无缘，也与贵族通过闲暇来享受生活无缘。清显把他的闲暇用在感情上，没有用在自然上，如果他长大成人，也只能变成一个懒汉吧。

"我来帮您吧。"

庆子痛痛快快弯下腰来。她已经在旁边，咬着舌尖看了半天了。本多笨手笨脚的样子，实在让她看不下去，才发了话。她的腰部在本多的眼前显得硕大无比。她穿着紧身西服套装，青瓷色的腰身如同巨大的李朝[②]瓷壶般丰满。

在庆子点火的工夫，无事可干的本多去取刚才说的那只戒指。回来时，野蛮的朱红色火焰已经爬上了劈柴，在献媚般缭绕的烟雾中噬咬着劈柴，未干透的柴禾中渗出的树液被煮沸了。炉内的砖壁上映出蹿动的火苗。庆子平静地拍了拍手上的灰，满足地望着自己的杰作。

"怎么样？"

"真了不起！"本多就着火光把戒指递给庆子，"这就是刚才说的那个戒指，你看怎么样，是买来打算送人的。"

庆子离开火炉旁，把戒指拿到窗边光亮处，从各个角度仔细端详起来，她的指甲涂得血红血红的。

"这是男人戴的吧。"

庆子自言自语道。

① 近世初期，日本大津地区流行的民俗画。元禄时期开始转向讽刺性的漫画风格。
② 李氏朝鲜，即朝鲜王朝。

这是个四方形的绿宝石戒指，环绕绿宝石镶嵌了一对精雕细刻的纯金护门神——魁伟的半兽亚斯加的脸。庆子为避免自己的鲜红色指甲映在这绿色戒指上，就把戒指夹在指间端详，然后又戴到食指上欣赏。虽说是男人戒指，但它是按照纤细的浅黑手指定做的，所以庆子戴上也没大多少。

“这绿宝石真漂亮啊。但是，不管怎么在意，时间长了里面也会出现风化的裂璺，从绿宝石底开始发暗、变脆的。这颗宝石也不例外。不过，这颗宝石质地很好，上面的雕刻也很新颖别致。要是当古玩卖，保准卖个好价钱呢。”

“你猜是在哪儿买的？”

“在国外？”

“不是，就在被战火烧毁的东京买的。在洞院宫殿下的商店里买的。”

“啊，那时候啊。据说洞院宫殿下不管多困难，也非要开个古玩店不可。我还去过那儿两三次呢。本来以为能淘换到什么新鲜东西，没想到净是以前在亲戚家见过的货色……不过，后来那个店也关门了吧？听说因为关键人物洞院宫殿下总不到店里去，所以那个皇族管家出身的掌柜的，得以随心所欲地经营商店，暗地里把货款都私吞了。战后，皇族做买卖的，没有一个发财的。不管被征收多少财产税，要是能小心地努力保住剩余的财物，本本分分地做人是最明智的，可是总有人来挑唆他们。尤其是洞院宫殿下一直是军人吧。真难为他了，俗话说武士开店，干赔不赚嘛。”

于是，本多给庆子讲了戒指的来历。

他听说昭和二十二年，失去了皇籍的洞院宫从交纳不起财产税的华族那儿廉价收购了美术品，开了一家以外国人为买主的古玩店。本多知道洞院宫即使见到他，也不会记得他了，只是出于好奇心，就打算悄悄去那家古玩店瞧瞧。就在那个店的玻璃柜的最里面，他发现了三十四年前，暹罗王子乔·皮在学习院宿舍丢失的戒指。这戒指是月光公主的遗物，这件事一直让他无法忘怀。

现在才弄清楚，原来那时丢失的戒指是被人偷窃的。店里的人当然不会讲出戒指的来历，但可以想象，既然是从旧华族家里买来的，那么，因穷困潦倒而将它卖掉的人，很可能是与本多同时期在校的同学。本多出于旧式的江湖义气，买下了这只戒指。他想要设法亲手将戒指交还给它的主人。

“那么，为了挽回学校的名誉，您又要去一趟泰国归还戒指吗？”

庆子不无嘲讽地说。

“曾经想要去一趟的，可现在已经没这个必要了，因为月光公主来日本留学了。”

“死人来留学吗？”

“哪里，是第二代月光公主。我邀请她来参加明天的晚宴，在宴席上将这枚戒指戴在她的手上。她十八岁了，是一位有着一头漂亮的黑发，长着水汪汪大眼睛的小姐。她的日语讲得很不错，看来出国前，她一定很努力地学习了日语。”

本多介绍道。

二五

第二天早晨，独自一人睡在别墅的本多醒来后，为了防寒，系上围脖，穿上对襟毛衣，又加了件厚厚的大衣，来到院子里。他穿过草坪走到西边的凉亭，从这里观赏黎明时分的富士山是本多的一大乐事。

富士山被朝霞染红了。闪耀着蔷薇辉石色的山巅，在刚刚睡醒的本多眼里如梦如幻。那是端庄的寺院屋脊，是日本的晓寺之姿。

本多有时也弄不明白，自己所追求的究竟是孤独呢，还是轻浮的享乐呢？要成为真挚的快乐的追求者，自己在本质上还缺少点儿什么。

到了这把年纪，他的内心深处才萌生了改变自己命运的欲望。一直如此坚持自己的观点，关注他人转世的本多，对于自己不可能转世并不十分忧虑。然而渐渐临近了风烛残年，平淡无奇的一生如展望一马平川般，已依稀可见尽头的时候，注定的不可能反而使他产生了可能实现的幻想。

自己或许也能干出自己都预料不到的事来！迄今为止，所有的行为都是在预期之中的。理性好比走夜路的人的手电筒，总是将光芒洒向自己的脚下那样，总是计划着，预测着，避免对自己产生惊愕的感觉。因为最令人恐惧的事(包括那转世的奇迹),就是所有的谜都化做法则。

应该设法对自己感觉惊愕。这几乎成了生活的需要。倘若蔑视和蹂躏理性的特权存在的话,那么,只得到他本人认可的理性的自负便存在。所以,必须再一次将这个坚固的世界卷入不定形之中去,卷入他最感到生疏的某种东西之中去!

本多也知道为达到这一目的的肉体条件已丧失殆尽。他的头发已经稀疏,鬓角已斑白,腹部也后悔莫及地腆了起来。自己年轻时觉得很丑陋的中老年人的特征,无一遗漏地全在自己身上显现了出来。当然,本多年轻时就没有像清显那样觉得自己很美,但也不认为自己很丑。至少没有必要将自己这样的人看做美的负数,来建立所有的数学公式。丑陋已摆在眼前的现在,世界依然美丽,何以如此呢!这不正是比死还要坏的死,难道不是最坏的死吗?

六点二十分,已拂去了曙色的富士山,以其三分之二被雪覆盖的敏锐的美,穿透了蓝天。这景色清晰得不能再清晰了。皑皑白雪那微妙而敏感的曲线充满了张力,使人联想起没有一点脂肪的细腻匀称的肌肉形状。除了山麓,在山顶和宝永山一带,只有红黑色的细小斑点。硬朗朗的碧空万里无云,投去一颗石子仿佛都会发出清脆的回声。

这富士山影响着万千气象,支配着一切感情。这正是清澄洁白的颜色常年覆盖山顶的问题之所在。

……感情平静下来后,他感到肚子饿了。本多吃着从东京带来的面包和自己做的半熟的鸡蛋,喝着咖啡,享受着小鸟鸣啭声中的早餐乐趣。上午十一点,妻子会带着月光公主来为宴会做准备。

本多吃完早饭又来到院子里。

快八点了，从富士山顶那边渐渐聚起雪烟似的稀薄碎云，似乎在悄悄窥视着这边的动静。它们忽而像伸展开四肢似的向这边飞来，忽而被硬质的蓝天吞噬掉。现在这貌似绵软无力的薄云，乃是不可小看的蛰伏。往往将近正午时分，它们突然又聚集起来，反复展开奇袭攻势，将富士山全部覆盖。

本多在亭子里一直茫然地坐到了十点。一辈子都爱不释手的书籍也被自己疏远了。他梦见了生命与感情的未经过滤的元素。他一动不动地坐在那儿。云朵在山顶左边若隐若现，不一会儿笼罩在了宝永山上，将拖曳的云尾像兽头瓦似的翘了起来。

本多叮嘱妻子一定要遵守时间。十一点正，妻子乘坐出租车到达的声响打断了本多的沉思，可是妻子身边却不见月光公主。妻子闷闷不乐地从车上把带来的很多东西搬下来，本多冲着她劈头问道：

"怎么，就你一个人吗？"

妻子一时没有回答，抬起她那房檐般沉重的眼皮，对本多说道：

"回头慢慢跟你说吧。真费了劲啦。你先帮我搬一下东西。"

梨枝一直等到约定的时间，可月光公主没有来。事先在电话里反复约定的，到底还是失了约。唯一的联络地点是留学生会馆，打了电话去询问，对方说公主昨天晚上没回来，她应邀到一个刚从泰国来的留学生寄宿的日本人家做客去了。

梨枝很发愁，想把和本多约定的十一点来别墅的时间推迟一下，可是别墅还没有安电话，没办法通知。于是，她急急忙忙赶到留学生会馆，用英语详细写明乘车线路，并画了草图，托付管理员转交。如果顺利的话，月光公主应该能赶上傍晚的宴会的。

“既然这样，还不如托付鬼头槙子小姐呢。”

“怎么能给客人添麻烦呢。让槙子小姐查找一个素不相识的外国小姐，再带她到这儿来，有多麻烦哪。再说，她那么有名气的人，也不可能有这份热心哪。人家肯来咱们这儿，就算是给咱们面子了。”

本多缄默了，这一设想就此打住。

将悬挂已久的画框摘下来的话，墙上必然会留下一块新鲜的白印。尽管洁白无瑕，却是一种与周围极不协调的、极其执拗地主张着什么的洁白。现在，本多已从职业上的正义引退下来，把所有的正义都出让给妻子了。“我正确，我正确，谁能责备我呢。”这是那块白墙一直以来的口头禅。

说起来，从墙上摘下少言寡语的温顺的梨枝的画像，是由于本多发了一笔横财，也由于梨枝开始意识到自己上了年纪的丑陋。随着丈夫变成有钱人，梨枝也越来越害怕丈夫了。然而，越是害怕她越要要威风，对谁都充满了敌意，就连肾病也成了她炫耀的资本，而内心却比以往更深切地期望得到别人的爱。而希求被爱的欲望越发使梨枝变丑了。

到了别墅，刚把东西搬进厨房，梨枝便放开水龙头，哗哗地洗起了本多早餐用的餐具。她就好像是故意用劳累来加重肾病似的，没有人命令她，却制造一到这儿就干活的借口，一再地损害身体，只等本多来劝阻她。自己如果不劝阻一下，以后更不好收拾了，于是本多说了些安慰的话。

“待会儿再干吧，先休息休息。时间还有的是……月光公主真让人劳神哪。她一再说要帮咱们做准备，却又临阵脱逃，看来还得我亲自上阵了。”

“你给我帮忙，只能越帮越忙。”

梨枝擦着湿漉漉的手，回到房间里来。

正午的阳光只照到窗框上，在光线不足的室内，梨枝浮肿的眼睑下面的眼眸就像是一对小小的空洞，犹如深井的井口。几十年都没能治愈的，随着年龄的增长越来越绝望的不育之痛，使她的肉体像车篷似的膨胀起来。“我正确，可我是个失败的女人。”——梨枝对已过世的婆婆始终如一的温和就源于这一自责。要是有孩子，要是有许多孩子的话，就能用那些柔软甘甜的肉体将丈夫层层包裹起来，融化掉的，可是……犹如被繁殖拒绝的世界里，开始了衰退的秋天的下午，被潮水冲上岸的鱼开始腐烂一样，梨枝在发了财的丈夫面前战栗不已。

对于妻子总是为企求不可能的事而烦恼，过去本多没太放在心上。现在他自己心里萌生出的对于不可能的某种渴望，使他不能忍受妻子和自己在微妙的部分上成为共犯。但这新鲜的厌恶更加重了梨枝存在的分量。

“昨天晚上月光公主住在哪儿了呢？为什么要住下呢？再说留学生会馆有女管理员，监管得很严的。到底是怎么回事呢？又是和谁在一起呢？”

本多一直在思索这件事。这仅仅是一种不安的感觉。类似早上没刮干净胡子的不安，或晚上睡觉时枕头不合适的不安。与人情似是而非的、有些疏远的、因生活的紧急需要产生的不安。他感到有异物被掷入了自己的精神之中。就像那种用泰国密林中的黑檀木雕刻的小黑佛像般的异物。

妻子唠叨着该怎样迎接客人，怎么给客人分配房间等琐碎的事。可是，这一切都不在本多的关心范围之内。

梨枝也慢慢觉察到了丈夫心不在焉。对于过去整天关在书房里的丈夫（不用说，是法律将他牢牢束缚在了那里），梨枝从没有感到过不安。然而，现在丈夫精神恍惚，这意味着看不见的火焰在燃烧，沉默则意味着在谋划着什么。

梨枝朝丈夫注视着的方向望去，想从那里找到些什么。可是，在本多的视野里，只有庭院里那片落着两三只小鸟的枯草坪。

——为了能在太阳落山之前观赏周边的景色，所以请客人们下午四点来。下午一点庆子来了，要给他们帮忙。这求之不得的帮手使本多和妻子十分高兴。

梨枝觉得奇怪，在本多所有新交的朋友中，自己只对庆子敞开心扉。凭着直觉，她感到庆子不会成为敌人。这是什么原因呢？庆子那拥抱般的热情，迷人的胸部和丰满的臀部，沉稳的谈吐，以至她身上香水的芬芳都给了天生节俭的梨枝以某种保证似的。就像是政府颁发给面包房的奖状上盖的朱红大印。

本多远远听着厨房里女人的谈话，心情也渐渐松弛了下来。于是，他坐在火炉边，打开了梨枝从东京带来的早报。

头版头条登载了《行政协定附表全貌》，主要内容是日美和平条约生效后，保留十六处美国空军基地。旁边登着史密斯参议员表明美国方面的决心的谈话，标题是：

履行捍卫日本的义务，不容许共产势力入侵

在第二版还以“民需生产下降，西欧不景气逆流导致日本新形势”为题，刊登了使人人心惶惶的“美国景气动向”的报道。

看着报纸的本多，一再因月光公主没有来这件事而走神。他猜想着可能会发生的几种情况。这些无边无际的想象使他不安起来。从最不吉利的想象到最淫秽的想象，现实呈现出了条纹玛瑙那样的多层断面。追溯所有的记忆，也未曾有过这样光怪陆离的现实景象。

本多把报纸折起来，哗啦哗啦的纸声使他感到惊讶。贴近炉火的那页报纸又干又热。他漠然地想着，报纸发热是不可能发生的事。这感觉与他那松弛的肉体内部的倦怠奇妙地结合了。蔓延到新添的柴禾上的火焰，使本多刹那间想起了贝纳勒斯火葬场的火焰。

“饭前酒就上雪利白葡萄酒、掺水威士忌和杜博尼行吗？鸡尾酒太麻烦，不上了吧。”

系着大围裙的庆子过来问本多。

“一切都拜托您了。”

“那位泰国公主喝什么酒？要是不能喝酒，就准备一些清凉饮料吧。”

“哦，那位姑娘也许不来了。”

本多平静地说。

“是吗？”

庆子也很平静地走了。她这无可挑剔的礼节，反而使本多感受到庆子可怕的洞察力。尽管他也觉得，庆子这样的女人恐怕正是因其典雅的漠然，才被人过高评价的。

最先到达的是鬼头槙子。她是坐弟子椿原夫人的配有专门司机的车，和椿原夫人一起经过箱根来这里的。

槙子作为歌人的名声是尽人皆知的。本多并不了解诗坛名声评价的标准，只是当他从一个意想不到的人口中听到了槙子的名字时，才知道了她是多么受人敬重。她的弟子，昔日财阀椿原的夫人，年纪五十多岁，虽说和槙子年龄不相上下，却对槙子恭敬得像敬奉神佛似的。

椿原夫人的海军少尉儿子，阵亡已有七年，她仍在为他服丧。本多不熟悉她的过去，但她现在只是个浸泡在悲伤的醋里的悲伤的果实而已。

槙子现在依然很美。皮肤虽然衰老了，但她那雪白的皮肤却增添了残雪般炫目的明亮。渐渐增多的白发也顺其自然，没有染色，这给她的和歌添加了“真实”的印象。她做事不拘泥，给人神秘莫测之感。对用得着的关键人物，她决不忘记送礼请客。对有可能说她坏话的人，一律先用手段堵住他们的嘴。她的心早已干涸，却努力维持着半生的悲哀和孤独的幻影。

和她相比，椿原夫人的悲哀却是活生生的。这是多么残忍的对比。虽然她艺术性的悲哀千锤百炼成了假面，不断生产出所谓的名诗，但弟子永远无法治愈的活生生的悲哀，却止步于和歌的素材，从未产生出打动人心的和歌。椿原夫人作为歌人虽稍有名气，但如果没有槙子作后盾，会即刻被人遗忘的。

而要说这位槙子，她总是从自己周围新鲜的悲哀中汲取自己的创作灵感，将已不属于任何人的悲哀的元素抽取出来，赋予自己的名字。这样，未经加工的悲哀的宝石与宝石雕刻大师携手并进，岁岁年年，不断地将掩饰脖颈衰老的各色极品项链奉献给世人。

——过早的到达使槙子有些不知所措。

“司机开得也太快了。”

她扭头对椿原夫人说道。

“是啊，今天路上的车又特别少。”

“先参观一下您的院子吧。我也是为了这个来的。我想自己到处看一看，作几首和歌，您不用费心陪我们。”

槙子对本多说道。本多一定要给她们领路，提了一瓶预备在凉亭喝的雪利白葡萄酒和下酒菜，出了房间。下午天气暖和了许多，朝着峡谷漏斗般倾斜下去的院子西边，有高耸的富士山为远景，山头笼罩着春天才有的棉花云，只露出了洁白的峰顶。

本多一边走一边介绍着。

“入夏之前，我打算在这个有饵箱的平台前面修个游泳池。”

见女士们反应冷淡，本多觉得自己活像个给客人引路的客店老板。

没有比接待艺术家及其同类的人种更让本多挠头的了。和槙子恢复交往起始于昭和二十三年，勋十五年忌日时的重逢。他们之间并没有和歌作媒介，而是律师与证人之间的事务性交往（可以说接近同谋的感情）。完全是由对勋的追思，转变为个人交情的。其实，彼此对这一点都是心照不宣。当歌人槙子带着弟子正欲向早春的富士山直抒胸臆时，本多却为去留而犹豫，谈起了不合时宜的游泳池的话题。

本多明白，虽不能说她们轻视他，但至少是把他看做可以放心的人。对她们来说，本多既不是艺术圈里的人，也不是竞赛场里的人。本多平和地猜想，槙子如果遇到打官司的朋友，一定会这样介绍他的。“本多先生是我的朋友。不,他不作诗,但他是个通情达理的人。民事、刑事都精通。我可以替你去请他帮忙。”

不过,在不能明说的内心深处,本多害怕槙子,槙子可能也怕本多。或许维护自己的名誉,是槙子和本多重温旧好的最大原因吧。至少本多了解槙子的本质,到了紧要关头,她是什么弥天大谎都能编得天衣无缝的。

除了这些之外,对她们来说,本多是个很和善的、不惹麻烦的人。这两个人在梨枝面前立刻变得满嘴客套,只有到了本多面前,才变得这样自如交谈。这两位已经徐娘半老的女人那充满悲伤的谈话,使肉感与过去融为一体,情景与记忆交织在一起,大自然也为之变形……她们就像法院执行官给家具一一贴上封条似的,凡是见到美的事物,不即刻贴上抒情的封条决不罢休,仿佛这是维护自身不遭受美的侵扰的唯一方法。本多饶有兴味地欣赏着她们的这种习惯。好比陆地上的两只水鸟受灵感的驱使,笨拙地绕了好远,最后还是滑入了水中,与此同时,却意外地获得了优雅和轻快的感觉,又是划水又是潜泳的情形一样。本多喜欢欣赏她们游弋、运动的姿态。她们写出一首诗歌后的兴奋,充分展示了无所顾忌的精神水浴的风采,恰似本多在挽巴茵见过的小公主和老女官们水浴的情景一样。

“月光公主真能来吗?她昨天晚上住在哪儿了?”

像突然的插入句似的,这一不安在本多心里插进了一块粗糙的木片。

“这院子实在太美了。东边有箱根,西边有富士山为背景,不在此作诗一首抒发一下,岂不浪费了良辰美景?我们住在东京肮脏的天空下,却被催促着作诗作诗,可您却在这里看法律书,这世道简直太不公平了。”

“我已经把法律书扔了。”

本多边说边请她们喝饮料。她们端起酒杯时的每一个动作都非常之美。确切地说，从轻轻地撩起衣袖，到戴戒指的纤细手指捏住玻璃杯把的流畅动作，椿原夫人无一遗漏地忠实模仿着槙子。

“如果晓雄看到这院子，该多高兴啊。这孩子特别喜欢富士山，参加海军前，他总是把富士山的照片挂在书房里欣赏呢。真是符合这孩子天生的高洁情趣啊。他就是这么单纯的孩子。”

椿原夫人提起了已故的儿子。每次提到儿子，椿原夫人总是欷歔不已。仿佛在她的内心有个敏感的机关，一提到儿子的名字，这个机关便立刻做出反应，使夫人脸上浮现出表情，并不受夫人的意志支配。犹如人们总是以毕恭毕敬的表情提到皇帝的名字一样。她转瞬即逝的欷歔，一如“晓雄”这个名字的花押[①]。

槙子打开本子，垫在膝上，写下了即兴吟诵的一首和歌。

“您已经作了一首了？”

椿原夫人不无嫉妒地瞧着槙子低下的脖颈，本多也瞧着那里。于是，曾吸引过年轻的勋的那片雪白香醇的肌肤，又像残月般在本多的眼底摇曳起来。

“瞧，今西先生来了，一定是他。”

椿原夫人望着穿过草坪，朝这边走来的人影高声说道。从那蹒跚的步子及拖长的身影就猜得出是他。远远就能看见他那白净的额

---

① 一种二字合一的草书体签名。

头和高高的个子。

“真讨厌，又得听他说那些无聊下作的话了，简直太让人扫兴了。”椿原夫人说。

今西康是德国文学研究家，四十岁上下，战时曾介绍过青春德意志派，战后写过各种文章，梦想着性的千年王国。他总说要写这样一本书，却终究没有写。想必是由于他已经把书的详细内容向别人披露得过多了，因而丧失了写作的情趣了吧。也可能是由于他不明白那个充满了怪诞和忧愁的千年王国，与今西证券所的二公子——过着优裕的独身生活的自己有何关联。

虽说他长着一副苍白的神经质的相貌，但擅长交际，巧言伶舌，无论是财界人士还是左翼作家都对他感兴趣。他感到自己发现了战后遭到破坏的权威与既成道德以及知识的苍白和荒芜，是与过了半辈子的自己相匹配的荒芜。他还因此懂得了性妄想的政治意义，并把它当作了看家本领。过去的他，仅仅是个贵族式的梦想家罢了。

他故意以贵族般的风度，满口粗话地献殷勤，颇受女士们的青睐。称他为“变态”的人，似乎只能证明自己是封建的遗物。同时，今西也没有忘记描绘千年王国的未来蓝图，使一本正经的进步主义者们失望。

他决不高声讲话，因为提高声音，具有把事物从微妙的官能领域里剥除使之化为思想的危险。

——在等待其他客人的工夫，四个人在凉亭里沐浴着下午的日光来消遣。凉亭边的山崖下面的潺潺溪水声不时回响在他们的耳畔，搅扰了他们的思考。本多不由得想起那句“永恒流变如瀑布”。

今西给自己的王国起了个“石榴国”的名字。这是看到绽开的鲜红石榴子得到的灵感。他说，无论在梦里还是在现实中，他都与石榴国常来常往，因此，大家都向他打听这石榴国的消息。

“最近，‘石榴国’发生什么事没有？”

“人口仍然控制得很好啊。

“由于近亲通奸很多，所以同一个人既是伯母，又是母亲，又是妹妹，又是堂妹，这样的乱伦例子多得数不清。也许是这个缘故吧，漂亮得出奇的儿童和丑陋的残疾儿童各占一半。

“漂亮儿童不分男女，从小就被隔离开了。他们住在‘被爱者乐园’里，那里的设备之高级，简直就是人间天堂，人造太阳二十四小时放射温度适宜的紫外线，人们都赤裸着身体。他们参加游泳等体育比赛，到处鲜花盛开，放养着各种小动物和鸟类。生活在这样优美的地方，摄取营养丰富的食物，而且每周做一次身体检查，控制肥胖，怎么可能不越来越美呢？但是那里绝对禁止读书，因为读书是对肉体美的最大损害，所以当然要禁止。

“可是，等他们长大成人后，每周被赶出园外一次，成为园外丑陋的人们玩弄的性对象。这样持续两三年之后便被杀掉。将美丽的人在年轻时杀掉，不正是人类之爱吗？

“在杀戮方法上，国家的艺术家的所有独创性得到了充分的发挥。因为，全国到处是性的杀人剧场。在那里，肉体美的姑娘和肉体美的青年扮演各种角色，被人玩弄，直到被杀死。这些剧里再现了神话中和历史上所有年轻貌美时被杀戮的人物，当然也有不少是虚构的。他们都穿着非常漂亮而性感的衣服，在五彩缤纷的照明、奢华艳丽的布景、悠扬悦耳的乐曲声中壮丽地被杀死。一般在未咽气之前，会受到观众的百般戏弄，之后尸体会被观众吃掉。

“坟墓？墓地紧挨着‘被爱者乐园’。这里同样是一个美丽的所在。那些丑陋的残疾人，月夜来这个墓地散步，沉浸在浪漫的情调之中。这是因为，每个死者生前的塑像代替了墓碑，所以，没有比这块墓地更加充斥美丽肉体的地方了。”

“为什么一定要杀死他们呢？”

“因为对活人是很容易厌倦的。

“因为‘石榴国’的人们非常聪明，他们深知，这个世上只有被记忆者和记忆者两类角色。

“说到这里，有必要先谈一谈‘石榴国’的宗教。因为这种习俗之所以会产生，其根源就在于这个国家的宗教观念。

“在‘石榴国’里不相信复活。因为神必定会在最高的瞬间现身，一次性是神的本质。所以复活之后，是不可能比以前变得更加美丽的。既然如此，复活就没有意义了。洗褪了色的衬衫比新做的白衬衫还要白是不可想象的。‘石榴国’的神是只限于一次性的。

“因此，这个国家的宗教虽然是多神教，却是所谓时间性的多神教。无数的神在肉体的完美存在上下赌注，永恒地代表了各自最高的瞬间之后，便将其消灭了。您听明白了吧，‘被爱者乐园’即是制造神的工厂。

“为了使这个世界的历史化为美的延续，神的牺牲就必须永远继续下去，这就是这个国家的神学。您不认为这是合理的神学吗？而且由于这个国家的人都不伪善，所以美与性的魅力是同义词，他们深深懂得，要接近神，也即美的，只有性欲。

“要拥有神，即是通过性欲来拥有。所谓性的拥有，就是达到性喜悦的高潮时的拥有。但性喜悦的高潮是不能持久的，所以所谓拥有，只有使这种非持续性和对象存在的非持续性结合起来。其最可靠的手段唯有杀掉处于性高潮时的对象。因此，把性的占有归结为杀人和吃人肉，已经成为这个国家妇孺皆知的常识了。

“更奇妙的是，这种性拥有的歪理邪说甚至支配着该国的经济结构。因为‘杀死所爱者’即是拥有的原则。所以在完成拥有的同时，又意味着失去拥有。持续的拥有是对于爱的背离。因此，财产私有制被爱的观念所否定也是理所当然的了。体力劳动只允许被用于制造美丽的肉体，因此丑陋的一方被免除劳动。之所以会如此，是由于该国的生产完全自动化、机械化了，已经不需要人力了。您问艺术吗？艺术仅仅是杀人剧场里的千变万化的戏剧艺术和美丽死者的塑像。从宗教的角度来看，官能的现实主义是其基调，抽象主义受到断然排斥，而且，严厉禁止将‘生活’表现为艺术。

“接近美要依靠性欲，能永远传递这一瞬间的是记忆……现在，各位对‘石榴国’的基本构造有个大致了解了吧。由于‘石榴国’的基本理念是记忆，因此所谓记忆便是这个国家的国策。

“性喜悦的高潮犹如肉体的水晶，在记忆中不断地结晶，在美神死后，最高的性欲被唤醒了。‘石榴国’的人们就是为达到这样的境界而生存的。与这种天堂般的宝石相比，人类的肉体存在，无论爱者与被爱者，杀人者与被杀者，可以说都是达到这种境界的媒介。这就是这个国家的观念。

“所谓记忆是我们精神的唯一素材。即使拥有性的高潮时神现身了，但在那之后，神成为‘被记忆者’，爱者成为‘记忆者’，经过这样花费时间的手续，神才真正得到了证实，美才能达到，性欲才能被净化成脱离了拥有的爱。由于这一缘故，神与人的存在，在空间上并未隔绝，是在时间上错开的。时间上的多神教的本质就在这里，你们明白吗？

“说到杀人，会使人毛骨悚然，但杀人完全是为了这种记忆的纯粹化，是为了把记忆蒸馏成最浓密的要素所必需的手续。而那些丑陋的残疾居民们很了不起，实在是了不起。这些人都是放弃自我的达观之人，使自己虚无地度日。这些人，即爱人者=杀人者=记忆者们忠实地充当着自己的角色，关于他们自己，什么也不去记忆，他们只是为了崇拜被爱者的美丽的死的记忆而活下去的。光是这种记忆作业，就成了这些人一生的工作，所以‘石榴国’又是侧柏国[①]、美丽的遗物国、黑纱国、世界最和平宁静之国、回忆之国。

“我每次去那个国家，就会想‘啊，真不想再回日本去了’。那个国家里洋溢着最甘美最温柔的人性。我认为那才是真正的人道主义，才是真正的和平国家。因为首先，那里没有吃牛肉和猪肉的野蛮习惯。”

“我想问问，吃人是吃什么地方呢？”

槙子好奇地问。

“这种事，不用问也该知道吧？”

今西用低沉的语气答道。

——当过法官的本多，若无其事地听着他们的谈话，觉得滑稽得没边了，心里偷着乐。本多连做梦也没想到过会有这种人。要是

① 侧柏多用于寺庙、墓地、纪念馆等。

被隆布罗索[1]看见，他肯定会说，得马上把这个人和社会隔离开。

本多对今西的性趣味不屑一顾，但又沉湎于另一个梦想。如果那不是今西的幻想的话，那么我们都将是“性的千年王国”的居民。神让本多作为记忆者活着，而将清显和勋作为被记忆者杀死，也许这些仅仅是神的剧场里的一出恶作剧。不过，今西说不存在“复活”。但轮回恰恰是与复活相对立的思想，而保证每个生命的最终一次性不正是其特色吗？今西认为，人类的生存与神之间在时间上不同步，人只有在记忆中与神相会。这种看法具有促使本多回顾自己的一生和旅途经历，诱导他进入漫无边际的思考中去的力量。

他到底是个怎样的男人啊。

他故意把自己的黑暗内心暴露于光天化日之下，并洋洋自得。他讲述这些耸人听闻的故事时那泰然自若的表情，充分展示了他对一切时髦的追求。

在司法界待过多年的本多，内心深处对政治犯怀有某种抒情式的敬意。其实，真正的政治犯非常罕见，除了勋以外，他还没有见到过像样儿的政治犯。

另一方面，他对悔改的罪犯却怀有厌恶与轻蔑混杂的感情。

今西属于哪种犯人呢？

今西是决不会悔过的，但他也彻底缺少政治犯的高贵。企图以时髦来掩饰坦白者的卑鄙的虚荣心，又妄想将坦白的益处与时髦的益处都占为已有。这是一具多么丑陋的人体骨架啊！……即便如此，自己仍被今西所吸引，还邀请他到别墅来做客，是出于对他的

---

① Cesare Lombroso（1836—1909），意大利精神病学家，犯罪学家。

"勇气"的一种羡慕。本多当然不愿承认这一点，而且自己也隐藏着这一点。其实，这并非出于不愿陷入"坦白者的卑贱"的自负和克己，兴许是由于害怕今西那双X光般的眼睛……本多将自己的这一点，悄悄起名为"客观性的疾病"。那是决不参与进去的认识者所陷入的最终的充满愉快战栗的地狱……

"这个家伙长着鱼一样的眼睛。"

本多瞥了一眼在女人面前高谈阔论的今西的侧脸，心里暗想。

——客人到齐时，太阳已将富士山左面的云彩染成一片橘红色了。

四人从凉亭回到房屋里时，庆子的情人，那位美军中尉已在厨房里帮忙了。不久，年迈的新河男爵夫妇驾到。还有外交官樱井、建筑公司经理村田、名记者川口、流行歌手京谷晓子、日本舞蹈家藤间郁子等等，从前本多家根本无法想象的客人聚集一堂。客人们纷纷向梨枝致意，她却是一副淡淡的表情。本多的心情也有些郁闷，因为月光公主没有来。

二六

被请到暖炉旁的座席上的新河男爵，目光冷峻地扫视着客人们。

新河已经七十三岁了。每次临出门时总要唠叨一番，却不忘被邀请的欢喜。虽说这么大年纪了，仍然非常热衷出席宴会。由于被流放期间备尝了寂寞的滋味，所以不管谁来邀请，他都欣然接受。这个习惯在流放解除后仍保留了下来。

但是现在，新河和他那位喋喋不休的夫人，不管在哪里都被看做最无聊的客人。新河尖刻的讥讽口吻已有所减弱，铿锵有力的语调也变得冗长而绵软，还总是记不住人家的名字。

“那个人……叫什么名字……就是那个……经常出现在漫画里的政治家……对了……个子矮矮的，胖胖乎乎的……叫什么来着……名字挺常见的……”

此时，对方得以细细观察新河与“忘却”这个无形的野兽搏斗的样子。这只性情温顺而又执拗的野兽时而消失，时而现身地纠缠着新河，还用它身上的长毛拂弄他的前额。

新河终于死了心，继续说道：

“总之，那位政治家的妻子是一位了不起的人物。”

但是，连最关键的人名都给忘记了，这段话也就索然无味了。每当新河为终于未能把自己品尝过的风味传达给别人而沮丧时，他的内心便滋生出从未体验过的企求别人的感情。风趣的俏皮话仿佛是为了让别人体察他的苦衷，而这体察的手续又过于繁琐，不知不觉身为长辈的新河倒变得谦卑起来。

他面临着亲身撕碎多年来保持的潇洒与矜持的可悲命运，往日那雪茄漠然熏着鼻尖般的轻蔑，如今却成了新河最大的生存价值。同时，他对于自己内心隐藏的轻蔑被别人识破也日益担心起来。因为他担心别人不再邀请他。

席上，他偶尔拽拽妻子的袖子，对她小声耳语。

“这些家伙多土气啊，真受不了。他们根本不懂得把最下流的话换成文雅表达的诀窍。日本人堕落到如此丑陋的地步真是了不起。不过我们这种想法，可不能让他们察觉哟。”

新河望着壁炉里的火焰，眼前忽然迷蒙起来，浮现出四十年前松枝侯爵宅邸的游园会。那时候，自己也是以高傲的心情出席的，这使他引以为荣。

只有一点不一样，从前他所轻蔑的对象是根本不能伤害他的，而现在，他是所轻蔑的对象的存在本身，就已经无情地伤害了他。

——新河夫人十分活跃。

越是上了年纪，她越体味到了谈论自己时的无穷兴致，企求别人听她讲话的心情与打破阶级界限的精神十分吻合。因为从一开始，她就没有把听众的素质当作问题。

为了让流行歌手作听众，她像对皇族讲话那样，用辞相当的恭敬。她用最高级的赞美之辞恭维槙子的和歌。然后告诉槙子，自己曾经得到过某位英国人的夸赞，“夫人简直是位诗人哪！”那位英国人是在她的轻井泽别墅做客时，听到她仰望晚夏耀眼的云霞，感慨地说了句“这云彩就像西斯莱[①]的画”后，这样赞美她的。

当这位夫人来到她丈夫待的暖炉旁时，出于不可思议的直觉，她也提起了四十年前的松枝家的游园会。

“要说那时候的宴会多奢侈啊，除了招艺伎，就想不出别的了，真是个野蛮的时代。那种野蛮的风气现在已经荡然无存了。夫妻共同参加的社交已经普及，可见日本进步太大了。您看，这个宴会上的女宾没有沉默不语的。以前的游园会上的谈话别提多无聊了，但是现在大家说话都非常风趣。”

然而四十年前也好，现在也好，只顾讲自己的新河夫人，是否倾听过哪怕是一句别人的谈话，却要打个问号了。

新河夫人说完，又匆忙离开丈夫，走过壁镜前面时，向暗淡的镜中瞥了一眼。她决不怕镜子，因为所有的镜子都不过是夫人丢弃皱纹的纸篓。

陆军会计中尉杰克非常勤快，大家都以欣赏的目光瞧着这位温柔的富有献身精神的“进驻军”。对他任意发号施令的庆子，可谓调教有方，无可比拟。

杰克时不时从背后恶作剧似的，伸手去摸庆子的乳房，庆子略含苦涩地微笑着，默许了他，他放肆地将毛茸茸的戴着戒指的手放

---

① Alfred Sisley (1839—1899)，法国画家。主要画风景画，后期画风受新印象主义影响。

在了庆子的乳房上。

“净胡闹。真拿他没办法呀。”

她环顾大家，用干瘪的教训口气说道。穿着军裤的杰克屁股十分巨大，众人比较起他的和庆子硕大的臀部哪个更大来。

——椿原夫人一直在和今西聊天。她依旧是满脸悲戚和呆滞。她为第一次遇见这般蔑视自己的悲伤的人而惊讶不已。

“您就是再悲伤，您儿子也不能复活了。而且您似乎是为了不让杂物混入气球般的内心，就一直用悲伤来填充它，这样才能安心，对吗？说一句失礼的话，您大概已经认定，没有任何人能够填充您那心灵的气球了吧？所以总是用自制的悲伤气体来给它充气。这样一来，您就不必担心被其他感情困扰了，是这样吧？”

“您说得太可怕，太残酷了。”

椿原夫人从掩饰呜咽的手帕间抬眼看着今西。今西却觉得她的眼睛就像个希望被人强奸的处女的眼睛。

——村田建筑公司经理对新河表现出了对待财界老前辈的过分的恭敬，可是，被这样一个泥瓦匠称为前辈，实在不合新河的意。村田在自己的建筑工地上，到处悬挂自己的名字，不遗余力地宣扬自己。然而在他那张跟老泥瓦匠相差无几的苍白扁平的脸上，仿佛残留着战前革新官僚的履历。靠仰人鼻息度日的理想家，一旦不再依靠别人并取得了成功时，庸俗而明朗的自由之海便豁然展现在了眼前。他娶了日本舞蹈家藤间郁子为妾，郁子穿一身华丽的和服，手上戴着五克拉的钻戒，总是腰板挺得直直的，笑的时候也不例外。

“您家的房子太漂亮了。可是先生，要是让我们公司盖的话，会给您便宜很多的，太遗憾了。”

村田对本多说了三次这样的话。

外交官樱井和名记者川口围着京谷晓子，在讨论国际问题。樱井那鱼一样光滑的皮肤与川口因酗酒而衰老的皮肤，形成了职业的冷血与职业的热血的鲜明对照。男人高谈阔论深奥的问题，一半是说给女人听的。而那位流行歌手却感觉迟钝，没有意识到他们俩虚荣心的微妙竞争。她一边不停地吃着三明治，一边比较着两个男人的头发——凌乱的白发与梳得溜光的黑发。她先把嘴撅成发出O音时的形状，再将三明治迅速送入金鱼般的嘴唇里去。她一直目光黯淡地重复着这一可爱的作业。

“您的趣味真是奇妙极了。”

鬼头槙子特意走到今西跟前对他说道。

“向您的弟子求爱，一定得经过您的同意吗？我觉得就像是跟我母亲求爱一样，有种神圣的战栗。不过，我决不会向您求爱的。至于您怎么看我，您脸上已经清楚地写明了。我对您来说，在性上面属于最令人讨厌的类型吧。”

“您真有自知之明啊。”

槙子放了心，声音也娇滴滴起来。然后宛如给榻榻米上加了一条黑边似的沉默了片刻，说道：

“即使您把她俘虏了，也无法扮演她儿子的角色。她死去的儿子才是神圣美丽的，她只是侍奉神的巫婆。”

“这很难说。我觉得这一切都值得怀疑。活着的人保持或代表纯粹的感情是一种对神的亵渎。”

“所以说，她不正是在侍奉死者的纯粹的感情吗？”

“这都是出于生存的需要，不是吗？若是这样，仅此不是已经很值得怀疑了吗？”

槙子对他厌恶之极，眯起了眼睛，笑着说：

“这个宴会上怎么一个男人也没有哇。”

话音刚落，她就被本多叫了过去。椿原夫人斜倚在靠墙的长椅子一角，正在啜泣着。窗外夜色萧索，玻璃窗上的水蒸气如大汗淋漓。

本多想请槙子照料椿原夫人。假如不是由于回忆引起，而是那一点点酒精起作用的话，椿原夫人就是个一喝醉就爱哭的人了。

梨枝脸色苍白地走到本多面前，在他耳边说：

“我听见有种奇怪的声音，就在院子那边……也许是我听错了。”

“检查过院子了吗？”

“没有，我没敢去。”

本多走进窗前，用指尖擦去玻璃上的水雾。惨白的月光照在枯草坪那边的柏树林上，一只野狗在那边转来转去，长长的影子跟随着它。它一站住，就夹起尾巴，迎着月光挺起白色的胸毛，汪汪地狂吠起来。

“就是它吧？”

本多问妻子。妻子孩子似的不安被揭穿了，她没有立即认输，只浮起了一丝微笑。

侧耳细听，柏树林最远处响起了回应的犬吠声，有两三条狗在叫，有的远，有的近一些。

起风了。

二七

夜深了，本多站在二楼书房的窗边，仰望挂在夜空上的一轮凄凉的弯月。月光公主最终也没有来赴宴，只有月亮代替了她来访。

宴会结束时，已近午夜时分。只剩下留宿的客人，又继续小聚了一番，便各自回房安歇了。二楼上有两间客房，挨着客房的是本多的书房，然后是本多夫妇的卧房。梨枝和客人道过晚安后，就进了卧室，把丈夫挡在了外面，疲劳已使她浮肿的手指都发麻了。独自留在书房的本多，想起了刚才妻子故意给他看的光泽灰暗的浮肿的手背。

妻子那被内部增生的恶意浮肿撑得失去了棱角的、又白又鼓的手背老是在本多眼前晃来晃去，跟天真可爱的小孩儿手似的。他跟妻子提出举办别墅落成典礼时，妻子没有同意。如果妻子表示同意的话，又会怎么样呢？某种凄怆的感觉就会流淌在令人作呕的亲切或安慰的皮下脂肪下面吧。

本多环顾着追求气派、窗明几净的西式风格书房。过去，他真正工作时的书房可不是这样的。那时候，书房里充斥着无法收拾的生活的凌乱和鸟巢的气味。看看现在，一张工艺品似的榉木书桌上，整整齐齐摆着摩洛哥皮革制作的全套英式文具，笔盒里有几支自己认真削好的铅笔，铅笔上有一行士官候补生的领章般耀眼的烫金字母，还有父亲留下的青铜鳄鱼形镇纸和空着的竹编信匣。

他几度离开椅子，去拂拭没拉上窗帘的玻璃窗。由于室内很暖和，使得映在窗户上的月亮模糊不清、歪七扭八的。他知道如果不把这月亮擦出来，他内心深处的空虚和厌恶将会越发强烈，这驳杂而阴暗的心理膨胀，势必转化为性欲。一想到在这漫长的生涯尽头，仅剩下这样的风景，使本多不由感到干涸的惊愕……远处又传来了犬吠，脆弱的柏树林在风中飒飒作响。

隔壁屋子里的妻子入睡后，已经过了很长时间了。本多关上了书房的灯，走近靠客房一边的墙壁立着的一排书架前，轻轻从里面取出几本外文书摞在地上。这正是被他自己起名为客观性疾病的东西。在被这一疾病纠缠的瞬间，他不能不把曾经和自己同一战壕的社会统统推向了对立面，这痼疾就是顽固的自制力。

为什么会如此呢？这不过是他多年来在法庭及律师席上，客观地观察人间百态的一部分罢了。可是，为什么那样观察便是守法，这样观察便是违法呢？为什么那样观察成为人人尊崇的标准，这样观察便遭到人们的蔑视和谴责呢？……如果它是罪过，也许就因为它是快乐的，所以才有罪，但基于法官的经验，本多也深知除去私心后的清澄愉快的心境。假如这种愉快是由于不动感情才是崇高的话，难道罪孽的本质就在于感情激动吗？难道只有人类最私密性的这种通向快乐的激动，才是违法的最主要的因素吗？……

不管怎么说，这些皆是谬论。当本多从书房的书架上拿出外文书时，他感到了超越年龄的少年般的激动，他不能不感到已孤立无援的自己，是一个对社会毫无防备的虚弱的存在。把自己支撑在半空中的枷锁已开始被拆除，自己像沙漏里的沙子似的开始坠落下去。此时，法律和社会已成了他的敌人……而且，如果本多稍有些勇气，不是在他家的书房，而是在嫩草覆盖的公园一角，或是在住家灯影斑驳的黑夜笼罩下的逃逸小路上的话，他将是一个最可耻的罪犯了。人们会大声嘲笑他吧。诸如“法官成了律师，律师成了犯人”、“瞧，这儿有个一生酷爱法庭的家伙”等等。

他取出书之后墙上有一个小洞。这落满灰尘的黑暗的空间刚好能伸进一个头。那尘土味儿突然唤起了本多难以忘怀的少年时代的回忆。少年时代隐秘的快乐，仿佛在黑暗中散发出微弱的红色火花。他回想起藏青色棉睡衣的天鹅绒领子里发散出的厕所臭味，第一次在字典上查到猥亵一词以及一切悒郁而腥臊的事。而同时，他在自己内心的激动里面发现了那吸引清显的崇高激情的卑怯的漫画。尽管如此，这是把十九岁的清显和五十八岁的本多连接在一起的唯一一条黑暗通道。一闭上眼睛，他眼前便出现了幻象，在书架的暗处，四散的鲜肉微粒子像麇集的蚊子在飞舞。

隔壁客房里睡着槙子和椿原夫人，今西在隔壁的隔壁。但是本多听见刚才这两个房间好像有交流的动静，有悄悄的开门声和压低嗓音的、像是拍打水面似的申斥声。这声音时断时续，好像有什么东西沿着通往暗夜的斜坡滚落下去，就像一块象牙麻将牌骨碌下去一样。

本多听见了这些声音，不过，他所看到的远比听到的要多。

隔壁的客房里摆放着的两张床，恰好与这个窟窿眼平行。靠近窟窿眼这边的床，从窟窿眼很难看见，但远处那张床可以窥见全貌。

不过，床头灯虽然亮着，床铺上却很暗。

令本多吃惊的是，自己窥视的眼睛，与处于同一个高度的、昏暗中睁着的一双眼睛正好对上了。那正是槙子的眼睛。

槙子穿着白色睡衣，坐在远处的那张床上，睡衣扣子一直扣到了领口。在床头灯的光照下，她的银发朦朦胧胧，卸了妆的脸上，冰冷的白皙一如往昔。她那浑圆的肩头已显露发福的征兆，但是，当她均匀地呼吸时，胸部的肌肉给人感觉还是相当有弹性的。就好比夜的精髓被覆盖在白色的物体之下。本多觉得自己仿佛在眺望月夜的富士山。山麓一带，被蓝条毛毯的平缓褶皱盖住了，毛毯盖到槙子的膝盖，她的一只手懒懒地放在毛毯上。

开始以为槙子的眼睛看到了本多的眼睛，其实她根本没有朝这个窟窿看。她的视线朝向小窟窿的下方，目不转睛地注视着这边的这张床。

如果只看这双眼睛，会以为槙子正在酝酿和歌，只是偶尔在凝视下面流淌的河水。这是精神发现了某种充满生机的混沌，是企图使之凝结、拉弓搭箭时的猎人的眼睛。光看这些，决不妨碍认为人是崇高的这一观念。

槙子正凝视的既不是河，也不是鱼，而是昏暗中在床上蠕动的人影。本多将头伸得顶到了书架的顶棚，尽量斜着往下看，想看看一墙之隔的床上发生了什么事。只见两条女人的大腿与两条苍白瘦削的男人的大腿缠绕在一起。就在本多眼皮底下，呈现着这两个毫无生命活力可言的衰老肉体，像水栖动物般迟缓运动的接合点。这两个肉体在黑暗中泛出湿润的微光，贪婪地互相爱抚着，露骨的挑逗伴随着微微的颤抖，两簇濡湿的草丛忽而结合，忽而又分开。女人白皙的腹部，由于光线照射角度的关系，让本多看见了仿佛有张白纸夹在女人的两腿之间。

尽管如此，今西恬不知耻地伸展着他那可怜巴巴的知识分子的大腿。和他的言论一样，一切都不过是他那骨瘦如柴的臀部、那寂寞的涟漪般的颤动描绘出的转瞬即逝的幻影。他那诚实的匮乏激怒了本多。

和今西比起来，椿原夫人的每一声呻吟都称得上十分的真挚。本多一转眼看见椿原夫人把手伸进今西的头发里，死死地抓着不放，就像将要溺死者的手指……夫人终于喊出了儿子的名字，声音非常非常拘谨而微弱。

“晓雄……晓雄……原谅我吧！”

剩下的话被啜泣声淹没了，而今西却是无动于衷的样子。

本多突然意识到事情的严重和可恨。现在他一切都明白了。姑且不论是否槙子的指示，在槙子的面前（恐怕只是在槙子的眼前），夫人如此寡廉鲜耻的行为，今晚并不是第一次。不，也许这正是槙子师徒之间的献身与侮蔑的本质。

本多再次朝槙子望去。槙子披散着闪烁银光的白发，泰然自若地注视着这边。本多发觉槙子与自己除了性别不同外，完全属于同一人种。

二八

次日仍是个好天气，于是本多夫妇邀请留宿的三位客人和邻居庆子，分乘两辆小汽车，去位于富士吉田的富士浅间神社游玩。除庆子外，其他人都想参拜神社后直接回东京，所以，要把别墅门锁上之后出发。锁门时，本多突然担心起月光公主会不会在他们不在家的时候来，转念又觉得自己真荒唐。

早晨，本多刚读了今西送给他的《本朝文粹》。这自然是因为本多很想读都良香[①]的《富士山记》，便托今西带来的。

“富士山位于骏河国，峰如刀削，直耸云霄。”

这些没有太大意思。

“古老传说云，贞观十七年一月五日，官民依礼祭祀。时值正午，晴空万里。仰望山峰，有白衣美女二人，双双起舞于山巅。去峰一尺余，国人共睹。”

本多以前读过这一段，还有些印象，后来一直没有机会重读。

能使人产生种种错觉的富士山，在晴天呈现那种幻象并不希奇。山脚下微风和煦，山顶上会突然刮起狂风。朗朗青空下，常常有雪雾弥漫。这雪雾使当地人联想到美女的风姿，也是有可能的。

富士山虽然冷静刻板，却是以其标准的雪白和寒冷包容着所有的幻想。在冰冷的极致将会晕眩，如同在理智的极致将会晕眩一样。富士山的形态是端庄的，可又像暧昧的情感那样，是一个不可思议的极限，也是一个不可思议的境界。在此境界两个白衣美女翩翩起舞，不是没有可能。

再加上浅间神社供奉的主神是叫做“木花开耶公主”的女神，也使本多心驰神往。

这两辆车分别是，夫人、槙子和今西乘椿原夫人的车，本多夫妇和庆子乘本多为回东京雇的车。这是很自然的分配，可本多心里却为没能和槙子同车而感到些许遗憾。他想和她并肩坐在车里，再仔细观察一下她那箭在弦上时的紧张目光。

前往富士吉田的汽车旅行并不轻松。必须越过笼坂山顶，北上山中湖畔的旧镰仓公路，这段公路大多是没铺柏油路面的崎岖山路，与山梨县的县界则途经笼坂山脊。

旁边的庆子和梨枝在聊家常，本多像个孩子似的欣赏着车窗外面的景色。有庆子在，可以有效地防止梨枝的唠叨。梨枝已经变成了一拔掉塞子就会泡沫溢出来的啤酒瓶了。今天，她从一大早就反对坐汽车回东京，说她从小就不习惯这样漫长又无聊的奢侈旅行。

这会儿，和庆子聊天的梨枝，变得温顺了，甚至有些可爱了。

“肾病用不着这么担心哟。”

庆子直言不讳地说。

---

① 都良香（834—879）平安时代汉诗人、学者。历任大内记、文章博士、侍从等朝廷官职。

"是吗？听你这么一说，我就有精神了，真是怪事。像我丈夫那样假模假样的体贴关心，倒惹我生气。"

这就是微妙的诀窍吧，尽管庆子是决不会为本多辩护的。

"本多先生是研究理论的人哪，没办法呀。"

越过县界，山北面是一片残雪。结冰使得雪面凹陷，浅浅刻出了一层痉挛似的蛇纹。很像浮肿消退后的梨枝的手背。

不过，现在的梨枝对于本多来说，变得好忍受一些了。当着本多的面，两个女人故意大声数落他的不是（尽管其中一人是自己的妻子），反而给本多带来丝丝快慰。

快到笼坂山顶了，到处是皑皑残雪。薄纱般的冻雪覆盖着山中湖畔植物稀疏的地面。松树枯黄，只有湖水的颜色是绿幽幽的。回首眺望白色的富士山以及这里一切白色的源泉，都仿佛涂了层油似的闪闪发光。

到达浅间神社时已是下午三点半了。本多瞧了瞧从那辆黑色克莱斯勒上下来的三个人，好比见到了从黑棺材中起死回生的人一般，厌恶极了。从早晨起，他们在大家面前，把昨夜的痕迹擦得干干净净，但偶尔三个人在一段时间内被封闭在狭窄的空间里时，就跟怎么穿刺也排不干净的腹水似的，记忆又会沉淀，卑鄙也会增长。他们三个人下了车，被路旁的积雪晃得直眨眼睛，表情很狼狈。但槙子仍然腰板挺得直直的，今西那苍白而没有弹性的皮肤令本多厌恶。这个男人以自身极不相称的肉体，不仅亵渎了他昨天得意洋洋谈论的悲剧性的肉体的梦幻之美，而且完全将其掩埋掉了。

总而言之，本多看见了。看见的人与不知不觉被看见的人，在已经翻了个儿的世界交界处相互倚靠着。槙子抬头看见石匾上刻着

"富士山"的巨大石牌坊，又拿出笔记本，抽出了她的系着紫绳的细铅笔。

他们六个人互相搀扶着走在泥雪斑斑的参拜甬道上。树枝间筛下来的阳光，使部分残雪显得庄严。茶色的杉树叶不停地飘落在残雪堆上，这些老杉树的树梢笼罩着雾蒙蒙的光，有的树梢上似乎有绿云缠绕。在参拜甬路的尽头，出现了被残雪包围的朱红色牌坊。

这神灵般的征兆使本多回忆起了饭沼勋。他又看了看槙子，槙子一受到这神明之力的感染，居然摇身一变，使人仿佛忘却了她深夜里的那双眼睛。曾经爱上了这样流盼美目的勋，或许也是被这美目杀死的。

庆子悠然自在，不论什么事，都要感慨一番。

"啊，太漂亮了！简直美极了！这就是日本式的美啊。"

槙子焦躁地瞧着庆子，对她这种断定式的感叹似乎想反驳点什么。而梨枝则怀着谦恭的事不关己的优越感情，退而旁观。

椿原夫人脚步踉跄地走在参拜甬路上，很像一只悲伤的仙鹤，垂着湿淋淋的翅膀在行走。她悄悄推开今西搀扶她的手，而让本多扶着她。现在的她哪里还有心情作诗。

夫人的悲伤由于伪装而显得太过纯真了。看着她低着头的侧脸，本多几乎都被打动了。忽然他的视线遇上了同样注视夫人的槙子的目光。一如既往，槙子从这被白雪辉映得面无血色的悲伤的女人脸上发现了一首诗。一首和歌作出来了。

当他们一行来到与富士登山路交叉的神桥时，椿原夫人语无伦次地对本多说：

"真是让您见笑，我一想到这就是富士山的神社，就仿佛看见晓雄笑着来迎接我似的……因为这孩子特别喜欢富士山。”

夫人悲哀的神情中隐含着奇妙的虚空。犹如狂风卷过空无一人的凉亭，使人觉得悲伤在恣意吹拂这位空虚的夫人似的。而且她显得异常的平静。犹如灵魂附体之后造成的心灵荒废一般，她那零乱的细发下面，是一张没有油气的脸颊，好似日本纸那样容易渗透。似乎悲伤正平静地从这张脸自由地出入，就和呼吸一样。

梨枝看见夫人这副悲哀的神情，连自己的病都忘了，变得十分矫健。本多甚至怀疑起妻子的病都是假装的，包括浮肿也是假的。

一行人终于来到了约六十尺高的朱红色大牌坊前，穿过牌坊，在朱红色楼门前，见到了被脏雪堆包围的神乐殿。大殿的房檐下三面垂挂着稻草绳，一束耀眼的阳光从高高的杉树梢上照射下来，正好照到竖立在地板上的白木制八塑台上的祭神驱邪幡。在四周的白雪映照下，神乐殿里的方格天井也熠熠生辉，照到祭神驱邪幡上的光线格外耀眼，神圣的祭神幡在微风中飘动。

在这瞬间，本多恍惚觉得这洁白的祭神驱邪幡是活着的。

夫人放声痛哭起来，眼泪像堤坝决了口似的奔涌而出。大家对此早已见怪不怪了。

夫人没等看见祭神幡，就像受到恐怖驱使似的跑到由狮子和龙的浮雕守护的正殿前面，一面叩拜，一面号啕大哭起来。

战后，夫人的悲伤一直未能得到平复，本多对此已不再怀疑了。因为本多亲眼目睹了，使这悲伤永远如昨日发生的事情那样新鲜再现的诀窍。

二九

翌日，本多不在家。庆子从御殿场二冈给本乡的本多家打电话，梨枝因宴会的劳累躺在床上休息，听说是庆子的电话，就起来去接。

庆子告诉她月光公主今天一个人到御殿场来了。

“我正遛狗的时候，看见一位小姐在您家门前转悠。怎么看也不像日本人，我就跟她搭话。她回答‘我是泰国人’。再一问，她说是本多先生邀请的，可是那天有事没能来，今天以为大家还在这儿，就来了。她那满不在乎的口气真叫我吃惊，可是让她一个人就这么回去也于心不忍，便请她来我家喝茶，然后送她去车站，刚和她分了手。她说回东京后，会向本多先生道歉的。还说她不爱打电话，一用日语打电话就头疼。真是个可爱的小姐，黑黑的头发，大大的眼睛。”

庆子说到这儿，又对前几天的宴会表示了感谢。还说，今天晚上，那个美国军官要带同僚来家里打扑克，她得准备准备，有空再给你们打电话，就挂断了。

本多回到家里，梨枝便把电话的内容告诉了本多。本多神情迷离地听着。他当然没有向妻子坦白昨天夜里梦见月光公主的事。

本多这把年纪的长处，就是能够无止境地等待下去。可是他还有应酬和工作要做，不能成天在家里等着月光公主突然来访。那只戒指本可以托妻子交给她，可他想自己直接交给公主，就放进西服内兜里带走了。

大约十天过后，梨枝告诉本多，他不在家时，月光公主来过一次。当时，梨枝穿着丧服，正要去参加老同学的葬礼。

“就她自己吗？”

本多问道。

“是啊，就她一个人。”

“真是不凑巧啊。回头我跟她联系一下，一定请她来吃顿便饭。”

“她会来吗？”

梨枝忍着笑问。

本多想，要是用电话联系，会给对方增加精神负担，不如随意定个日子，送她一张新桥剧场的戏票，由公主自己决定去还是不去。正巧，剧院正上演文乐剧[①]《出开帐》，本多打算请她看日场，看完后，请她到刚刚归还日本人的帝国饭店吃晚餐。

日场是《加贺见山》和《堀川猿回》两出剧目。不过本多对月光公主不守时已经习以为常了，所以独自欣赏了“长局”这一段。在《堀川》开演前的长时间幕间休息时，他来到院子里。天气很晴朗，许多观众都出来呼吸新鲜空气。

本多这才惊奇地发现，到这里来看戏的观众比过去衣着讲究多了，这可是几年前没法比的。虽说这变化可能是由于来看戏的艺伎比较多的缘故，但女人们的服饰华美而奢侈，使人们忘记了

---

① 也称人形净琉璃。

废墟的惨景。尤其是战后，不分男女老少，都变得花哨起来。本多不禁觉得，他们穿得比大正时代的帝国剧院观众的服装还要色彩丰富。

现在的本多，只要他愿意，就可以在众多的艺伎里挑选一个最年轻漂亮的，把她包下来，尽情享受艺伎娇嗔地要他买这买那的乐趣。还有那春色朦胧的妩媚，那日本偶人似的穿着威风的白色男布袜的玉足，都为自己所享用。但是，后果会在不久显现。乐而忘返，将自取灭亡。快乐的铜樽里，开水在沸腾，视野将会被升腾起来的死亡之雾气遮住。

这座剧场的风雅之趣就在于庭院临河，夏天可迎风纳凉。但河水浑浊，驳船和垃圾在河面上缓缓移动着。本多至今仍记忆犹新的是，空袭后，漂浮在河面上的尸体越多，而工厂冒的烟却越来越少。还记得战争中异样清澈的东京的河流，和倒映在河里的异样湛蓝的世界末日的天空。与那时相比，这污浊的河面才是繁荣的象征。

两位穿着茶色和服外套的艺伎正倚着栏杆陶醉在河风中。一位穿着樱花花瓣点缀的鲛小纹和服，腰系手绘墨色樱花图案的名古屋腰带，娇小婀娜，面如满月。另一位则是一身华丽装束，微微挺直的鼻梁及薄薄的嘴唇浮着冷笑。她们俩一直在聊着什么，表情十分夸张，手指上夹着金嘴女士香烟，虽说聊得一惊一乍的，却是平静地吐着烟圈。

这时，本多发现她们的眼睛频繁地朝对岸看。那边是依然伫立着提督塑像的旧帝国海军医院，现在成了美军医院，住满了朝鲜战争的伤兵。春天的阳光照着医院前庭里刚刚绽放的樱花。坐在轮椅上的美国伤兵，被人推着从樱花树下走过，一些拄着拐杖走路的伤员和手腕上吊着白色三角巾的人在院子里散步。没有人隔着河快活地向她们这些花枝招展的女人打招呼，也没有美国大兵式的挑逗。在午后的阳光照耀下，对岸仿佛冥府中的景象一般，格外的明亮。故意装作对外界漠不关心的年轻伤兵，迈着趔趄的步子，将他们身影留在地上，静静的听不见声音。

这两个艺伎显然很乐于作这样对比。即自己沉湎于香粉、丝绸以及春天般的娇奢慵懒之中，为他人的伤痛病苦或失去的胳膊和腿祝福而且是那些直到昨天还是胜利者的人……这种温柔的恶意，精妙的坏心眼，才是她们的秉性。

站在旁观者的角度，本多觉得隔水相望的两岸的对比，具有一种灿烂的东西。河的那边有统治日本长达七年的占领军士兵们的尘埃、鲜血、惨痛、受伤的自尊、无法挽回的不幸、泪水、疼痛、支离破碎的男人的性；河这边，战败国的女人们正是从曾经的胜利者们流出的血中获利，以这些汗水和伤口上的苍蝇为肥料，伸展开黑色的和服外套，宛如蝴蝶张开黑色的翅膀，炫耀着涂脂抹粉的女人奢侈的性。河风也无法让这二者交会。美国男人们为了使这些无望到手的无意义的艳美之花灿烂盛开，为了这些无情的虚荣而眼睁睁地抛洒热血，此时此刻他们内心的无限悔恨是可以想见的。

“真叫人不敢相信哪。”

一个女人的声音传到了本多耳朵里。

“可不是吗，简直惨不忍睹。洋人个头大，变成那副惨样，更让人可怜噢。其实我们也吃了不少苦头的，差不了多少。”

“自食其果呗。”

女人们冷酷地交谈着，越来越有兴致地朝对岸眺望，当她们的兴致达到极点而松弛下来的一刹那，几乎同时打开粉盒，侧过身去对着镜子往脸上扑粉。香得熏人的脂粉味，被河风吹散，一直吹进了远处的女人和服下摆和本多的西服袖口里。本多瞧见脚边的花丛中的，蒙了层粉的小镜子的微弱反光，就像蚁蛉在飞舞。

开幕的铃声从远处传来，演出只剩下《堀川》一幕了。本多一边想着公主不会来了，一边朝剧场走去时，感觉自己几乎是以肉感在享受月光公主灵验般的不在。他上了两三个台阶，来到剧场的走廊。在走廊石柱的阴影里，月光公主像躲避外面的光线似的站在那里。

从刺眼的阳光下刚进到室内，本多觉得公主的黑发和大大的黑眼珠，宛如黑暗中发出的一道光辉。发油散发出浓郁的香气。月光公主露出洁白的牙齿笑了。

三〇

他们进晚餐的帝国饭店已是破旧不堪。占领军自诩懂得照明艺术，却在庭院的石灯笼上满不在乎地涂了一层白色油漆。大食堂仿哥特式建筑的天花板也比以前阴暗，只有整齐排列的餐桌的白色桌布格外显眼。

本多点了菜后，马上从兜里取出戒指小盒放在月光公主的面前。公主打开小盒，禁不住赞叹起来。

“这个戒指是必须归还给你的。”

本多用尽量简单的语法，向她讲述这只戒指的来历。月光公主听本多讲话时，脸上不时浮现出微笑，但这微笑与本多讲述的内容不太协调。本多偶尔感到不安，不知公主对他所讲的是否听得明白。

月光公主高耸的胸部凸出于桌面，像船头雕像般昂然，与她孩子气的脸很不相称。在她学生式的长袖罩衫下面，不用看也能知道，隐藏着阿旃陀洞窟壁画上的女神们般的肉体。

看似轻盈却充满着成熟果实重量感的深色肉体，茂密得令人透不过气的黢黑头发，扁平鼻子到上唇的线条模糊而神秘……和听本多讲话时一样，她对自己的肉体不停地对自己说的话似乎也是漫不经心的。又大又黑的眼睛聪慧得过了头，看起来倒像个盲人。真是不可思议的形态。月光公主的肉体能够在本多面前一直散发浓郁芳香，乃是由于来自远方密林的蕴气发散到了日本来的缘故。人们叫做血统的东西，仿佛是一种永远追逐人们的深邃无形的声音。它有时变成热烈的絮语，有时变成沙哑的喊叫。它是一切美丽肉体的成因，同时，其形态也是引起诱惑的源泉。

当月光公主把墨绿色的翡翠戒指戴在手指上时，本多恍惚觉得捕捉到了那遥远而深邃的声音与这少女的肉体相互紧密融合的最初瞬间。

"谢谢。"

月光公主脸上绽出稍稍有失其高雅的媚笑。本多清楚，这是她知道对方了解她的任性时的表情，如果继续追逐那媚笑的话，它马上就会如潮水退去般逃之夭夭。

"你小的时候，认定自己是一个我熟识的日本青年的转世，自己的真正故乡是日本，还说想早日回到日本去，大家都拿你没办法。现在你到了日本，手上还戴着这只戒指，对你来说，就像是画了一个大大的句号啊。"

"是吗？我可记不得了。"月光公主无动于衷地说道，"小时候的事我什么都不记得了。真的不记得了！大家都拿我小时候的怪癖行为当笑话说，和你说的一样。可是我全都不记得了。关于日本，我只记得一件事，就是战争爆发后，我去了瑞士，在那儿待到战争结束，我一直把一个不知谁送我的日本布娃娃当宝贝似的带在身边。"

本多刚想说，那是我送给你的，又忍住了。

"我来日本留学，是因为父亲告诉我，日本的学校好，才来的……也许，我最近总是在想，小时候的我就像一面镜子，能照出别人心里在想什么，并且把它说出来。你在想些什么，全都映到我的心里了，你说是不是这样呢？”

月光公主有个毛病，爱把疑问词“呢”的声调提高得像说英语那样。这使本多联想起泰国寺院的朱红色脊瓦尖端翘向蓝天的金蛇鱼尾形装饰。

本多无意中发现旁边餐桌上的一家人，夫人和成年的儿子围着实业家派头的一家之长在用餐，他们虽说衣着讲究，却掩饰不了他们脸上的卑贱。本多猜想他们是发了朝鲜战争财的暴发户，几个儿子的脸松弛得像刚睡醒觉的狗，眼睛和嘴都透着一股粗俗。喝汤时，一家人都发出哧噜哧噜的吓人响声。

那家的儿子们互相嬉闹着，偶尔朝本多这边瞧一眼。他们的眼神似乎在说，这个老头带着女学生模样的小妾来吃饭。因为他们的眼睛不会表现别的意思。本多不得不将自己和在二冈那天深夜所见的，今西那不堪入目的丑态作一番比较。

本多感觉到这个世界存在着比道德还严厉的约束，就是那天夜里。不相称的东西决不会引起人的幻想，只能引起人的厌恶，他已遭到了惩罚。人本主义时代以前的人，对于一切丑恶的事物，应该比现在要残酷得多。

饭后，月光公主去了洗手间，本多一个人留在前厅，他的心情顿时变得愉快了。因为可以无所顾忌地享受月光公主不在的乐趣。

他忽然产生了个疑问，在二冈新居落成宴会的前一天晚上，月光公主究竟在哪儿过的夜呢？

月光公主好久才回来。本多回忆起小公主被女官们簇拥着去小解的情形。接着，又想起了在红树气根盘根错节的褐色河流中沐浴的公主的裸体，本多怎么仔细瞧看，也没有找到公主左腹应有的三颗黑痣！

本多寻求的其实很单纯，称之为“爱”反倒不自然了。他只想仔仔细细看一看月光公主现在的一丝不挂的肉体，看一看当年那平平的小胸脯现在怎样像小鸟从巢里探出头来似的丰满起来，那粉红色的乳头怎样不服气似的撅起，褐色的腋下隐隐约约露出了敏感的绿洲般的部分。他只是想在拂晓的光线中查看一下公主已经完成了的成熟的地方，与年幼时的公主比较比较。在那纯净无瑕的柔软的腹部中央，坐落着一个小小环岛似的肚脐。浓密的毛取代了护门神亚斯加，守护着曾是沉默不语、如今变得总是露出湿润微笑的东西。每只美丽的脚趾都张开着，大腿光滑而修长，一心一意地支撑着生命舞蹈的规律和梦想。本多想拿这些和幼年的公主进行对照，这才是对“时间”的了解。了解“时间”制造了什么，又使什么成熟了。如果细致对照之后，还是没找到黑痣的话，本多最终一定会爱上她的。因为妨碍恋爱的是转世，阻挡热情的是轮回……

回到前厅的月光公主，突然把本多从梦幻中唤醒，本多脱口而出的问话，尽管是无心的，却含着强烈的妒忌。

“哦，我忘了问你，在二冈宴会的前一天晚上，听说你事先没有告诉会馆，住在了一个日本人家里了？”

“是啊，”月光公主毫不胆怯地坐在本多身旁的安乐椅上，弯着腰欣赏着自己并在一起的美丽的脚，“有位泰国朋友住在那位日本人家里，他们一再挽留我，我就住那儿了。”

“他家孩子一定很多，很热闹吧？”

“不多。有两个儿子，一个女儿，加上我和泰国朋友，大家一块儿玩打手势的游戏。那家的男主人在东南亚有大买卖，所以对东南亚人很友好。”

“那位泰国学生是男的吗？”

“不，是女学生。怎么啦？”

月光公主还是把尾音提得老高。

接着，本多对公主忠告道，他为公主缺少日本朋友而遗憾，既然来留学，不和当地的人广泛交往就没有意义了。光是咱们两个人，容易觉得拘束，所以下次他会带一些年轻人来。本多说着不自觉地投下了个鱼饵，和公主约定下周今天的七点整，还在这个饭店见面。一想到梨枝，他对于请公主到家里做客不免有些顾虑。

三一

本多坐车回到家，感觉鬓角湿湿的，才发现下起了毛毛细雨。

学仆出来迎接本多，说太太累了，已经睡了。还说有位客人硬要见老爷，只好让他到接待普通客人的小客厅里等候，已经等了个把小时了。学仆问本多，是否认识饭沼这个人。本多一听立刻想到他准是为钱而来的。

自从勋十五周年忌日以来，已经四年没见到饭沼了。从那以后，饭沼的穷困是可想而知的。那次在神社举行的祭奠虽然简朴，给人印象却很好。

本多之所以立刻想到他来是为了要钱，是因为最近一些久不交往的人来叙旧，其实都是为了要钱。有穷酸的律师，有潦倒的检察官，有落魄的法庭记者……大家都听说本多侥幸发了大财，自己也想分一杯羹。本多只把钱给谦虚的人。

本多一进客厅，饭沼便从椅子上站起来深施一礼，从他那褶皱不堪的西服后背，直到花白头发下面的脖颈都看得清清楚楚。装穷比贫穷本身还显得真实。本多让他坐下，叫学仆拿威士忌来。

他说“正巧路过府上，说什么也得进来看看您”，这显然是在撒谎。喝下了第一杯酒，他似乎就醉了。再给他斟酒时，他左手托着小小的威士忌酒杯底，然后双手捧着，本多觉得有些厌恶。老鼠吃东西时也是这样拿着的。饭沼抓住了这个机会，高谈阔论起来。

"您知道，时下流行的话是开倒车，政府呢，说是明年之前要修改宪法。现在到处都传要恢复征兵，因为接受这一做法的国民基础已经稳固啦。可是，让人焦急的是，这个基础还未表面化，总是处于低迷状态。结果，那些赤色分子嚣张得不得了！就说前几天吧，神户发生了反对征兵的游行，名为'反对征兵大会'，参加的净是朝鲜人，岂不奇怪？他们不光用小石头、辣椒面，甚至用燃烧瓶、竹枪和警察混战在一起。听说起码有三百多名学生、儿童和朝鲜人闯进了兵库警察署，要求释放被捕的人。"

还不是为了要钱——本多寻思着，根本没听饭沼在说什么。他心想，饭沼也应该明白，无论新政派怎样用社会主义政策严格管理，无论赤色分子怎样制造混乱，私有财产制度的基础是坚如磐石的……窗外雨雾迷蒙，越下越大。本多心里惦念着月光公主。虽然那天把公主送回了会馆，但潜入她那简陋房间的淅淅沥沥的春雨，会给生长于热带的公主带来什么影响呢？月光公主的睡觉姿势是什么样的呢？是仰面朝天地呼呼大睡呢，还是微微含笑地蜷缩成一团呢？或者像涅槃佛殿里的金色卧佛那样，以肱为枕，露出金灿灿的脚掌，横卧而眠呢？

"京都的总评[①] 组织的'粉碎镇压法誓师大会'的示威游行也暴力化了。看样子，今年的五一节也不会消停的。谁知道他们要闹到

① "日本劳动组合总评议会"的简称。

什么程度。各地的大学都被赤色分子占领了，还和警察发生了冲突呢。先生，这些都发生在日美和平条约和安保条约刚刚签订之后，真是绝妙的讽刺。”

反正你是为了要钱，本多这么想着。

“吉田首相正在考虑共产党的非合法化问题，我举双手赞成啊。日本又要刮起暴风雨了。如果听任其发展，和平条约一旦签订，马上就会发生赤色革命的。而且那时候，美军差不多已经撤离，还怎么镇压大罢工呢？一想到日本的将来，我就老是睡不着觉。都到这岁数了，还这样，这就叫做江山易改，本性难移吧。”

本多一门心思想着他是为钱来的，可是，酒已过数巡，还没有渐入正题。

饭沼简单地说了说两年前和妻子离婚的事，突然，话题一下子跳到了过去。他执拗地再三表示非常感激，对本多抛弃法官一职，无偿为勋做辩护，大恩大德，没齿难忘。从现在这样的饭沼嘴里听到有关勋的往事，是本多无法忍受的。于是，他立刻打断了饭沼的话头。

饭沼突然脱去了外衣。房间里并没有热到这个程度，本多估摸他大概是喝醉了。饭沼又摘掉领带，解开衬衫扣，再解开内衣扣，露出因醉酒而发红的胸脯。本多见他的胸毛几乎已全白了，在灯光下，像一堆七扭八歪的针在反着光。

“其实，今天晚上我是想请您看看这个才来的，没有比它更丢脸的了。本来，如果能掩藏它一辈子的话，我倒是求之不得的。可是，我一直想请本多先生您一个人看看，嘲笑嘲笑我。还有，我只想要本多先生了解我，彻底了解‘饭沼就是这样一个男人’，连我的失败在内……跟我那壮烈牺牲的儿子勋相比，我真是惭愧得无地自容，这样恬不知耻地苟活着，实在是……”

饭沼掉下泪来，话也说不利索了。

“这是刚刚战败后，我用短刀刺入胸口企图自杀时留下的伤痕。错就错在我没有采取切腹的方式，不该担心万一切腹会失败等等。结果，稍稍刺偏了一点儿，没扎到心脏。血倒是流了不少。”

饭沼炫耀似的抚弄着暗紫色的疤痕。实际上，在本多的眼里，那也是个无法复原的归宿。发红的粗糙皮肤凝聚起来，封住了难看的伤口，强行将其拽向一个晦涩的归宿。

饭沼那顽固的胸膛还是和从前一样，现在只是覆盖了一层白色胸毛，仍然充满自傲。本多这才意识到饭沼不是为了钱而来的，但也丝毫不觉得自己那么想有什么可惭愧的。饭沼现在和从前相比没有什么变化。只是，这种人也想要把被逼迫、被玷污、被侮辱的东西结晶、凝固成一种稀有的玉髓，将它转化为崇高，展示给最让他信赖的证人，这种心态也不足为奇。认真也好，胡说也罢，胸部留下的暗紫色疤痕，毕竟是饭沼一生中留下的唯一一颗宝石。而本多呢，尽管不情愿，却荣幸地被饭沼选为见证人，乃是出于对本多过去的高尚行为的报答。

一穿好了衣服，饭沼仿佛立刻酒醒了似的，为待的时间太长而道歉，并对本多的款待表示了感谢。本多挽留他再呆一会儿，还包了五万日元，塞进一再推让的饭沼口袋里。

“那么，我就恭敬不如从命了，多谢您的厚意。请允许我将它用于重建靖献塾。”

饭沼恭敬有加地道了谢。

本多把他送到门口。雨还在下，饭沼的背影消失在石榴树叶遮盖的小门外。本多望着他的背影，不由觉得他就像遍布日本四周的夜幕下的无数岛屿之一。就像一个疯癫而荒芜的、只能依靠雨水施舍的饥饿的孤岛。

三二

把戒指交给月光公主后，本多不仅没有安下心来，反而越来越忐忑不安起来。

怎样才能使自己隐身起来，随心所欲地观察月光公主呢？本多被这个难题困住了。如果能让月光公主意识不到本多的存在，活泼可爱地生活，放肆地躺卧，把内心的秘密袒露无余，极其自然地生活，而自己能像生物学家那样精细地、一无遗漏地观察到这一切的话，该有多好啊。可要是将本多这个因素加进去的话，一瞬之间就会瓦解的。

一个水晶结晶体，一个只允许可爱的主观自由游弋的玻璃钵，才应该是月光公主的栖身之所。

对于清显和勋，为使他们的人生凝结成水晶般的结晶体，本多曾尽过微薄之力，这是他引为自豪的。在他们二人的人生历程中，本多伸出的是救援之手，同时也是无用无效之手。重要的是，本多是一无所知地，极其自然地，愚蠢之极地（自以为是在扮演一个理智的角色）扮演了这个角色。然而，当他“知道了”之后！在那酷热的印度受到了严厉的教诲之后，他对“生”还能有什么帮助，有什么干涉，怎么参与呢？

况且，月光公主是个女人，是一个浑身充溢着诱惑力的无明的黑暗般的肉体，犹如溢满了水的杯子。这肉体诱惑着本多，不断地将他引向“生”。这是为了什么呢？为了什么不太清楚，但其企图之一，恐怕是要通过这个“生”所释放的魅力，借助他人之手，来破坏其“生”本身。其二，是为了让本多彻底认识到参与之不可能。

当然，在本多看来，将月光公主保留在水晶体中，是自己快乐的本质，但他不能与自己固有的追求真理的欲望分道扬镳。有没有办法可以将这相互矛盾的欲望加以调和，战胜月光公主这枝开放于“生”之河泥中的黑色莲花呢？

就这一点来说，最好能在月光公主身上发现证实其乃清显和勋转世的痕迹。这样一来，自己的热情就会减退。但另一方面，假若月光公主原本是个与本多所见过的前几个转世毫不相干的少女，本多决不至于被诱惑到如此地步。由此可见，严厉嘲笑热情的力量源泉以及冥界的魅力源泉都在同一个轮回之中吧。觉醒之源是轮回，迷惘之源也是轮回。

想到这些，本多非常庆幸自己是一个即将走近人生终点、拥有了财产、踌躇满志的衰老男人。本多很熟悉这类人。他们对赚钱、出人头地和争权夺利相当精通，对竞争对手的心理能立刻作出准确的判断。而对于女人，即使和几百个女人同过床，也对她们一无所知。这帮家伙满足于靠手中的金钱和权利，使女人和帮闲们屏风般围绕在自己的周围。坐成一排的女人们都像月亮一样，只将后背对着他们……本多觉得那不是自由，是牢笼。是主动坐进以自己所能看见的东西来封闭这个世界的牢笼。

还有一些较为明智的人，他们有钱有势，老于世故。对世道人情无所不知，能从表面的微妙征兆推测到内部的一切。他们是用辣酯的苦味品味人生的卓越的心理学家。他们就像一位精妙而风流的庭院主人，拥有一个能让他能够随心所欲地调配草木山石的小巧玲珑的院落，将世界与人生浓缩和整理，使一切井井有条。他用欺瞒当做假山石，以献媚作为百日红，将真情化做木贼草，把追随制成石水盆，使忠实形成小瀑布，用无数的背叛堆成嶙峋山岩，每天静静地观赏这充满寓意的庭院，静静地沉浸在已夺去了对于世界与人生的抵抗的喜悦之中。他们只把认识者的苦涩和优越感牢牢掌握在手中，就像掌握着一只上好茶碗里淡淡的绿茶泡沫一样。

本多和这些人不是同类。他总是不自满自足，总是怀着不安，然而这已不是无知了。他已窥见了可知与不可知的界限，仅这一点就已经不是无知了。而且，不安正是我们能够从青春窃取的无价之宝。本多已见证了清显和勋的人生，目睹了那种伸出援助之手也是徒然的命运的形态。这简直就是被愚弄。所谓生存，从命运的角度来看，就和被愚弄一样。那么人的存在是什么？人的存在就是不如意。这是本多在印度深深领悟到的。

尽管如此，生的绝对被动的形态，寻常无法见到的生的纯存在论的形态，是本多过于迷恋的东西，且已不能自拔，他认为不如此就不是生。他根本缺乏诱惑者的资格。因为所谓诱惑和欺罔，从命运的角度看是徒劳的，诱惑的意志本身也是徒劳的。一旦知道除了被命运本身愚弄的生的形态之外，就没有生，我们的介入还怎么可能呢？我们怎么可能看到它那存在的纯粹状态呢？目前，我们只好在它不存在的情况下，凭着想象力去跟它交涉。在宇宙中自满自足的月光公主，她本身就是一个宇宙，必须与本多彻底隔绝开来。她或许是一种光学的存在，是肉体的彩虹。脸红、颈橙、腹绿、腿青、胫蓝、趾紫，而脸的上部有看不见的红外线的心，脚底下有看不见的紫外线的记忆的足迹……而彩虹的终端融入死的天空。她是架向死的天空的彩虹。假如不可知原本是情欲的首要条件，那么情欲的极点只应存在于永远的不可知，也即存在于"死"。

当得到意外之财时，本多也和一般人一样，想用它来使自己快乐。可是，到了那时，金钱对于他最本质的快乐而言，已经不再需要了。参与、斡旋、辩护、拥有、垄断都需要金钱，金钱确实有用，但本多的快乐是忌讳这一切的。

本多知道，只有在不需要金钱的快乐当中，才隐藏着使人毛骨悚然的快乐。黑夜伸手不见五指，树上潮湿的苔藓的感觉，地上落叶的潮湿气味，这是去年五月，一个公园里的夜晚。嫩叶散发着清香，一对对情侣在草地上缠绵。树林外面的公路上，车灯悲壮地来来往往。针叶林犹如神殿里成排的柱子，飞速掠过这一排排柱子的、悲剧性的飞驰而过的光芒，掠过草地时令人战栗。闪现其间的是掀起内衣时那白色的近乎残酷而神圣的美。只有一次，光芒掠过微微睁开眼睛的女人的面孔。为什么能看见她睁着眼睛呢？既然能看见一滴反光落在她的瞳孔上，可见女人是半睁着眼睛的。因为那是一下子剥掉了存在的黑暗的凄楚的瞬间，所以看见了本来无法看见的东西。

和那些情侣一同战栗，与他们的心脏一同跳动，一同分享不安，在如此同一化的极致，自己只是作为看者，而不是被看者而存在。干这种静悄悄的勾当的人，像蟋蟀似的四处隐藏在树荫和草丛里。

本多也是这些无名氏中的一员。

黑暗中浮现出正在温存的青年男女赤裸的下半身。在更加黑暗的地方晃动着温柔的手臂。男人的臀部白得像乒乓球，那一声声喘息，几乎都带着法律的可靠性。

不错，就在车灯出人意料地照出女人脸庞的一刹那，在剥去黑暗的一瞬间，畏缩的不是干事的那些人，而是窥视者。夜里，在公园的外面，从炉火余烬似的霓虹灯闪烁的那一带，远远传来巡逻车抒情般的鸣笛声。这时由于恐怖和不安，窥视者藏身的树荫沙沙作响，被人窥视的女人们沉醉于情欲之中，不加躲避。而被窥视的男人们像狼一样凛然，灵敏地挺起社会性的上半身，形如黑色的剪影。

在一次午餐闲聊时，本多听一位老律师讲他从警察那儿听来的丑闻。这未公开的丑闻涉及一位司法界知名的老前辈。这位德高望重的人士竟然被警察作为惯犯逮捕了。他时年六十五岁。年轻的警察向他要名片，严厉地讯问这位羞耻得浑身哆嗦的老人，还让他详细演示是怎么窥视的，没完没了地训斥他。年轻的警察越是了解了老人的身份，越是使劲嘲弄他。警察将老人的社会名声与这次犯罪之间的可怕的缝隙加以夸大，明知在这深渊上架桥非人力所能办到，以架桥之不可能，毫不费力地击垮了老人。老人被这孙子辈的年轻人"训斥"的时候，卑躬屈膝地低着头，不停地擦着额头上的汗。就这样，老人被基层警局肆意戏弄一番之后，得到了宽大释放。两年后，他死于癌症。

要是本多的话，会怎么样呢？

本多知道在那条绝望的深渊上轻松架桥的秘诀。那就是印度的秘法。

为什么老法官没用法律语言来解释那种令人激动得流泪的快乐，那种人间最最谦虚的快乐呢？不过，在午餐时，本多假装对这个趣闻不以为然的样子，心里却反复揣测着这位律师跟自己讲这件事的意图。讲到每个高潮时，大家都不怀好意地怪笑，本多也起劲地随声附和。他被世人眼中的肮脏草鞋般的快乐的悲惨，与任何快乐的核心都潜藏着的严肃之间的残酷对比弄得头昏眼花。这一个小时的午餐搞得他神经紧张。后来，他就与这幸而没有被别人知道的习惯，与那战栗一刀两断了。

在心中已经公然玷污了理性的他，不可能置危险于不顾。因为勇于冒真正危险的是理性，勇气也只能来自于理性。

如果金钱不能保证安全，也就不能买到真正的战栗，那么对于生，对于真正的生，以本多的年龄还能做些什么呢？而且，他对那种事的饥渴是越老越强烈，丝毫不见衰退。

难道说，本多为此不得不需要某种媒介的存在吗？假若月光公主万一与本多上了床，她也有决不能让本多看的东西。既然那是本多想要得到的唯一的东西，就需要间接的兜圈子式的人为手段了。

……本多被这些思绪折腾得整夜未眠，他取出放在书架一角的落满灰尘的《大金色孔雀明王经》翻看起来。

他吟诵着其中的意味着孔雀成就的“摩谕罗吉罗帝莎诃”这段真言。

那只是个难解的游戏。如果认为是托了这本经书的福，他才平安活到战后的话，那么这样受到保护的他的生存就越来越像是架空的了。

三三

庆子对本多关于《孔雀明王经》的谈话很感兴趣。

"您说它能治蛇毒吗？请您一定教给我吧，御殿场别墅里蛇可多了。"

"陀罗尼的第一段我还能记住一点儿。就是'怛尔也他壹底蜜底底里蜜底底里弥里蜜底'。"

"像唱儿歌似的。"庆子笑着说。

对这种不恭敬的反应，本多像孩子似的有些愤愤然，不想再说下去了。

庆子是带她的外甥、庆应大学的学生来的。他眉细唇薄，穿着进口西装，戴着昂贵的进口手表。本多看这个时尚青年的眼光，不觉变成了过去的"剑道部精神"的眼光，自己也吃了一惊。

庆子还是那副悠悠然的架势。慢条斯理地以命令式的口吻说了起来。只要托她办过一件事，就得一切都由着她。

前天在东京会馆请回到东京的庆子吃午饭时，本多对她说，希望她给月光公主介绍一位合适的男朋友，尽量要上手快一些的。庆子一听就全都明白了。

“我明白，那位姑娘是个处女，您干什么都很不方便。回头我把我那位没得挑的外甥给您带来看看。这孩子干事特别干净利落。往后您就好好去享受充当那姑娘的温柔体贴的保护人的角色吧……这真是个绝妙的计划呀。”

从庆子口中说出“绝妙”的时候，那绝妙感就已消失不见了。她对于快乐完全缺乏类似卖淫时强颜欢笑的情绪，显得过于正经八百了。

接着庆子介绍说，外甥名叫志村克己，很讲究穿着，托他父亲的美国朋友把自己的服装尺寸送到纽约，每季置办一套布鲁克斯兄弟的西服。仅仅这件事，即可了解这个青年的风貌了。

——在本多谈《孔雀明王经》时，克己百无聊赖地四下张望着。帝国饭店的前厅就像坟墓的入口，凸出的大谷石将加层的二楼低低地隔开。只有前厅一角的商店柜台上，美国杂志和袖珍本的封面五颜六色的，好似胡乱放在墓碑前的枯萎了的供花。

对别人讲话不认真倾听这点上，舅母和外甥很相像。但外甥的态度只是不礼貌，而舅母这样做似乎本身即是一种礼貌。即便对于感人肺腑的忏悔，恐怕她也会置若罔闻的。

“公主能不能来很难说。”

本多说。

“别墅竣工以来，您就得了恐惧症了吧。咱们就踏踏实实地等着吧。不来也无所谓，咱们三个人去吃饭，也挺有意思的。克己，你也不是没耐性的人吧？”

“啊……不是的……是呀。”

克己口齿清晰地含糊其辞。

庆子忽然想起了什么，从手提包里拿出固体香水，在戴翡翠耳环的耳朵上抹起来。

这动作就像个什么信号似的，前厅的灯突然全都灭了。

“哼，又是停电。”

克己说。本多想，停电的时候说停电，有什么用呢？竟也有人只为自己的怠惰辩解才开口说话。

庆子倒是一句话也没有说。黑暗中听见她把固体香水又收进包里，手提包的金属扣叭嗒一响，这声音又划破了一种黑暗。在这黑暗中，仿佛庆子膨胀起来，随着香气的飘散，她那丰满的臀部，她的具有统治性的女性肉体正无边际地悄然膨胀着。

短暂的沉默后，遇难者们似乎想要打破黑暗，故意快活地说笑起来。

“占领期间，占领军优先使用匮乏的电力，所以总是停电。我们也习惯了，看来以后也会这样下去的。”

“在一次大面积停电的晚上，我路过代代木一带，看见只有代代木高台住宅区灯火通明。在一片黑暗中，蓦然出现这一小片灯光，宛如那街道来自另一个世界，美丽得让人害怕。”

虽说里面很黑，但外面的街道上有来往的车辆，车灯不时射到转门上，每当有人出去后，玻璃转门继续慢慢转着，车灯被摇晃得像光线透进黑洞洞的水底，照出了分明的条纹一样。本多想起那个公园的夜晚，不由一阵战栗。

“在黑暗中最自由，能舒服地呼吸。”

庆子说道。本多刚要说，即使是白天，有人也能舒服地呼吸的。这时，庆子的影子突然变大了，在墙上移动，原来侍者拿来了蜡烛，在所有桌子的烟灰缸上点亮了蜡烛，这一排排烛光，使前厅变得跟墓地没什么两样。

出租车停在门外，穿着金丝雀色少女晚礼服的月光公主走了进来。本多对这一奇迹十分惊讶。比约定时间只晚了十五分钟。

月光公主在烛光下显得异常美丽。黑暗中看不清她的头发，只见她眼眸里灯火摇曳。她一笑，露出光洁的牙齿，比在灯光下要好看。她气喘咻咻的，金丝雀色晚礼服的胸口起伏着，放大的影子也跟着沉浮不停。

"您还记得我吗？我是久松呀。在御殿场见过面的。"

庆子说道。

月光公主没有什么客套，只是娇声答道："是啊。"

庆子介绍了克己，克己请公主坐在椅子上。本多立刻发现，公主的美貌给了克己很深的印象。

月光公主有意无意地显示着自己手上戴的绿宝石戒指，烛光下，绿色被辉映得好比甲虫扇动的翅膀。戒指上镶嵌的亚斯加护门神金色雄壮的面孔，由于阴影使其看上去面目狰狞。本多心里有数，公主戴这个戒指来，是她特有的温柔的流露。

庆子立刻注意到了戒指，她很自然地捏住公主的手指问：

"哎呀，这戒指真是稀罕哪。你们国家的？"

她当然没忘记在御殿场曾经仔细看过这只戒指，但是深谙礼数的庆子表现得非常自然，像真的忘了似的。

本多凝视着烛光，心里暗暗猜测月光公主会怎么回答。

"是的，是泰国的。"

月光公主只回答了这么一句，本多就安了心，为自己展示的不露痕迹的美德而陶醉。

庆子似乎忘记了戒指的事，站起来指挥道：

“去玛奴埃拉吧。在餐馆吃完饭，再去夜总会怪麻烦的，干脆直接去夜总会，好不好？那儿的菜很美味的。”

克己开来了通过美国人买的彭特牌轿车，用不了两分钟就能到玛奴埃拉。

月光公主坐在副驾驶席上，本多和庆子坐在后排。庆子上下车时很有派头，稍一回忆，不难发现，庆子有先于别人上车的习惯。她不是拎起裙子，一点点往里蹭，而是看准自己的座位，扭着花瓶似的屁股，麻利地一下子坐上去。

从后面观察副驾驶席上的月光公主，垂在椅背上的一头乌黑秀发，使人联想破败的城墙上悬挂的黑色常春藤。白天，蜥蜴就栖息在那阴暗的地方……

玛奴埃拉小姐在日本广播协会前的大厦下面开了家小巧玲珑的夜总会。这位皮肤浅黑的混血舞蹈家，一看见从楼梯上下来的庆子和克己，就热情地招呼这些熟客。

“哎哟，欢迎光临。啊，克己也来了。您来得真早啊。今儿晚上，就把我这儿全包了吧。”

时间还早，夜总会的舞厅里空空如也，只有音乐像呼啸的北风，刮得镜片球亮闪闪的薄片翻飞起来，像是深夜街道上散落的纸片。

“太棒了！我们全包了。”

庆子向幽暗的空间伸开双手，手上戴的戒指晶莹璀璨。她那拥抱式的叫喊声，和那边锃亮的管乐器的悲鸣声相互呼应。

“不用急，您也先坐下吧。”

玛奴埃拉小姐要替服务生去给他们定菜时，庆子非让她坐下。克己让了座。庆子把月光公主和本多介绍给了玛奴埃拉小姐。她这样介绍本多：

“这位是我的新朋友，我也开始喜欢日本味了。”

“这可太好了，您的美国味太浓了，去掉点才好呢。”

玛奴埃拉小姐故意夸张地在庆子身上闻来闻去，庆子也装得好像很痒痒似的。月光公主瞧着她们的样子，开心地笑起来，差点儿弄洒杯子里的水。本多和克己相互交换了一下困惑的目光，这在他们之间还是第一次。

庆子好像忽然意识到了似的，恢复了威严，问了些无聊的事。

“刚才停电，不太方便吧？”

“没什么不方便的，我这儿有蜡烛啊。”

玛奴埃拉小姐自豪地说。在昏暗的灯光下，她的嘴里露出整齐的牙齿，笑吟吟地瞧着本多。

奏乐的人离开时，跟庆子挥了挥手，庆子也伸出白皙的手摇了摇。一切都以庆子为中心。

然后四个人开始用餐。本多不喜欢在暗处吃饭，但也无可奈何。从酒瓶口溢出来的红色液体，本来是鲜艳的洋红色，这会儿成了暗红色。

客人渐渐多起来。一瞬间本多以恍惚的心境，想象着像年轻人似的置身于这个游乐场所的自己来。正如人们所谈论的那样，最好早日发生革命。

本多见这张桌子的其他三个人一起站起来，很惊讶，原来庆子和月光公主要去洗手间，克己只是起身表示对妇女离席的礼貌。克己重新坐下后，就剩下两个男人了。置身在音乐和舞蹈中的五十八岁和二十一岁的男人，互相无话可说，只得沉默着，回避着对方的目光。

“真有魅力啊。”

克己忽然声音沙哑地说。

“你满意吗？”

“我一直很渴望那种浅黑皮肤、小巧玲珑的、有着肉体美的、不太会日语的女性。怎么说呢，我的嗜好有点特别。”

“是吗？”

虽然对方的话每句都让本多不快，但他始终面带着微笑，应对着。

“你对肉体这东西怎么看呢？”

这回是本多发问。

“我还没好好想过，你是问肉体主义吗？”

青年轻浮地回答，一边麻利地打着登喜路打火机给本多点上烟。

“这好比你手上拿着一串葡萄，如果用力太大葡萄就会破。要是握得恰到好处的话，葡萄皮的张力就表现出一种奇妙的抗拒，这就是我说的肉体的感觉，你明白吗？”

“有点儿明白了。”

这年轻学生极力作出一副老成样儿，以自信加上回忆的分量，煞有介事地回答。

“明白了就好，明白了这点就够了。”

本多说完便不再开口了。

——然后，克己第一次邀请月光公主跳舞。一连跳了三支曲子，回到桌子来时，他若无其事地对本多说：

“刚才我猛然想起了本多先生关于葡萄的话。”

“你说的什么呀？”

庆子想要打听，可是说话声都被喧闹的音乐融化得痕迹不留了。

正在跳舞的月光公主！不会跳舞的本多，光是看公主跳舞都看不够。跳舞的月光公主摆脱了在异国他乡生活的羁绊，幸福地流露出了她本来的姿态。和她的身体相比，纤细的脖颈转动自如，飘动的裙子下面，踮起脚尖的漂亮大腿像岛屿上的两棵高高的椰子树，肉体的倦怠与活力相互交替，摇摆与跃动瞬息万变。跳舞的过程中，公主一直笑容可掬。跳吉特巴舞[①]时，她在克己的指尖指挥下旋转着，身体稍稍后仰，仍看得见她那笑吟吟的小嘴和闪耀着光泽的月牙般洁白的牙齿。

---

① 也称为水兵舞，是一种欢快轻松、热情奔放、诙谐风趣的舞蹈。

三四

社会上充满了不安的征兆。

“五一”节那天，皇宫前发生了骚乱。警察向群众开了枪，事态愈加严重。游行队伍中有六七个人，一起把美国人的轿车推翻，并点着了火。骑白色摩托车的警察遭到了游行队伍的袭击，警察弃车逃跑，摩托车被烧毁。掉进护城河里的美国水兵，一露头就被人们用石头打下去，这样浮起又沉下去有十几分钟之久，根本游不到对岸去。广场上到处火光冲天。荷枪实弹的美军守卫着日比谷美军司令部、明治生命保险公司大厦等处。

这场骚乱非同寻常。大家都不认为会就此结束，总觉得一场场更大规模的暴动正在酝酿之中。

“五一”那天，本多没去丸之内大厦事务所，通过听广播看报纸，他就知道这次决不是简单的事件。他事不关己地度过了战争岁月，如今，对社会上发生的事件再不能漠不关心了。他对财产的古典式三分法感到不安，有关今后的方针，他必须和任财务顾问的朋友好好商量商量。

第二天，他在家里感到焦躁不安，便出去散步。本乡三町目一带，古老的房子在初夏的阳光照耀下，还是原来的老样子。他没有去卖法律书的书店，走进了一家在店门口陈列着各种杂志的书店。散步时去书店是他多年养成的习惯。

成排的书脊上的文字抚慰了他的心。一切都化作观念收藏在这里。人的情欲，政治动乱，一切都变成铅字静静地排列着。而且，这里的书可谓应有尽有，从编织入门到国际政治一应俱全。

为什么本多一到书店就平静下来了呢？只能说他从小就有这种怪癖。清显和勋就没有这样的怪癖。这是怎样的怪癖呢？不对世界时常加以概括就不得安宁，对未记录下来的现实，就固执地不予承认，他就是这样一种顽固的心理。虽然他不是马拉美，但既然任何事情都迟早要表现出来，世界早晚会归结为一本美丽的书，那么在一切完结后赶到也不迟。

是的，昨天的事件已经过去了。这里没有冒火的燃烧瓶，没有怒吼，没有暴力，甚至没有留下血迹。本分的市民们带着孩子寻找着畅销书。一位穿淡绿色毛衣的胖女人，提着布兜，粗声粗气地打听本月的妇女杂志出版了没有。书店老板很有雅兴，在店里面的色纸条幅下面摆了一瓶菖蒲花，条幅上是文人蹩脚的挥毫。

“读书乃心之食粮。”

本多在顾客盈门的狭小书店里，挤来挤去地看了一圈，没发现想买的书。走到通俗杂志书架前时，看见一个学生模样的青年人，穿着件运动衫，专注地看着杂志。他的神情有些异样，老是盯着一页在看，很引人注目。本多凑近青年的右边，不经意地向杂志扫了一眼。

本多看见的是印刷粗糙，模糊不清的青瓷色珂罗版[①] 画面，是一

① Collotype，是最早的照相平版印刷术之一。

张被绳子捆绑着的，跪坐姿势的裸体女人照片。刚才那位青年左手拿着杂志，目不转睛地盯着看的就是这一页。

然而，本多来到青年身边时，发现他的姿势异常僵硬。他脖颈的角度、侧脸、眼睛就像埃及的浮雕立像，极不自然。这时，本多清楚地看到，青年把手插进右裤兜里，手在里面急剧地机械运动着。

——本多马上离开了书店，难得一次的散步已兴致全无。

“那家伙怎么在众目睽睽之下干那种事呢。没有钱买那本书吗？要是那样我会悄悄替他付钱的。是啊，我怎么没想到呢。真应该毫不犹豫地给他钱，让他买下来！”

走了约摸两个电线杆的距离，本多的想法又变了。

“不，决不是那样的。如果他真想要那杂志的话，即使用钢笔作抵押，也肯定买得下来的。”

无论如何那本书也是应该买回家去的。本多由此肆意地想象起来。仿佛那个青年和自己密切相关似的。

这样一路想着朝自己家走去，由于讨厌妻子的迎候，他就绕道走，没有从卫理公会教堂拐过去。

本多主观地断定，那青年没把杂志带回家，恐怕不是怕家里人唠叨，也不是因为没地方放。那个青年肯定是一个人住公寓的。他知道一回到公寓里，等待他的孤独就会像宠物一样扑到他的身上。他肯定是惧怕打开那被捆绑的裸女照片，享受孤独的乐趣。那里有青年造就的牢狱中那样的绝对的自由。在那自由肆虐的小小四方空间里，在那充满精液味儿的阴暗巢穴中，面对这被绳子勒紧了乳房、痛苦挣扎的青瓷色裸女的脸，面对这向后仰的一对鸽子翅膀形的鼻孔，一定是极其恐惧的。在这完全的自由之中，与被捆绑的裸女面对面，和杀人是一回事……正因为如此，他才选择了将自己曝露于众人目光中的行为。希望使自己束缚于他人的目光里，在这危险和屈辱中，面对被捆绑的裸女。做出这样的选择的可怕条件，表现了潜藏在一切性爱中的丝绸般纤细微妙的心灵。

这是一种极其特殊、甘美之极的卑贱诱惑。如果那是艺术照中的漂亮模特儿，青年决不会如此欲火中烧的。在这座大都市里，昼夜刮个不停的暴风般的性欲。黑暗的巨大的过剩。街上有燃烧瓶火焰肆虐，地下是情欲的大阴沟……当本多远远看见从他父亲那一代就矗立在那里的威风凛凛的自家古老门柱时，觉得自己与父亲的老年相距是多么遥远啊。他推开小门走进去，一看见那白色广玉兰花在枝头盛开，顿时感到散步的疲劳，不由得想，自己倒是可以作作俳句，聊以度日的啊。

三五

本多曾对克己说过，要去取一下托庆子代买的雪茄，顺便三个人一起聊聊，所以，克己开车前往丸之内大厦来接他。这是一个烈日炎炎的初夏的下午。

在美军随军商店内，虽然没有地道的哈瓦那雪茄，但可买到美国佛罗里达半岛产的雪茄。他们把汽车开到原松屋百货商店的美军随军商店前，等候去买雪茄的庆子。

本多进不了松屋美军随军商店。他让克己把车子停在店外面，坐在车里盯着商店的出口。挂着白色窗帘的美军随军商店门前，有不少画肖像的转来转去，缠着从里面出来的美国兵。一群像是从朝鲜战场来的年轻美国兵，并不拒绝让他们给画像。有一个穿着蓝斜纹牛仔裤来购物的美国少女，坐在窗户的铜栏杆上，让画匠给她画像。

本多从车中瞧着这些有趣的风景打发时间。在众目睽睽之下，毫不难为情，一本正经地充当模特的美国士兵们，仿佛在尽职业上的义务似的，简直分不清到底谁是顾客。看热闹的人围拢上来，看够了的离开之后，马上又有人凑了上来。美国士兵那雕像般的蔷薇色头颅，高高地突出于人群。

“太慢了！”

本多朝克己说了一句，从车里出来，他想在阳光中伸伸懒腰。

他混进人堆里，去看那充当模特的美国少女。少女算不上漂亮。她晃悠着穿蓝色牛仔裤的腿，上身是男式短袖格子衬衫。从大厦斜射过来的阳光，照在她满是雀斑的半个脸颊上。她嚼着口香糖，脸上的光线也随之扭动着。她不卑不亢，即使被人们注视，仍是一副泰然自若的表情，深陷的眼窝中的褐色眼珠，一动不动地凝视着一个地方。

本多想，这个把他人的目光视若空气的少女，或许正是自己魂牵梦萦的理想少女。想到这儿，他突然感到犹如点着的发梢一点点烧上去的兴奋。这时，旁边有个男人跟他打招呼。本多感觉这个人刚才就一直在端详他，现在，终于开口跟他说话了。

“我好像在哪儿见过您？”

本多一看，是一个矮小得像只老鼠的男人，穿着破旧的西服。头发齐着太阳穴剪得齐刷刷的，贼眉鼠眼中含有阿谀和恫吓的成份。本多一看见此人，就隐隐有些不安。

“对不起，请问您是哪一位？”

本多威严地说道。那个人踮起脚来对本多耳语道。

“喂，咱们不是常常半夜时，躲在公园树荫里偷看的伙伴吗？”

本多一下没控制住自己，脸色刷地变白了。他用冷淡的语气反复说着：

“我不知道你在说什么，你认错人了吧？”

矮个子听到这话，脸上突然浮现出讥讽的表情。本多深知这地层轻微龟裂似的嘲笑，有时能发挥出足以使任何巨大的建筑物顷刻间土崩瓦解的威力。不过，眼下这矮子手里没有一点儿证据。更值得欣慰的是，本多已然没有那么值得珍惜的名誉了。他能够明晰地觉察出这种欠缺，也应该归功于这样的嘲笑。

本多用肩膀拱开那个人，朝美军随军商店门口走去。正在这时，庆子出来了。

庆子穿着一身紫色套装，昂然走在前头，后头跟着一个美国兵，两手抱着一个大纸口袋，纸袋几乎把脸都挡住了。本多以为是她的情人杰克，走近一看却不是。

在人行道中央，庆子向那个美国兵介绍本多，又指着美国兵对本多解释道：

"这位我并不认识。他帮我把东西搬到车里来，真是位热心人。"

那个矮子看见本多跟美国兵谈话，便溜走了。

庆子胸前戴着一枚勋章大小的金灿灿的胸针，在五月的阳光下朝汽车走去。克己故意和她闹着玩，毕恭毕敬地打开车门，向她鞠躬。美国兵把纸袋一个一个地交给克己，克己晃晃悠悠地好容易才接了过去。

这个场面很有看头。美军随军商店前的群众，也不看画肖像的了，一齐呆呆地朝这边瞧。

汽车一发动，庆子便向热情的美国兵挥手告别，美国兵也向她敬礼，群众中也有两三个男人在向她招手。

"你很有人缘哪！"

本多刚才的精神动摇，转眼就过去了，这很值得向自己夸耀。所以他说话时有些飘飘然，语气也透着轻薄。

"是啊。"

庆子心满意足地说，

“人世间还是好人多啊，一点不假。”

说完，她赶紧掏出有中国刺绣的手帕，像西洋人那样大声擤了擤鼻涕。擤完的鼻子，依旧高高挺立着。

“就因为你每天晚上都光着睡觉的关系。”

克己一边开车一边说。

“哎呀，真没规矩！好像你亲眼看见了似的……好了，咱们上哪儿去呢？”

本多担心在银座一带又会遇见那矮子，便说：

“那座新的大楼，就在日比谷拐角上的，叫什么……”

本多一时想不起叫什么名字。

“是日活饭店吧？”

克己说。不一会儿，汽车开过了数寄屋桥，透过人群，他们瞥见了污染成茶绿色的河面。

庆子非常热情，也很有知识，但明显缺少一些温柔。她谈论文学、美术、音乐以至哲学，都能像谈香水、项链一样，充满着女人特有的奢侈安逸的味道。无论是艺术还是哲学，她都不会平白直露地谈论。她知识面广，尽管有的只是略知一二，但某些问题却了解得相当透彻。

联想到明治大正时期的上流夫人，不是拘谨古板的贞女，就是不顾礼教的荡妇，庆子却不偏不倚，得其中庸，实在令人叹服。不过，要娶她为妻，男人也会有苦衷。虽然庆子算不上刻薄，但她往往给人感觉，对某些微妙的事情是决不姑息的。

她是披了一件甲胄吗？为了什么呢？以庆子的教养，她丝毫没有必要披上一身甲胄，来与世人为敌。因为在庆子面前，世人皆成了她的奴仆，她仗着某种纯洁可以威严地压迫他人。

庆子如果是个分不清恩惠和爱情的人，那么，享受过她的恩惠的人，大概就可以相信自己是被她所爱的了。

现在也是同样，在这个新建大厅的橄榄球场般的二楼上，白葡萄酒摆在跟前，庆子开始指手画脚时，本多仿佛在听别人教他如何把月光公主这只鸟，按照法国风味来烹调一样。对庆子的过分，心里有些不满。

“打那以后你和她见过两次了吧，感觉怎么样？有多大希望？”

庆子先盘问克己，然后从纸袋里掏出一直忘了给本多的厚厚的木制雪茄烟盒，悄悄放在本多的膝上。

“你问感觉怎样？可以说时机就要成熟了。”

本多想象着久违的雪茄香味，用指尖抚摸着烟盒。烟盒是绿色的，缠着一条桃红色丝带，丝带上装饰着一串金币，印着金字，闪闪发亮。这图案使人想起欧洲某个小国的纸币。本多虽然对克己的每一句话都感到非常厌恶，却能把这种厌恶当作某种预兆来欣赏，连自己也惊讶不已。

“接吻了吧？”

“嗯，一次。”

“怎么样？”

“你问怎么样吗？我送她到留学生会馆时，只在门柱背后，轻轻吻了她一下。”

“所以才问你怎么样嘛。”

"她好像有点惊慌失措的样子,大概是初吻吧。"

"你不是挺有本事的吗?"

"那位姑娘可不是一般人哪。人家毕竟是公主嘛。"

庆子转过身来对本多说:

"最好还是带她到御殿场去,就说去参加晚会。事先约好在那儿留宿,晚上尽量搞得晚一点儿。上次已经证明她是可以在外面住宿的,而且这里面也有让她弥补一下她上次失约的意思,她不便拒绝的。再说,如果是和克己两个人出远门,她会有戒心的,因此你一定得一起去。让克己开车。也可以跟她说我在那边等着哪。撒个谎也可以呀。我是无所谓的……到了贵府那边以后,见一位客人也没有,她会觉得奇怪的。不管她怎么觉得奇怪,反正一个外国公主自己是逃不回去的,下面就要看克己的本事了。当晚本多先生就把她交给克己,您自己悠悠然地等着他们成就好事吧。"

三六

——半夜十二点，在御殿场二冈的客厅里，本多熄灭了壁炉的火，撑着伞走到了露台上。

露台前，游泳池已经成形，混凝土的粗糙表面经受着风吹雨淋。离竣工还有些时日，池里的梯子也没安上。雨水渗入混凝土里，在露台灯光的映照下，凝聚成膏药般的颜色。修建游泳池，非得从东京请人来不可，所以工程进展得比较缓慢。

即使在夜里，游泳池底排水不畅的状况也看得一清二楚。本多心想，回东京以后一定要提醒他们注意。雨水滴落到池底，形成水洼，水星四溅。淅淅沥沥的水声凄凉地捕捉着露台远处的灯影。从庭院西面的溪谷里升起了夜雾，白茫茫地笼罩着半片草坪。今天的夜晚异常寒冷。

这个尚未竣工的游泳池，犹如一个无论投入多少人骨也填不满的巨大墓穴。不是越来越像，而是原来就很像。本多觉得如果往池底连续投下人骨，尸骨就会溅起水花，然后又归于平静。被火烘得干干的骨头，瞬间吸足了水分而膨胀起来，光艳艳的。若是从前，到了这把年纪，满可以为自己建造寿陵了，然而他竟建起游泳池来。在这满满一池清水中，漂浮起衰老而松弛的肉体，是一种何等残酷的尝试。本多养成了这样一种习惯，仅仅为了充满恶意的玩笑而花钱。在这清澈的池水中，倒映着箱根的群山和夏天的云彩，这些将使他的老年怎样的增光生辉啊！如果月光公主知道本多挖此游泳池，只是为了在夏天来到后，能看到她的裸体的话，她会是何种表情呢！

本多回屋关门时，撑着伞仰望二楼的灯光，只有四扇窗子里亮着灯光。书房已经熄灯，所以四扇窗子的灯光，是挨着书房的两间客房的。月光公主住在书房的隔壁，克己住在她隔壁的房间……

顺伞流下的雨滴好像渗透进了裤子里面的膝关节。夜晚的寒气使周身的关节悄然开出痛苦的小红花。本多把这肉眼看不见的痛苦的花朵，想象成小朵的曼珠沙华花，即梵语的“天上之花”。年轻时老老实实地隐藏在肌肉中，温文尔雅地完成自己任务的骨头，渐渐地开始声张自己的存在。它歌唱着，发着牢骚，窥伺着抛头露面的机会，想要冲破那衰老的肌肉，摆脱肉体黑暗的束缚，和沐浴着阳光的嫩叶、石块、树木一样，经常和它们以同等资格痛快地暴露在阳光下。大概骨头知道，这个日子已为时不远了……

本多看着二楼的灯光，一想到月光公主宽衣解带的情景，浑身就一阵燥热。难道是骨头本身带有热度？本多匆匆关上大门，关了客厅的灯，蹑手蹑脚地上了二楼。为了确保进入书房时不出声音，他打开了寝室的门走进去，在黑暗中摸索着走近那个书架。从书架上拿出一本本厚厚的外文书时，手直打哆嗦。他的眼睛终于贴到书架里面的窥视孔上了。

在朦胧的光圈中，本多瞅见月光公主哼着歌儿走了进来。这可是渴望已久的瞬间啊！他此刻的心情，犹如夏日黄昏里，在屋檐下静候葫芦花开一样。又像是一把扇子逐渐地打开，眼看着扇面的画即将全部打开的一瞬间。本多此刻看的是，没有任何人看见时的月光公主，是这个世界上他最想看的人。由于他这一看，“没有任何人看见时的”这个条件就不存在了。但是，绝对没被人看见与没有觉察到被人看见，是貌似相同，实则不同的两回事……

——月光公主被带到这儿之后，才知道没有什么宴会，可她却若无其事，泰然处之，这很出乎本多意料之外。

来别墅后，虽说对方是个异国少女，本多也不知该怎样哄骗人家，很有些惶惑。而克己为了装好人，全都推给本多去解释。其实无须解释。本多生好了火炉，请月光公主喝饮料时，月光公主露出了十分幸福的微笑，什么也没有打听。也许她以为自己听错了日语吧。在异国受到人家招待，碰上一些不协调的情况也是常有的事。月光公主来日本与本多重逢时，带来了一封日本大使给本多的介绍信。日本大使从别人口中听说本多与泰国宫廷有缘，所以要求他尽量用日语与月光公主交谈，帮助月光公主提高日语水平。

本多望着月光公主恬静的神情，不禁涌起了一股怜悯。她在这陌生的异国，卷入了与优美相去甚远的肉欲的阴谋之中。此刻，她缩着身子，逐渐靠近炉火，炉火烤着她半边褐色脸颊，头发几乎要烤焦了。她脸上总挂着微笑，露出美丽、洁白、光润、整齐的牙齿，那样子实在是楚楚可怜。

“令尊在日本时，一到冬天就冷得要命，怪可怜的。他总是盼着夏天快点到来，你也是这样吧？”

“是的，我也怕冷。”

“这寒冷是暂时的，再过两个月，日本夏天也跟曼谷的夏天没什么两样……看你冷的样子，我就想起令尊大人，想起了我年轻的时候。”

本多说着，走向壁炉，把雪茄烟灰弹到里面时，偷看了一眼月光公主的大腿。这时，那分开的双腿，犹如合欢树叶子一般敏捷地闭合了。

大家挪开椅子，坐在靠近壁炉的地毯上时，本多看到了月光公主的种种姿态。她有时正襟危坐，保持着优雅的气质；有时并着美丽的双腿侧身坐着，像西方女性那样矜持而懒散；然而，偶尔显露的放肆动作又使本多惊讶不已。她第一次来到炉火边时就是如此。她有点冷，耸着肩膀，伸着下颌，紧缩着脖子，一边高高举起纤细的手腕晃动着，一边絮絮叨叨地说话，那样子颇有种中国式的轻薄之态。当她靠近火旁，对着火坐下时，犹如热带的集市上，好容易躲在绿荫深处卖水果的妇女，面对着近在咫尺的灼热阳光一样。她抱起双膝，猫着腰，丰满的乳房紧贴着绷紧的大腿，以压扁了的乳房与大腿的接点为重心，身体轻轻地摇晃，现出一副下作的姿态。这时只有臀部、大腿、脊背等不够高贵的部位肌肉紧绷着。本多闻到了密林中的腐叶堆发出的那种强烈的野性气味。

克己手里握着白兰地酒杯，白皙的手上映着雕花玻璃的花纹。他表面故作镇静，内心却急不可耐。本多很蔑视克己的强烈性欲。

“你就放心吧，今晚一定让你的房间暖烘烘的。”关于月光公主是否留宿的问题尚未提出，本多便抢先说道，“在你的房间里放着两个大电炉。靠着庆子的斡旋，我已把家里的电容量提高到跟美国驻军一样大了。”

然而本多闭口不谈为何这座洋房里不砌火墙、火炕一类的采暖设备。由于煤油很难弄到，有人劝本多打个烧煤的火墙。妻子同意了，可本多却不答应。因为火墙要在两重墙壁内通上热气。但是对本多来说，墙应该是单层的。

本多来时曾跟妻子说，他想到寂静的地方搞点调查，假装就他一人来这里。离家时妻子的一句叮咛不过是夫妻间很平常的关怀，但本多听来，竟和咒语差不多，在他脑海深处留下了一抹黑灰。

“那儿很冷，可别感冒了。像这样的雨天，御殿场的寒冷是难以想象的。可千万别感冒啊！”

——本多两眼紧贴在窥视孔上，不小心竟被睫毛扎了眼睑。

月光公主还没有更衣。客人用的睡衣仍放在床上。她坐在梳妆台前的椅子上，凝神注视着什么。猛一看好像是书，可是又小又薄，很像是照片。本多想找一个适当的角度看看是什么照片，却始终没能看清。

她哼着单调的曲子，听起来像是泰国歌。本多早就在曼谷听到过像胡琴那样刺耳的中国流行歌曲。这曲调突然使他回想起，那金碧灿然的夜市金店和早晨运河边嘈杂的船市。

月光公主将照片收进手提包后，朝这边的床铺，也就是朝着窥视孔走了两三步。本多以为她是要捣毁这窥视孔，吓得魂都飞了。然而，她却突然跳到远处那张还铺着床罩的床上，又嗖的一下跳到墙边这张已铺好被褥的床上。这时本多的眼前只能看见月光公主的腿了。

月光公主在自己的床上跳了两三下，每跳一下都转换个方向，她的袜子后面的线条都扭曲了。

裹在微微发亮的尼龙袜里的匀称而肌肉紧绷的美腿，越到脚脖子越细。她的脚掌紧贴着弹簧垫，膝盖弯曲，轻轻一跳，在那裙子飘起的一瞬间，露出了大腿根，连裤袜上边那深色的白桦色部分的吊袜带扣儿都能看见，就像豆荚里迸出来的青白色的豆。再往上，则是微暗的大腿皮肤的本色，像从天窗窥见的黎明前黑暗天空的颜色一样。

蹦蹦跳跳的月光公主，像要失去平衡似的。本多眼前的腿，快要晕倒一般向右边栽倒，却最终从床上跳了下来，并没有倒下。这些动作大概是从小养成的习惯，想要试一下不熟悉的床铺弹簧的弹力吧。

然后，她仔仔细细地检查了本多为她准备的女用睡衣，套在西服外面，变换各种角度对镜欣赏起来。好一会儿才脱去睡衣，坐在梳妆台前的椅子上，两只手灵巧地绕到颈后摘下金项链。接着，又朝着镜子伸起手指，想摘下戒指，又停下来。背朝本多的月光公主，就像被什么东西操纵着似的，仿佛在海底潜水般缓慢慵懒的动作和表情，全都清楚地映在了镜子里。

月光公主把欲摘又止的戒指高高举向天花板。灯光下，这颗璀璨夺目的男用戒指上的绿宝石发出绿莹莹的光辉，黄金的护门神亚斯加怪诞的脸也在熠熠闪光。

她终于将手绕到背后，想要解开拉锁上的小扣。本多紧张得喘不过气来。

这时，月光公主突然放下两手，脸转向门的方向。克己用本多交给他的钥匙打开了已锁好的门。克己进来得真不是时候，本多咬住了嘴唇。再晚进来两三分钟，月光公主就脱得一丝不挂了。

窥视孔内朦胧的圆圈里，清纯无瑕的少女突然感到不安，构成了刹那间的终极画面。从门外进来的是什么人，一时间还看不清楚。屋里洋溢着百合花香，也许是一只白色的雄孔雀，迈着狂妄的脚步走进来。接下来，孔雀的振翅声以及滑轮转动似的鸣叫，会把整个房间变成那个午后的空荡荡的蔷薇宫……

可是，进来的是一个装腔作势的平庸青年。克己没有解释为什么随便开门进来，只是笨嘴拙舌地说，因为睡不着觉，想过来和她聊聊。少女又露出了微笑，请克己坐在椅子上。两人长谈了一阵子。克己为了取悦少女而使用了英语，所以月光公主也滔滔不绝地说起来。窥视的本多不由打了个哈欠。

克己把手放在少女的手上，少女并没把手缩回。本多屏住呼吸凝视着，可是总抻着脖子，坚持不了多长时间。

本多倚靠着书架，只凭感觉聆听里面的动静。黑暗将想象力释放出来，想象更具逻辑性地一阶一阶地登上了阶梯。他想象着月光公主已开始脱衣，露出了灿烂的裸体。她微笑着举起左手时，左侧腹上露出了犹如恼人的热带夜空般肉体的印记之星——三颗相连的黑痣。对本多而言，那不可能的印记……本多闭上双眼。星星的幻觉在黑暗中转瞬间破碎了。

好像有什么动静。

本多连忙把眼睛贴到窥视孔上。不小心脑袋撞到了书架角，但此时此刻，比起疼来他更担心发出响声，然而窥视孔里面的情况，显然已不必顾及这个响声了。

克己使劲搂着月光公主，少女挣扎着。晃动的两个身体在窥视孔里时隐时现。少女后背的拉锁被拉开了，露出了锐角形的汗津津的褐色脊背和胸罩的细带儿。月光公主挣脱了右手，握紧拳头，那绿宝石如飞翔的甲虫般闪烁着异彩。它划破了克己的脸。克己捂着脸闪开了……过了一会儿，克己好像开门出去了。月光公主上气不接下气地环视四周，她拽过来一张椅子，好像是顶在了门上。

本多见状大惊失色。他心想，那个装得老成，却娇纵任性的克己，会不会跟他要药来呢？

于是本多忙活起来，他先悄悄将厚厚的外文书一本本放回书架，以一种罪犯的绵密用心，在黑暗中检查是否把书放倒了。然后检查书房是否锁好，熄灭了书房的炉子，蹑手蹑脚回到寝室，换上睡衣，把刚才穿的衣服放进衣柜，钻进了被窝。准备着无论什么时候克己来敲门，他都装出被搅扰了睡眠，勉勉强强才爬起来的样子。

这正是本多不为人知的保持“年轻”的经验。如此迅速、敏捷的动作，犹如住宿的学生巧妙地掩饰犯舍规的行为，佯作不知地睡下一样。一番匆忙之后，乍看像是在安睡，心却在怦怦乱跳，仿佛连枕头都跟着他一起在蹦跶似的。

克己可能在考虑是否去找本多。他长时间的犹豫不决，准是因为他考虑到，凭着一时冲动去找本多，是得还是失……在有意无意地等着克己的工夫，本多不知不觉睡着了。

——次日早晨，雨停了，从东边窗帘射进了金灿灿的阳光。

本多穿着厚厚的长袍，又系上了一条围巾，下楼去厨房打算给两个年轻人准备早餐，却看见克己已穿戴整齐，端坐在前厅的椅子上。

“你起得真早啊！”

本多看着青年那张苍白的脸，从楼梯上对他招呼道。

克己已生着了壁炉。这个青年并未掩饰他的左脸。本多借着火光偷窥他的左脸，没有发现自己想象的伤痕，有些沮丧，那不过是一道轻微的擦伤，很容易遮掩过去的。

"您坐一会儿吧。"

克己以主人的口气，请本多坐下。

"早上好！"

本多又说了一遍，坐了下来。

"我有话想和先生单独谈谈，所以早起了一些。"

克己要人领情似的说。

"后来……怎么样啊？"

"挺好的。"

"怎么个好法？"

"跟我想象的一个样。"克己含着微笑，意味深长地说，"看起来像个孩子，其实完全不是那么回事。"

"像是初次吗？"

"我是她第一个男人……以后会被别人嫉妒的。"

本多觉得再说下去实在无聊，便打断了克己的话。

"你看到那个女孩身上的特征没有？在左侧腹部长着三颗整齐排列的黑痣，跟假的似的，你看到了吗？"

青年一本正经的表情中闪过了一丝慌乱。刹那间，各种各样的东西在青年眼前闪过。为了不让人识破谎言而可能采取的几种办法，面子问题，为了更大的谎言就必须放弃小的谎言的判断……他此时的表现极为有趣。突然克己夸张地仰靠在椅子上，提高了声调：

"我算服了！先生，真有您的！我也是个大糊涂蛋。她用英语告诉我，这是第一次，我还真信了。原来先生您早就对那个女孩的身体了如指掌呀。”

这回轮到本多微笑了。

“……所以才向你打听哪。我真想看看那颗黑痣。”

青年不得不证明自己当时虚构出来的冷静，屏住呼吸回答：

“当然看见了。那黑痣汗涔涔的，在微弱的灯光下，三颗黑痣一齐晃动着，要说那皮肤真有种令人难忘的神秘的美。”

——然后本多进了厨房，准备了只有咖啡和点心的大陆风味的早餐。克己主动来帮忙，他那勤快劲儿，在平时是无法想象的。他就像受到某种义务的支配，又是摆碟子，又是找茶匙。本多第一次对这个青年萌生了近乎怜悯的友情。

他们讨论起谁给月光公主的房间送早餐来。本多坚持说这是主人的特权，阻止了克己。他将早餐摆在托盘里，慢慢地上了二楼。

他敲了敲月光公主的房门，没有人应答。本多把盘子放在地板上，用钥匙开门，门好像被什么东西顶着，很不好开。

本多环顾洒满晨光的室内，屋里不见月光公主。

三七

椿原夫人近来经常和今西幽会。

其实夫人完全是个毫无眼光的人。她对男人没有定见，也不会用自己的眼光来判断这个男人是属于哪种类型。也就是说，就连对方是猪，是狼，还是蔬菜都分不清楚。就是这样一个女人，竟然还想作诗。

如果感觉彼此般配是值得夸耀的恋爱标准，那么，再也没有比根本不懂得般配与否的椿原夫人更能安慰今西的自我意识了。她像"爱儿子般地"爱上了这个四十岁的男人。

要论肉体的年轻、清爽和威武，恐怕这个世界上没有比今西距离这些更遥远的男人了。此人胃部虚弱，易感风寒，没有弹性的白皮肤，高挑的身上没有一块瓷实的肉，全身就像一条松弛的长带子，连走路都摇摇摆摆的。这就是说，他是个知识分子。

爱上这样的男人，应该是件极难的事，可是椿原夫人却像流利地朗诵蹩脚诗歌一样爱上了他。在任何问题上，夫人都笨拙得可爱。她特别喜欢倾听别人评论她的和歌，这种纯朴使她很乐意听今西不断地对她品头论足。夫人认为，接受批评，怎么说也是进步的捷径。无论对什么事，她都持这一态度。

其实，今西对于夫人喜欢在闺房里谈论文学和诗歌的女学生气质，一点儿都不厌烦，要证明自己也具有一种堪与夫人媲美的气质，就要选择这种机会进行自己的观念性的告白。彻底的犬儒主义与不成熟这二者的奇异的混淆，才是今西脸上闪烁的某种似乎心中有愧的活力的原因所在。现在椿原夫人相信，今西爱讲些伤害别人的话，原本基于他的纯粹。

——他俩经常光顾涩谷高台上新建的一座雅致的小旅馆。旅馆的各个房间都是独立的，而且房间之间由一条小渠分隔开，小渠的一部分流经内庭。建筑木料很新，很洁净，入口也不显眼。

六月十五日，六点左右，二人坐着出租车去旅馆。走到涩谷车站前时，被游行群众阻拦，不允许汽车再往前开。此处距车站只有五六分钟的路，今西和椿原夫人便下了车。

游行群众高唱《国际歌》的声音压迫着他们的耳膜。写着“粉碎防止破坏活动法”的旗帜迎风飘动。玉川线铁路交叉桥上悬挂着一幅“美国佬滚回去”的大字标语。广场上聚集的人群都非常的兴奋，好像是疯狂地急于去破坏什么。

椿原夫人害怕得躲在今西背后。恐怖和不安，使今西感觉自己的两只脚不知不觉地被人群吸引了过去。从广场上晃动着的人们腿缝间洒下的灯影，交织成凌乱的闪光。随着骤雨般响亮的跺脚声，以及合唱声中突发的几声尖叫和不规则的掌声响起，骚乱的夜幕笼罩了人群。这情景使今西不禁想起自己由久拖不愈的感冒引起发烧时的非同寻常的恶寒感觉。人们都觉得自己的肉体像一只被剥了皮的兔子，鲜红的肉被一下子暴露在了空气中。

“警察！警察！”

喊声传来，群众顿时乱了阵脚。巨浪滔天般的《国际歌》的合唱声，变得时断时续，像雨后的水洼似的分散在了多处。继而，这些水洼又被人们的叫喊声踢散了。客流高峰时的上班族与合唱的群众混在一起，已无法分清。警察署的白色卡车横冲直撞到忠犬八公铜像边停了下来，头戴深蓝色钢盔的警察预备队像铺天盖地的蝗虫从车上一拥而下。

在互相推搡奔逃的人群中，今西抓住椿原夫人的手，气喘吁吁地逃跑。一直跑到对岸商店的屋檐下，才停下来喘了一口气。此时，今西对自己出乎意料的奔跑能力感到非常惊讶。一想到自己也能快跑了，心里突发一阵不自然的悸动，胸口特别难受。

相比之下，椿原夫人的恐惧里似乎有种公式化的东西，一如她的悲哀。夫人把手提包抱在胸前，极度悲伤地倚靠着今西。在她那涂着厚厚一层白粉的脸上，紫色的霓虹灯忽闪忽闪的，恐惧仿佛化成了螺钿。然而夫人眼里并不见畏惧之色。

在商店的屋檐下，今西踮起脚尖支撑着颀长的身子，眺望着人声鼎沸的站前广场，怒吼与尖叫声汹涌澎湃，车站的大钟默默地指示着时间。

一股末世般浓浓的香气飘散过来。世界好像睡眠不足的眼睛般熬得通红。今西仿佛听到了蚕在蚕房里争食桑叶时的那种奇特的沙沙声。

这时，远处的白色警车冒出了火苗，大概是被人投掷了燃烧瓶吧。霎时间，烈焰熊熊，火光如红印泥般鲜艳夺目。伴随着尖叫声，腾起了一股白烟。今西发觉自己在笑。

……二人终于从屋檐走出来后，椿原夫人看见了今西手里提着的东西。

“那是什么？”

“是刚才捡的。”

今西边走边把那黑色垃圾样的东西打开给椿原夫人看。那是一个镶着黑色花边的胸罩，和夫人使用的型号截然不同，一看就是对乳房很有自信的女人的。它属于大号且无吊带式，嵌在胸罩周围的鲸骨架，使那高高隆起的胸部更像个威风凛凛的雕像。

“哎呀，真恶心，你在哪儿捡的？”

“就在刚才那个地方。被人群挤得跑到商店屋檐下的时候，我被什么东西绊住了脚，定下神后，捡起来一看，原来是这个东西。看样子被踩得够呛，你瞧，全都是泥。”

“脏死了，赶紧扔掉！”

“可是，太不可思议了。怎么想都觉得不可思议！”

今西在过路行人好奇的目光下，炫耀似的拿着它往前走。

“这玩意儿怎么会从身上掉下来呢？你觉得有这种可能吗？”

这当然是不可能的。即便是无吊带式的胸罩，也该有几个暗钩牢牢固定住的。无论穿着多么低胸的衣服，胸罩也不可能自己松开掉下来。到底是在人群拥挤的时候，本人自己给松开的呢，还是被别人解开的呢？如果说后者是难以想象的话，那就只能认定是，有的女人喜欢这么做了。

她为什么要这么做呢？不管怎么说，在火光、黑暗与叫喊声中，一对巨大的乳房被割了下来。尽管它不过是包裹乳房的缎子外壳，却像一个镶着黑色花边的铸件似的，清清楚楚地表明支撑它的那只乳房的饱满和强韧的弹性。为了夸耀这些，这个女人才故意扔掉它的。如同月晕被弃之一旁，月亮在这骚乱的暗夜的某处露面一样。今西拾到的不过是月晕而已，但他却觉得比拾到乳房本身更真实。那乳房的温暖而润滑的触感，以及飞蛾扑火般聚集在其周围的情欲记忆，这一切的一切，今西觉得都在自己的掌握之中了。他用鼻子闻了它一下，刺鼻的廉价香水味决不逊于粘在它上面的泥土味。今西想，它的主人准是以美国大兵为对象的娼妓。

"你这人真恶心。"

椿原夫人真的生气了。虽说今西的恶心举止中一向夹杂着品评的味道，但她怎么也无法忍受这种肮脏的恶心举止。况且，这并不是批评，而是指桑骂槐的嘲弄。因为她只是略微目测了一下那无吊带乳罩的尺寸，就感觉到这是今西对自己那衰老乳房的一种无言的轻蔑。

离站前广场一步之遥的道玄坂——在火灾后的废墟上仓促建起来的小店铺一个挨着一个，由此至松涛一带的街面，则没有什么变化。天还没黑就有醉汉在街头晃荡了，他们头上的霓虹灯如游动的金鱼群。

"不快点儿走的话，地狱又会回来！现在，一切必须立刻奔向毁灭。"

今西想。刚一脱离危险，那本来不担心的危险使他脸红了。不用夫人再责备他，黑色的乳罩已从他手上滑落到闷热的潮气盘桓不去的地上了。

今西抱着一种信念：只要毁灭不尽快降临到自己身上，腐蚀自身的日常性的地狱就会得势。毁灭不早一天到来，自己就会多一天成为某种幻想的饵食。与其被幻想之癌吞噬，不如末日尽快来临。不尽早结束自身的生命，就会暴露自己那毋庸置疑的平庸，说不定这些想法只不过是一种潜意识的恐怖感。

今西从任何细微现象中都能嗅出世界崩溃的征候。凡是人所向往的事情的预兆，都是绝对不能忽视的。

革命尽早爆发才好。今西才不管是左的革命还是右的革命。倘若革命能把自己这样靠着父亲的证券公司吃闲饭的人拉上断头台，该有多好啊！可是，不论他自己如何宣扬自己的丑恶，还是担心群众是否会憎恨自己。要是群众认为这是他悔悟的表示，那又该怎么办呢？如果有朝一日在繁华的站前广场上搭起断头台，鲜血从日常性中溢出来，自己没准能靠着死，有幸成为一个"被记忆的人"呢。断头台被商店街中元节大拍卖的旗帜装饰着，木架用抽彩场的红白布缠绕着，那刀刃上贴着特价拍卖的价目牌。今西想到自己将被送到这个设计得庸俗不堪的断头台上，不禁毛骨悚然。

——椿原夫人轻轻拽了拽梦游似的今西，他才发觉已经到了旅馆门口。门旁接待室里的女佣默不作声地走在前面，把他们领到熟悉的房间。剩下他们两个人时，河水声又渗入了今西躁动不安的脑海里。

他们点了砂锅清炖鸡和酒。这家旅馆上菜很慢，以往在等候饭菜时，两人之间总要互相问候一下对方的身体安康，但是这次椿原夫人把今西硬拉到洗脸间，放开水龙头，在一旁监视着，让他仔细地洗了手。

“不行，不行，再洗洗。”

夫人说。

今西起初不明白为什么让他洗手，从夫人那严肃的表情里，才明白是因为他捡了胸罩之故。

“不行，还得好好洗洗！”

夫人在旁边疯狂地往今西手上打香皂，红铜水池里水声哗哗，水星四溅，她全然不顾这些，将水龙头拧到最大，最后，今西的手被洗得已经麻木了。

“这下可以了吧？”

“不行。你知道吗？你用那只手抚摸我，我是什么感受吗？你抚摸我，就等于在抚摸我浑身充满的对儿子的回忆啊。你用那双脏手抚摸我对神圣的晓雄的回忆，也就是抚摸神灵……”

说到这里，夫人急忙背过脸去，取出手帕捂住眼睛。

今西一边搓揉着放在水里的手，一边斜眼窥视夫人。只要夫人大声哭起来，这意思是“可以了”，这个信号表明她内心已漾起涟漪，做好了接受一切的准备。

——接下来，在两人交杯换盏时，今西撒娇般地说：

“我真想早点儿死啊。”

“我也是。”

夫人随声附和。她那白色出云纸般的眼睑下面，染上了一抹醉酒的淡淡红晕。

在敞开着隔扇的隔壁房间里，光闪闪的天蓝色缎面被的波浪形状，仿佛在轻轻地喘息。在这间屋子的桌上，大碗里的鲍鱼片的烟黑色皱褶上点缀着人工着色似的樱桃红，砂锅清炖鸡正咕嘟咕嘟地沸腾着。

今西和椿原夫人都默然无语，但互相都在期待着什么。期待着相同的东西吧。

椿原夫人陶醉于对这样瞒着槙子进行幽会的罪恶战栗和惩罚的期待。她甚至梦想着，槙子现在就高举着修改和歌用的红笔，走进房间里来，还对她说："这样不成为和歌。我在旁边看着你，你就以吟诗的心境，亲身体会一下这种哀愁吧。我就是为这个才待在这里的，椿原夫人。"

今西毕竟是今西，尽管他浑身被槙子那嫌恶的眼光骤雨般泼洒着，还是一门心思想干那种事。御殿场二冈的那个初夜，成为他梦幻的最高潮，他想与椿原夫人一同再一次达到那个高潮。在那顶点，在那巅峰上，槙子那双清澈的眼睛，像天上的星星一样冰冷。无论如何也需要再来那么一次。

没有那一双眼睛，今西和椿原夫人的结合就洗刷不掉赝品的气味，就去不掉野合的自卑感。因为只有那一双眼睛才是最具权威的媒人的眼睛。在寝室暗淡的一角闪闪发光的那女神般犀利的眼睛，才是既连结又拒绝、既允许又轻蔑的证人的眼睛，是置于这个世界某处的带有某种神秘的正义的、勉勉强强予以认可的眼睛。只有在那双眼睛里，才有二人行为的正当性依据。离开那双眼睛，他们二人就不过是漂浮着的枯萎浮萍，两人的结合，就不过是一个沉溺于永不知觉醒的昔日梦幻之中的女人，同一个执拗于绝对不会到来的未来幻想之中的男人的结合，如同两个无机体的瞬间碰撞，如同棋筒中两个棋子的接触。

于是，今西恍惚觉得槙子已经来到这间屋子的灯光照不到的隔壁寝室里，一动不动地等待着。这种感觉越来越真切，以致使他不能不去看个究竟。今西特意站起来进去看了一下，椿原夫人并没有责怪他，可见夫人也和他感同身受吧。在隔壁四席半的房间里，他只看到角落里的吊式壁龛上浮现出的飞燕形的紫色燕子花。

事毕，他们跟以往一样，倦懒而恣意地舒舒服服地躺着，像两个女人那样没完没了地闲聊起来。今西借着刚刚得到了充分放松后的势头，大讲特讲起槙子的坏话来。

"你其实就是被槙子体面地利用了。你总是害怕担心自己离了她，就不能独立作个歌人了，事实上，到目前为止，根本不是你想的那样啊。所以，今后你要下决心脱离她，自己独立，否则的话，就不可能成为有名的歌人。你可要明白，现在到了关键时刻了。"

"不过，我如果自以为是地独立了，马上就会止步不前了。"

"你为什么这么断言呢？"

"不是我断言，这是事实。或者说是命运吧。"

今西想反诘她，那么到现在为止，你的诗"进步"了吗？然而他的良好教养使他没有说出这样无礼的话。而且他感到，自己说这些挑拨夫人与槙子关系的话，并非出于本心，而夫人回答他时，也是清楚这一点的。

过了一会儿，夫人拉起床单，把身上裹起来，只露出脑袋。然后望着灰暗的天花板，吟了一首近作。今西马上给予了品评。

“这是一首好诗，不过，总觉得略显小气，拘泥于日常的感觉，缺乏宇宙感觉那样的大气。我想，其原因大概是因为下半句‘湛蓝如深渊’没有飞跃感，过于概念化的缘故。它不是以写生为基础的吧？”

“是啊，仔细想想，正如你说的那样。要是在刚写出来的时候，你这么批评，我会伤心的。但是过了十几天，我自己也看出毛病来了。不过，槙子对这首诗很称赞。和你相反，她说下半句好。她还说，‘湛蓝如深渊’可否改为‘湛蓝若深渊’，这样会感觉更庄重些吧。”

椿原夫人的语气里流露出一种让一个权威与另一个权威在自己手掌上斗来斗去的自得心情。随后，她又趁着余兴，详细地谈起了有关熟人的传言，这是今西最爱听的。

“最近我见到了庆子，听她告诉了我一些有趣的事。”

“什么事？”

今西马上来了兴致，他将一直趴着的身子翻过来，一段长长的烟灰落到了裹在夫人胸口的床单上。

“是关于本多先生和一位泰国公主的事。”椿原夫人说，“最近本多先生把这位公主和公主的男朋友带到二冈的别墅幽会去了。男朋友是庆子的外甥，叫克己，是个学生。”

“三个人一起睡的吗？”

“本多先生哪会干那种事啊。他是一位冷静而理智的人，可能是出于给这对年轻恋人撮合的宽容的善意吧。本多先生很喜欢那位公主，这事人人知道，可是他们的年纪相差太远，不大谈得来。”

“问题是，庆子在这里面扮演了什么角色呢？”

“她也受了连累。碰巧那天庆子也去了自己在二冈的别墅，杰克先生歇班，也住在那里。早晨三点左右，突然有人敲门，是公主跑来了。庆子和杰克被她吵醒了，问她出了什么事，她死活也不肯说，庆子简直不知如何是好。公主请求庆子，当晚让她住下，庆子就留她住下了。庆子想等到天亮了，再去告知本多先生。

“由于夜里这么一折腾，他们就睡过了头。杰克要赶回营房，只喝了一杯咖啡，就急急忙忙开上吉普车走了。就在庆子为送杰克，来到大门外时，迎面碰见从对面走过来的脸色煞白的本多先生。庆子笑着对我说，她还从没有见到过本多先生如此惊慌失措呢。

“庆子明知他是来找公主，想寻个开心，就故意说：‘哟，您这是怎么啦？散步干嘛这么匆忙啊？’

“本多先生告诉她公主失踪了。说话声都变了。就这样，庆子故意捉弄了本多半天，直到本多已经死了心，要往回走的时候，庆子才说‘公主在我家呢。’

“听了这话，快六十岁的本多先生脸都红了，万分欣喜地高声问她：‘是真的吗？’

“庆子带本多先生来到客房，一看见安睡在床上的公主，他仿佛虚脱了似的，一屁股坐了下来。这么大动静，月光公主也没有被吵醒，还在甜甜地熟睡。她微张着可爱的樱唇，脸埋在乌黑的头发里，长长的睫毛齐刷刷的。四五个小时前，她跑来时那可怕的神情已消失不见，脸上又恢复了往日的天真，呼吸也很均匀。当时，她还撒娇似的翻了个身，好像正做着一个快活的梦。这些都是庆子跟我说的。”

三八

对本多来说，月光公主又成了“不在之人”了。见不到月亮的梅雨天已连绵多日。

那天早晨，本多看到月光公主的睡容，只怕打扰她睡觉，就把她托付给庆子了。回京之后，心中有愧的本多克制着不去看望公主。而对方也没来过信。

在这表面上平安无事的时候，梨枝却开始忌妒了。

“近来，泰国公主没什么消息啊。”

吃饭的时候，她总是漫不经心似的这么问。话语中含着冷笑，眼睛却在热心地探索着。

梨枝面对空无一物的白墙，反而自如地画出了自己想象的图画。

本多有着早晚一丝不苟刷牙的习惯。他发现刷毛并未损坏，牙刷却换得很频繁。一定是梨枝为他着想，买来许多同样形状、同样柄色、同样硬度的牙刷，估摸着时间更换的。尽管这样，也换得过于频繁了。这虽然是小事，一天早晨，本多还是提醒了梨枝。

“真小气，真小气，亿万富翁说出这样的话来，实在可笑啊。”

梨枝反应很激烈，话都说不利落了。本多不知道她为什么这么激动，也就未加理会。

后来本多察觉到，牙刷一般是在他回家稍迟的次日早晨被换掉的。好像是头一天晚上，等他就寝后，梨枝悄悄地更换了牙刷，把一根根发亮的刷毛扒拉到根部，查看有没有口红的痕迹，闻闻有没有年轻女人的香气，然后再把它扔掉。

本多有时一不留神，牙龈就会出血。虽不到满口假牙的年龄，他却常常抱怨牙根松动。那么，梨枝对染在牙刷毛根上的浅红色会怎么看呢？

尽管这一切没有超出臆测的范围，但本多有时感觉到梨枝心事重重，仿佛热衷于从空气中提取氧和氮，进行制作化合物的作业似的。她看上去倦怠闲散，其实眼睛等五感神经相当的繁忙。她经常诉说头疼，但在有很多回廊的旧房子里走动的脚步却极有生气。

有一回偶然提起了别墅的事，当本多说到“那个别墅本是为你疗养肾病才盖的”时，梨枝曲解了本多的好意，“你的意思是，要我一个人上弃母山吗？”说着还流下了眼泪。

自从那次丈夫单独在御殿场过夜以后，他就闭口不提公主的名字了。梨枝揣测这是丈夫产生恋情的标志。她做梦也没想到丈夫从那以后再没见过公主，误以为他们是在偷偷地约会，企图从梨枝耳目所及之处，抹掉“月光公主”这个名字。

这种平静非比寻常，它无疑是把害怕追究者的心情隐藏起来的假镇静。梨枝直觉到，此时或许正在什么地方举行着决不会邀请自己参加的小型秘密宴会呢。

到底发生了什么呢？

就在本多感到一切已告终结之际，梨枝却感到有什么事开始了，而这一点，梨枝的看法是对的。

——梨枝从不外出，而本多虽说没什么事，却常常外出。这是因为本多几次邀她一起出去，梨枝总是借口有病待在家里，因而本多觉得在家里一天到晚面对她，简直太受罪了。

本多一外出，梨枝立刻就活跃起来。她本应担心他不明不白的去向，但是本多一不在身边，她反而可以和自己最亲密的不安亲切相对。可以说忌妒已成为梨枝的自由的根据了。

就像恋爱一样，梨枝的心总是缠绵不已。即使为了散心而练毛笔字，她的手也在不知不觉间写出了“月影”、“月山”等和月有关的字。

还是个少女，就有那么大的乳房，真是下贱、恶心。梨枝一想到这儿，就从自己无意中写下的“月山”几个字，联想到那座在月光下静卧的奶头形双子山。这是由于梨枝在京都见过的双冈的记忆发生了关联。然而无论是多么纯洁的记忆，梨枝也害怕把它全部挖掘出来。那座双冈，是她在女子学校修学旅行途中看见的。她一想起自己冒汗的小乳房，在夏季白色水兵服下微微颤动的感觉，就浑身燥热难耐。

本多担心梨枝的病体，想多雇些用人，但梨枝认为人多了更得操心，只雇用了两个女佣在厨房干活。这样，梨枝多年来喜爱的厨房劳作就减少了，加上她又不能长时间站在凉地上，只好坐在自己的房间里做针线活儿。客厅的窗帘旧了，她就从龙村函购来仿制正仓院布料，亲手缝制窗帘。

梨枝把黑色的厚遮光幕和正仓院布料精心地缝合在一起。刚刚缝了一半，本多见了嘲笑说：

“现在又不是战争时期。”

梨枝听了越发固执起来。其实她害怕的并不是室内的灯光泄露出去。她害怕的是外面的月光照射进来。

梨枝在丈夫不在的时候偷看了他的日记。使她气恼的是，竟没有发现任何有关月光公主的记述。本多从年轻时起，就对自己抱有羞耻心，所以抒情性的事情他是决不写进日记里的。

梨枝发现了一本和丈夫的日记放在一起的非常陈旧的日记，题为《梦日记》。署名是松枝清显。丈夫提到过这个人，所以她很熟悉。但是丈夫从未提及过这本日记，她看到这本日记当然更是第一次。

梨枝挑着读了几段，其荒唐无稽使她瞠目结舌，便小心地将它放回原处。梨枝并不寻求任何幻想。能够抚慰她的，只有事实。

常常遇到这样的情况，关抽屉时没发觉衣袖被抽屉夹住了，要走时，衣服袖子的腋窝处被撕开了线。精神上的这种体验几经重复的话，心也就成了溃烂的伤口了。她的心好像被什么东西紧紧地抓住了似的，总是茫然若失，六神无主。

雨昼夜不停地下着，梨枝隔窗观看被雨水浇得湿淋淋的八仙花。她感到在暗淡的天空里摇摆的淡紫色花球，一如自己彷徨的心灵。

没有比一想到月光公主存在于这世界的某个地方，更使她不能忍受的了。世界因此好像裂开了一道缝。

梨枝活到这个岁数，几乎不知情欲之可怕，因而她对自己心中也产生了驿动不止的寂寞感而惊诧。这个不能怀孕的女人，第一次生出了某个奇怪的东西。

——就这样，梨枝知道了自己也具有想象力。至今一次也未曾使用过，一直放在宁静的生活角落里已生了锈的东西，现在由于需要，立刻就被磨亮了。由需要产生的东西，总伴随着需要的苦涩。所以这种想象力并无丝毫的甜美之处。

如果是基于事实而展开想象力，心胸就会豁然开朗，而企图揭露事实真相的想象力，则会使心地卑下和枯竭。况且那“事实”如果并不存在，就会在一瞬间，一切都化为徒劳。

然而，刑警那种认为事实一定会在什么地方存在的想象力，是不会损及自身的。梨枝的想象力兼有两种心绪，即，她认为事实一定会在什么地方存在，同时又希望没有那事实才好。于是，忌妒的想象力就陷入了自我否定。想象力在另一面是决不承认想象力的。正如过剩的胃酸会逐渐侵蚀自己的胃一样，想象力也在侵蚀想象力的根源，这时便会出现哀叫着祈求被拯救的愿望。如果有事实，只要有事实，自己就会得救！一意追求真相的最后，希望被拯救的愿望，就与自我惩罚的欲望近似起来了。因为那事实（假如存在的话）只能是打垮自己的事实。

但是，这种由追求而得到的处罚，当然会令人感到它是不合理的。检察官怎么能被处刑呢？这不是颠倒是非吗？当翘首盼望的事情到来时，唤起的并不是满足的喜悦，而是对于无辜者受到惩罚的不服与愤慨。啊，那火刑的烈焰即将扑上我的身体。我不该这样倒霉，不该承受这无以复加的痛苦。怀疑的痛楚已让我备受煎熬，为什么还要让认识的地狱之苦来火上加油呢？

追求事实真相，最后又想把它彻底否定的心情。想要否定事实，最终却把获救的唯一希望寄托于事实的心情。这两种心情循环往复，没有尽头。犹如山里迷路的旅行者，自以为是在一直向前走，却在不知不觉间，又回到了原地。

原以为是迷雾笼罩，却有一处景象清晰得吓人。人顺着雾中这一线光明走去，才发觉那边并没有月亮，而是自己身后的月亮照到前面去的月影。

其实梨枝也并不是自始至终都失掉了自省之心。有时她也十分厌恶自己的这种心境，为这种无聊深感羞愧。但她认为这决不是自己的过错。现在自己落得这般不招人爱的丑相，根本原因在丈夫。就是因为丈夫不爱自己，才变得这么丑陋的。一想到这里，憎恨就像喷泉一样涌上她的心头。

但是，梨枝现在想要回避的是更加残酷的现实。即使自己没有因忌妒而变丑，但变丑的原因还有很多。所以，就算自己不忌妒，也已经不受丈夫宠爱了。丈夫固然可恨，但由于出现了他必须要先摆脱梨枝的魅力才行的女人，这才不得不把她弄成不招人爱的存在的。这一点还是情有可原的。

梨枝长时间照镜子的时候越来越多了。两鬓的短发总是遮挡着脸，让人讨厌。梨枝的脸上，包括浮肿在内，没有一处不矫揉造作。

以前，她发觉脸上浮肿时，曾经浓施脂粉。她讨厌显得倦怠的双眼，总把眉毛描得重些，并刷上厚厚的白粉。丈夫年轻时，把梨枝这张脸称为月亮。她原来也曾怨恨丈夫嘲笑自己的疾病，但是每逢被称呼为月亮的晚上，丈夫对她的爱抚就细致入微。梨枝觉得是自己的病体更惹人疼爱，脸上不知从何时又浮上了骄矜之色。但是现在看来，丈夫从年轻时就喜欢妻子的浮肿，是因为在他的性欲中潜藏着某种微妙的残忍。在那样的夜里，丈夫确实是情意绵绵，但他决不允许梨枝动弹一下，可见本多是从她脸上看到了死去已久的尸体的幻影。

但是现在，镜中的面容虽说还活着却枯萎了。在那失去光泽的头发遮挡的圆脸上，显露着团扇扇骨般僵硬的恶意。这张脸已渐渐变得不像个女人了，女性特有的丰满只剩下了浮肿。恰似白天的月亮，冷冷清清，朦朦胧胧，充满了倦怠的丰满。

如今已不能再浓妆艳抹，因为那意味着失败。不过，丑陋亦是失败。现在已无心去想方设法弥补这原有的缺陷了，所以，不如干脆就让缺陷与丑陋照旧存在，就像海滨起伏的沙滩一样，静静地保持在那里。梨枝想的是，自己怎么也摆脱不掉忌妒的心理，也许并非是丈夫的过错，而是由于自己懒于摆脱，懒得就像身体被沉重的被褥裹着一样。要摆脱它，要花费很大的气力，于是就懒洋洋地听之任之。可是，即便是因为懒惰，为什么自己的心里，片刻都不得安宁呢？

梨枝忽然想起，婚后不久，在这所房子的二楼望见的冬季富士山的优美景色。那是婆婆让自己到楼上储藏室去取过年的食品时看到的。当时自己系着红色的系带。

雨过天晴后，夕阳洒满大地。梨枝想看看富士山，排遣一下胸中的郁闷，便爬上了好久没来过的二楼储藏室。她登上被褥堆，打开了毛玻璃。战后的天空与以前的天空不同，尽管光明普照，地平线上却笼罩着云母般的云雾。看不见富士山。

三九

……本多在梦中被尿憋醒了。

突然被打断的梦境，还残留了一些横断面。

本多梦见自己在篱笆连接起来的居民区里四处徘徊。有的人家在院子里摆着花盆架，用贝壳围绕着花圃；有的人家院子潮湿，到处爬着蜗牛；有的人家回廊上坐着两个孩子，脸对着脸地一边喝糖水，一边爱惜地吃着缺角的饼干……这是东京被烧掉的一个区域，如今连痕迹都没有了。夹在篱笆间的小路是死胡同，尽头有一扇破败的柴门。

打开柴门跨进一步去，便是一座古色古香的豪华旅馆的前院。宽敞的前院正在举行鸡尾酒宴，蓄着八字胡的经理迎出来，恭恭敬敬地向本多施礼。

这时，酒宴的帐篷里响起了高亢而悲怆的吹奏乐曲。就在此时，脚下的地面裂开了一条缝，身着金色衣裳的月光公主乘着金色孔雀的翅膀出现了。孔雀的双翼发出银铃般的声音，在喝彩的人们头上盘旋。

人们抬头仰望着骑在金孔雀身上的月光公主，她那闪烁光芒的褐色大腿根部晃得人睁不开眼。说时迟那时快，月光公主朝着仰视她的人群头顶上，洒下了骤雨般芳香异常的尿。

她为什么不去厕所，而在这儿尿尿？本多感到纳闷。必须规诫她这种不可思议的不雅行为。于是他为了寻找厕所，而进到旅馆里去了。

和外边的喧闹完全相反，旅馆里面静悄悄的。

各个房间都没有上锁，房门都开了一条缝。本多把每个房间都打开看了看，一个人也没有，只看见每张床上都放着棺材。

"那就是你要找的厕所！"不知从哪儿响起了一个声音。

他实在憋不住尿了，就走进了一个房间，想往棺材里撒尿，但由于惧怕冒犯神明，尿不出来。

就在这时，他醒了过来。

……这样的梦，不过是人一老就尿频的可怜的表象。然而，本多从厕所回到床上后，却兴奋得睡不着。他一心想要继续刚才那个梦境。因为他在那里感受到了不容置疑的幸福。

他祈祷着，希望能在接下来的梦中再一次品味那鲜明的幸福感。在那里，洋溢着不避讳任何人的明朗而纯洁的喜悦。只有这喜悦才是现实的。纵然不过是一个梦，但那却占据了本多人生中的绝对无法重复的一定时间的喜悦。不把这种喜悦看成是现实，那么什么是现实呢？

本多在亲和与共鸣的完全融和中，仰望着空中骑着金孔雀翱翔的孔雀明王的化身。月光公主原来是属于他的。

——第二天早晨醒来后，这种幸福感依然历历照拂着全身，本多感到非常愉快。

重新睡下后的第二个梦漫无边际，根本回忆不起来，自然毫无前面那个梦的幸福感。先前那个梦的光辉，穿透由梦堆积出来的雪堆，仍旧留在早晨的记忆里。

那一天也是因为月光公主的“不在”，而成了思念公主的日子。本多未曾体验过的少年时的情窦初开的滋味，竟然渗透进了他已五十八岁的身体，这使他惊愕。

细细想来，说本多谈恋爱，这不单是绝无仅有，也是滑稽可笑的。谈情说爱这种事，什么人才适合呢？这一点，本多早在松枝清显身边的时候，就已经知道得很清楚了。

那是集外表上的官能魅力、内心世界的无序与无知、认识能力的不足于一身，能够在别人身上描绘出幻想的人的特权。是那种极端无礼的特权。本多从年轻时起就明白，自己是与那种人处于两极的。

由于无知而干预历史，由于意志而从历史上滑落的人的不如意，本多见得多了。他认为，想得到的东西不能得到，其最大的原因是由于希望得到。他从未希望过，那三亿六千万日元才成了他的。

这就是他的思想方式。本多决不认为想得到的东西得不到，是由于自己努力不够，或是由于先天的缺陷，乃至自己背负的可悲命运。本多爱把这样的认识法则化、普遍化，因为这是本多的天性，所以他后来开始探究那法则也不足为怪。他无论做什么，都是一个人单独干，所以他很容易既当立法者又当逃法者。就是说，他把自己所希望的东西局限在决不可能得到东西上。因为那东西如果到手了，必将化作瓦砾，所以要尽可能赋予自己所希望的对象以不可能性，要尽量使之与自己之间保持远距离……也就是说，必须在内心保持所谓热烈的冷淡。

至于月光公主，他把这花瓣肉质厚实的暹罗蔷薇神秘化的作业，在御殿场的那一夜大体上完成了。那即是将公主置于自己的手绝对够不着，认识也绝对达不到的远处的作业（因为他手的长度与认识的长度本是同一尺寸）。由观看而得到的快乐，也必须以观看不到的领域为前提。由印度的那种体验，感觉自己已看见了此世终点的本多，想要通过将猎获物远远置于认识之爪达不到的领域，将那躺卧在太阳下，舐着自己粘有树脂的毛的懒惰野兽的奢欲据为己有。本多想要仿效那懒惰的野兽的姿态的时候，不正是想要让自己仿效神灵吗？

本多深知，自己的肉欲如果与认识欲完全平行重叠是难以忍受的事态，所以，不把二者分开，就没有产生恋情的余地。在相互纠缠着的两棵丑陋的大树之间，一枝蔷薇怎么可能发芽呢？恋情怎么可能像寄生兰似的，在这两棵都垂挂着厚颜无耻的气根的树上开花呢？无论是讨厌的认识欲之树，还是带有五十八岁腐臭的肉欲之树……月光公主必须存在于他的认识欲的彼岸，而且，只同不可能实现的欲望有关联。

唯有“不在”才是恋爱的最佳材料。难道不是这样吗？这才是他的恋爱的唯一优质原料。如果没有“不在”，那么“认识”这个夜行兽必定会立即眼露凶光，用它的利爪将一切撕碎。它咬住未知，把一切都化为既知的尸体，然后再将其放进停尸场——这种认识上的可怕而无聊的疾病，在印度不是曾一度被治愈了吗？印度，还有贝纳勒斯所教导他的，不正是这些吗？逃避到认识之尽头时，唯一只剩下这株蔷薇，为使自己摆脱认识之目，难道不应该装成既知，将它隐藏在落满尘土的黑檀木柜子最里面锁起来吗？本多进行了这一作业。是他亲自上的锁，所以他不亲自去打开，乃是他意志力使然。

过去，清显正是由于被绝对的不可能所诱惑而违背了人伦。本多与清显相反，为了不悖人伦，而设置了不可能。因为如果他破坏了人伦，那么美在这个世间就再也没有存在的余地了。

……本多想起了那天早晨的舒畅心情。就是公主失踪的那天早晨。

本多的心虽然被不安所支配，但他还是喜忧参半的。当他发现公主不在房间后，并没有马上惊慌失措地去叫克己，而是在那个房间里，着迷地到处品味失踪的月光公主留下的余香。

那是个异常晴朗的早晨，床铺乱七八糟的。从床单的细褶上，可以看出月光公主烦恼时，热乎乎的身体辗转反侧的痕迹。本多从波浪起伏的毛毯下面，捡到了一根弯曲的毛。那里恰似一匹非常可爱的野兽痛苦折腾之后的巢穴。本多察看了枕头的凹坑里有没有公主透明唾液的痕迹。枕头凹陷的形状是纯真的。

然后，他才去告诉了克己。

克己的脸色变得苍白了。本多毫不费力地就把自己没有任何惊恐的表情掩饰过去了。

于是，两个人决定分头去找。

如果说当时本多没有幻想过月光公主的死，那是谎言。虽然他觉得那种事情可能性极小，但是，在那梅雨期的晴朗早晨，没有人喝的咖啡芳香中，也飘荡着死的气息。某种悲剧性的东西，像精致的银镶边那样包围着那个早晨。那才是本多梦想着的恩宠的证明。

他口是心非地对克己说，应该给警察局打个电话。说完，便欣赏起那渐渐浮现在克己脸上的警觉的神色来。

他们先走上露台，低头看了看积存了雨水的游泳池。本多战战兢兢地想，月光公主的身体是否会漂在映着蓝天的池子里呢？现在他感到，从这个现实的世界踏进非现实的世界去竟是如此容易，因为隔开这两个世界的玻璃已经粉碎了。这个早晨，这个人世，任何事都有可能发生。死、杀人、自杀乃至世界的毁灭，都会发生在这一望无际、千娇百媚的风光里。

和克己一起，沿着湿漉漉的草坡朝溪流方向走下去的时候，本多以迅速的想象力想到，由于自杀事件和丑闻成为报上的新闻，自己曾经拥有的社会名誉，轰然作响地崩塌了，这令他不无喜悦。然而，这是愚蠢之极的夸张。因为事件只是围绕着克己和月光公主发生的，世界上并没有一个人知道本多的窥视孔。

前方已能看见久违的富士山了。那里已进入“夏富士”，雪的裙摆被高高地卷了起来，沐浴着朝阳的土色像浸润了雨水的砖瓦一样热气腾腾。

他们看见了溪流，也看见了柏树林。

离开家时，本多让克己和他一起去邻居庆子家一趟，庆子说不定在家。但是克己死活不肯，他提出自己开车往车站方向沿途去寻找。克己极度害怕和他舅母见面。

按说这么早去庆子家不合适，但是情况特殊，也没有办法。本多按了门铃。没想到庆子已经化好了妆，穿着绿色连衣裙，外罩对襟毛衣，跟往常一样出来迎接本多。

“早上好。您是来找月光公主的吧？公主今天早晨天没亮就跑到我家来了，现在正睡在杰克的床上呢。幸亏杰克不在，要不然，可就有热闹看了……我看她好像特别激动的样子，就给她喝了些甜酒，让她睡了。可是，我再也没睡着，所以就起来了。这姑娘真让人受不了啊……不过，到底发生了什么事，她一句也没说。您去看看她那可爱的睡脸吗？”

本多一再压抑着想要去见月光公主的强烈欲望，可是从那以后，且不说月光公主，连庆子也杳无音信了。

他一直在等待自己的体内生出真正的疯狂来。

理智因偶然的因素而达到焦躁的极限。正如狂言《钓狐》中的老狐狸，尽管对陷阱的危险，知道得再清楚不过了，结果还是朝着诱饵疯狂地扑去那样，经验与知识、娴熟与老练、理性与客观等所有的能力不仅全部失效，这些东西的累积，反而还会不由分说地把人赶向不理智。本多等待的就是这一瞬间的到来。

就像少年等待自己的成熟，五十八岁也必须等待自己的成熟。而且是走向悲惨结局的成熟。十一月，灌木丛已干枯，树叶已全部掉光，树下的杂草也都枯死了。在步履蹒跚的冬日的阳光下，那里看上去像是一块干得发白的净土。此时的本多，就像是一个硕果仅存的王瓜，给枯萎的蔓草点染着一点朱红，孤零零地一心等待着走向悲惨结局的成熟。

自己真正追求的东西，是像火焰那般的恣意妄为呢？还是死呢？本多的年纪，使他难以分辨。在某个自己所不知晓的地方，有什么东西正在缓慢而慎重地准备着。而已经存在于未来的，唯一能够确认的东西，就是死。

一天，本多到丸大厦的事务所去上班，听见年轻职员为私事，压低声音打电话，一股强烈的寂寥感涌上了他的心头。那个电话显然是女人打来的。年轻职员一边提防着周围的人，一边假装漫不经心的样子应对着，但本多仿佛清楚地听见了电话那边传来的，女人那娇滴滴的声音。

估计两个人之间有默契，所以用公式性的谈话传递心声吧。那个青年一刻不忘梳理他那蓬松的头发。他那轻浮的眼神和傲慢的嘴唇与律师事务所的氛围极不协调，本多产生了把他解雇的念头。

在东京期间，要想通过打电话，找到一天到晚忙于午餐、鸡尾酒会和晚宴的庆子，上午十一点，也就是现在，是最佳的时间。由于刚才听见那年轻职员打电话，本多觉得在这窄小的事务所里打私人电话，有些不便，就忍住了。他说了句“我去买点东西”，便走出了事务所。

丸大厦一层的商店街，是战前的东京留存下来的为数不多的地区之一。本多很喜欢在这里逛逛领带店，或在纸店挑选一些书法用纸。战前派头的老绅士们，小心翼翼地在雨后滑溜溜的马赛克地面上走着，一边搜寻着廉价货。

本多拿起公共电话，拨通了庆子的电话。

跟以往一样，庆子半天不过来接电话。她肯定在家，所以本多想象着对电话置之不理、坐在镜子前的庆子，那悠然自得的背影，特别是她正穿着一件衬裙化妆时那肉感的后背。她通常是在出去吃午餐之前，就已选好了服饰。

“让您久等了，请原谅。”来接电话的庆子，用悠扬甜美的声音说，“好久没有问候您了，您最近好吗？”

“还可以吧。最近，您什么时候方便，想请您吃个便饭，可以吗？”

“哎呀，您太客气了。不过，您真正想见的不是我，是月光公主吧？”

本多一时语塞，想等庆子下命令。

“上次给您添了很大的麻烦。不过，我这边自然是没有她的音信，您见过公主吗？”

“没有，从那以后就断了音信。不知道她现在怎么样了。会不会是因为要考试啊？”

“那姑娘好像没那么用功吧。”

本多为自己能如此应对自如地说话感到吃惊。

“不管怎么说，您是想见她吧。”庆子说到这儿顿了顿，好像在思考什么似的。这一停顿是那种并非十分沉重的停顿，感觉就像是上午从窗户射进寝室来的光束中，飘舞着的香粉一样。本多知道庆子并不是个装腔作势的女人，他怀着希望地等待着。

“不过，我可有个条件。”

“什么条件？”

“既然月光公主跑到我这里来，说明她完全地信任我。所以，以和我一同出席为条件，由我去请她，我想她肯定是不会拒绝的。您看这样可以吗？”

“您还用问我吗？这也正是我想拜托您的。”

“本来我想只让你们两个人会面，可是眼下还不行……那么，我怎么给您回话呢？”

“请打到事务所来吧。以后我每天上午都会在事务所的。”

本多说完，挂断了电话。

从这一刻开始，世界为之一变。本多想，自己怎能受得住下一个小时，下一天的等待啊！然后，他在心里打了一个小小的赌，如果月光公主照样戴着绿宝石戒指来，那就说明她已经宽恕了本多，如果没戴，就说明还没有宽恕他。

四〇

庆子的宅邸坐落在麻布区的高台，通向正门前停车坪的甬路很长。这个宅子是以前庆子的父亲为纪念布赖顿[①]建造的，正面呈弧形。本多在六月末的一个炎热的下午，应庆子之邀去她家品茶。一走进这座宅第，恍惚又回到了战前的日本。

遭受了台风以及雷雨侵袭的宅邸，骤然间迎来了梅雨季节中少有的阳光。前庭寂静的树丛中，萦绕着人们对一个时代的回忆。令本多觉得自已马上就要进入怀旧的音乐中去了。这种在废墟中孤零零地残存下来的宅邸，藉此而成为更具有特权的，含有罪孽与忧愁的东西。这就如同被时代所淘汰的思想，经历时日后，又突然增添了风趣一般。

虽说本多曾拜托庆子，希望能和月光公主见面，但她在请柬中并未提及此事，只是公式化地写着“为庆祝敝宅解除征用举行茶会”。本多带了一束花，蹓蹓跶跶出了门。在宅子被征用期间，庆子和母亲两人一起住在原管家住的厢房里。在此以前，庆子还没有在东京的家里招待过客人。

戴着白手套的侍者出来迎接本多。圆形的前厅里有着高高的球形顶棚，前厅的一侧是画着仙鹤的杉木门，另一侧是通向二楼的大理石旋梯。在楼梯半腰的昏暗转弯处，有一座向下俯视的青铜维纳斯塑像。

狩野派[②]风格的仙鹤画杉木门，左右半开着，是通向客厅的入口。本多进去一看，还没有来一个人。

客厅以一排小窗采光，小窗的玻璃全打磨成了古色古香的图样，异彩纷呈。最里面的壁龛风格墙壁上画满了金色的层云，悬挂着细长的字幅。枝形吊灯从桃山式方格天花板上垂下来。茶几和椅子无一不是路易十五式样的华美绝伦的古董。不同图案的刺绣椅套连接成了华托[③]宴乐图的画卷。

一股熟悉的香水味儿从正在欣赏室内摆设的本多身后飘来。本多回头一看，见庆子身着一套时髦的双层茶绿色捻线绸长裙，站在那里。

“您看，全都是过时的宝贝吧。”

“实在是太地道太精美的日欧合壁了。”

“这都是我父亲的嗜好。不过，您一定没想到能够保存得这么完好吧？被征用是没办法的事。可是为了不让乱七八糟的人住进来，把房子给糟蹋了，我简直使尽了所有的招数了。最后是作为招待军方客户的美军高级宾馆，才得以保持原来的样子退还给我们。这个宅子的每一个角落都有我童年时代的回忆。没有被那些俄亥俄的乡下佬们给糟蹋了，真是万幸。今天就是想请您来看看的。”

---

① Brighton，位于英国东南，著名的疗养地。

② 狩野永德（1543—1590）开创的画风。

③ Jean Antoine Watteau（1687—1721），法国洛可可风格代表画家。

“客人呢？”

“他们都在院子里呢。天气虽热，风很凉爽。您不出去吗？”

庆子只字不提月光公主。

打开位于一角的门，就是通往院子的石径。在草坪的大树荫下，散放着几把藤椅和小桌。白云美丽如画，女人们的衣衫映在碧绿的草坪上，色彩斑斓，她们帽子上的花朵颤动着。

本多走近一看，差不多都是老太婆，男人只有本多一个人。庆子把他介绍给女人们时，他感到很别扭。每当浅粉色的长着老年斑的皱皱巴巴的手指一伸过来，本多就犹豫一次。自己的心被这些难看的手压迫着，就像是满载大堆干果的船舱，不由得心情阴郁下来。

西洋老太婆们，背后的拉链开了也没察觉，仍旧扭动着肥腰，尖着嗓子笑着。在她们深陷的摄人魂魄的眼窝里，镶嵌着蓝色或褐色的茫然不定的眼珠。她们发音时，嘴张得能看见里面的扁桃体，起劲地谈着一些无聊的事。还不时用修剪过的指甲，猛地抓起两三片又小又薄的三明治。其中一人忽然对本多说她离过三次婚，还问本多，日本人也爱离婚吗？

有些客人为了乘凉而进了树丛，在树荫下的小径上散步，隔着树叶可以隐约看见她们花哨的衣裳。其中有两三个人来到了树林的入口处。走在中间的正是月光公主，两个西洋女人一左一右地簇拥着她。

本多的心像是跌了一跤似的狂跳不已。就要这样，就要这样，这心跳实在太宝贵了！多亏这心跳，人生已不再是固体，而是变成了液体，甚至变成了气体了。光是产生了这种反应，本多觉得已经很值了。方糖在这悸动的瞬间溶入了红茶，所有的建筑都变成了稀奇古怪的东西，所有的桥梁都变成了软糖，人生成了闪电、丽春花的摇曳、窗帘的飘动的同义语……极端利己的满足与宿醉般不快的羞耻相互交织，使本多一下子陷入了神情恍惚之中。

夹在两个个头高大的老妇人中间的月光公主，穿着粉红色无袖连衣裙，姿态优雅地从林荫中走出来。她那头沐浴在日光下的黑曜岩般光亮的披肩发，使本多想起了在挽巴茵游玩时的幼年公主，想起了那时她被老女官们伺候的情景。这一切对本多来说，不啻是双重的喜悦。

不知什么时候，庆子来到了本多身边，在他耳边低声说道：

"怎么样？我很守信用吧。"

本多内心产生了儿女之情，如果不一味地仰赖庆子，依靠庆子的话，就不能应付这眼前的局面，这使本多感到一阵心寒。月光公主正微笑着一步一步地，朝着这莫名其妙的恐惧走过来。本多想在她走近之前将这恐惧压下去，可是随着她越走越近，自己的恐惧也越来越厉害了。想要说什么，舌头也不听使唤了。

"您装得若无其事就行了。御殿场的事还是根本不提的好噢。"

庆子又对他耳语道。

幸亏月光公主走到草坪中间时，有别的女人跟她搭话，停下了脚步。她好像还没发现本多似的。从只有几步远的地方看去，公主就像是一个熟透的香橙，沉甸甸地挂在唾手可得的时间枝头，散发着鲜灵诱人的芳醇，不停地摇晃着。本多仔细地察看了她的胸脯、大腿和微笑时的皓齿。这一切都是那炎热夏天的烈日培育出来的。而她的内心，一定是冰冷刺骨的。

她逐渐加入到几张椅子围成的人丛中去，不知是真的没看见本多，还是佯装不知，这时，庆子对她催促道：

“本多先生来了。”

“哎哟。”

公主望着本多的脸上，洋溢着笑容，没有一点儿不愉快的神色。往昔的夏日阳光下的月光公主又重现了，嘴唇也比平时显得格外地放松，眉毛更显秀美修长。那褐色的肤色增添了琥珀光辉，一双大而黑的明眸流盼生辉。这张脸迎来了属于它的季节。夏天使她像在宽大浴缸里自由舒展身体一样的畅快。她的肢体简直自然到了放纵的程度。只要一想象那乳房与胸罩之间如室内般潮热，就可知道宿于那奥秘里的夏天了。

月光公主向本多伸出手来，眼睛里却没有任何表情。本多用微微颤抖的手握住了她的手。她的手指上没有戴绿宝石戒指。尽管是自己打的赌，但此时，他发觉自己真正希望的就是赌输，就是遭到如此冷淡的拒绝吧。因为本多自己都感到惊讶，就连这拒绝也使他如此愉快，竟然丝毫没有搅扰他那厚颜无耻的恍惚心境。

见月光公主拿起了空茶杯，本多把手伸向了桌子。他虽然摸到了那个古董银茶壶把儿，但烫手的银壶使他畏缩了。这或许是由于害怕自己行动的前方，被不安定的迷雾所笼罩，不仅手会打颤，还可能现出什么丑态的缘故吧。很快有戴着白手套的侍者伸手过来，使本多的担心成为多余。

“一到夏天，您好像就精神焕发了。”

本多总算是说出话来了。不知不觉措词也客气了许多。

“是的，因为我喜欢夏天。”

月光公主温柔地微笑着，背教科书似的回答。

周围的老妇人也围拢来，请本多把刚才的谈话翻译给她们。本多在翻译的时候，闻到桌子上的柠檬香味、老年人刺鼻的腋臭与香水混合在一起的气味，只觉得自己的神经末梢都在发痒。老妇人们毫无意义地笑着，她们推测，由于日语中的“夏天”一词，能使人感到一种不可抗拒的暑热，所以这个词恐怕是起源于热带的。

本多直觉到了月光公主的倦意。他环顾四周，已不见了庆子。月光公主的疲倦有增无减，就像是不会说话的动物在闷热的草丛里悲哀地蹭着身子一样。这直觉是公主与本多相联系的唯一纽带。公主轻盈地转动着身体，微笑着用英语和洋女人们应酬着，但本多渐渐感到，公主不会是想要把倦怠传染给他吧。那倦怠是从公主沉甸甸的胸部一直流淌到轻捷美丽的双腿的，由肉体本身集聚起来的夏季特有的忧郁放出来的一种音乐，那音色好比羽虱在夏日的空中轻轻扇动的羽翅。本多只觉得，那时高时低的羽音袅袅不绝于耳。

但是，这也许并不意味着公主特别厌倦茶会。相反，公主表现出来的倦怠样子，或许才是她的本来面貌，是炎炎夏日使月光公主复苏了。果然，月光公主在妇人中间随意地游弋着。她稍稍退进树荫里，手里端着红茶茶杯，在老妇人们包围中，听着对自己的“希林·海涅斯”尊称，活泼可爱地跟老妇人们交谈时，突然脱掉一只鞋，用穿着袜子的脚指尖，若无其事地挠了另一条小腿一会儿。她以丹顶鹤般绝妙的平衡，使手里拿着的茶杯完全保持着水平，一滴都没有洒到茶碟上。

看到这情景的一瞬间，本多产生了信心，不管她对自己原谅了还是没原谅，都要一直滑进她的心里去。

“刚才，我看到了一个小小的杂技表演啊。”

本多趁着谈话的间隙，插进了一句日语。

“您说什么？”

月光公主抬起迷惑不解的眼睛。面对给她出的这个谜，她根本不想费力去解开它，宛如一下子冒出水面的水泡那样，当即反问“您说什么”时，公主的嘴角真是可爱极了。她对不理解的事情全不在意，所以自己也应该具有那样的勇气。本多刚才就从笔记本上撕下了一张纸，用铅笔写好了一封短信。

“白天就行，请你和我两个人见个面。一个小时就够。今天怎样？到下面这个地方来……”

月光公主巧妙地避开别人的眼睛，迎着阳光看了小纸条。她怕人看见的样子，尽管只是一瞬间，也使本多感到了幸福。

“有空吗？”

“有。”

“能来吗？”

“能。”

月光公主那清晰得不能再清晰的回答，即刻温柔地融入她那美丽的微笑中去了。很显然，回答时她什么也没想。

爱憎和怨恨去了哪里？热带的乌云和飞沙走石般的骤雨消失在了哪里？意识到自己的烦恼的徒劳，比意识到突然间感到的幸福的徒劳更刺痛了本多的心。

——这时，刚才不见了人影的庆子，和迎接本多时一样，陪着两位客人穿过客厅来到院子里。一个老妇人看着远远走过来的两位女客那身葱绿和藏蓝色的漂亮和服，啧啧地咂巴着鹦鹉般干硬的舌头称赞着，本多不由回过头去。她们是槙子和陪伴她的椿原夫人。

月光公主漆黑的秀发突然被风吹得飘了起来，本多看得着了迷。偏偏在这个时候，她们二人来了，使本多很不愉快。两个人走到跟前，先向本多问了好。槙子一边环顾四周的老太婆，一边冷淡地说：

"今天只有本多先生一个男的，真是好福气呀。"

当然，这两个人也被一一介绍给洋人们，不免互相客套了一番。但她俩一有机会就回到本多身旁，用日语跟他聊天。

瑞云飘移，当阴翳开始遮住她们头上的白发时，槙子说：

"前几天，六月二十五日的示威游行，您看见了吗？"

"没有，只看了报纸。"

"我也只看了报纸。听说是在新宿，燃烧瓶乱飞，连派出所也烧着了，不得了啊。照这势头下去，快变成共产党的天下了吧。"

"我不那么看。"

"可是连自制手枪都有了，好像一个月比一个月要严重呀。不久，说不定整个东京很快就会被共产党和朝鲜人搞成一片火海呢。"

"也只好那样了，有什么办法呢？"

"您这么看得开，难怪长寿啊。不过，看眼前的世道，我时常想，如果勋君活着会怎样呢？于是，我就开始创作《六月二十一日之歌》了。我想把不能进入和歌的最低层次的东西写成和歌，正在寻找决不能成诗的素材，好不容易碰上了这个事件。"

"您说碰上了，可您并没有亲自去看过呀。"

"歌人可比你们要看得远哪。"

槙子很少以这样坦率的态度谈及自己的诗作。然而，这种坦率，可以说是一种伏笔。槙子看了看周围，瞅了本多一眼，嫣然一笑。

“听说您前不久在御殿场非常惊慌失措，有这回事吗？”

“听谁说的？”

现在本多从容地反问道。

“听庆子说的。”

槙子也很坦然地说出了那个人的名字，

“……不过，说起来，情况再怎么危急，深更半夜闯进别人家里，去敲人家夫妻卧室的门，月光公主的胆子也够大的。好在杰克也是个好人噢，那么亲切对待她。他真是个有教养的可爱的美国人啊。”

本多搞不清自己是否记错了。那天早晨庆子确实是说过“幸亏杰克不在，不然的话，可就有热闹看了”。而槙子的意思是说杰克当晚也住在那里。到底是人们传错了呢？还是庆子说谎呢？二者必居其一。发现庆子也扯这种无聊的谎话，给了本多一个小小的优越感。他为这一发现而高兴，同时，对于和槙子决裂感到犹豫，他想要避免愚蠢地卷入女人闲话中去。更何况对方又是在法官面前也能堂而皇之撒谎的槙子。本多虽然决不说谎，但他有一个习惯，就是根据具体情况，像漠然瞧着眼前的臭水沟里流过的泔水似的，任由微不足道的真实流去。这可以说是他自法官时代以来养成的小小恶习。

本多正想换个话题时，椿原夫人凑了过来，就像要寻求槙子的庇护似的。

几天不见，椿原夫人的面容憔悴多了，本多甚为惊讶。悲戚的表情里透着颓唐，目光呆滞，神经质地涂着橙色的口红，给人难以描述的奇怪感觉。

槙子眼角含着笑意，突然用手指托起这弟子丰满的白下巴，让本多看，一边嘴里说道：“这位真叫人头疼。总是‘我要死，我要死’

的，吓唬我。”

椿原夫人任凭槙子托着下巴，似乎打算永远这么下去似的，但槙子又立刻松开了手。夫人眺望着傍晚渐渐刮起了凉风的草坪，用嘶哑的声音，自言自语似的对本多说：

“又没有才能，活那么长有什么用呢。”

“如果没有才能的人都必须去死，日本人就死光了。”

槙子打趣地说道。

本多毛骨悚然地听着她们这番对话。

四一

两天后，本多于约定的午后四点，在约定的地点东京会馆门厅等候。如果月光公主来的话，他想把她带到今年夏天才开张的屋顶餐厅去。

摆着许多皮沙发的宽敞的大厅，是个很合适的等人之处，可以打开报夹子，来打发等候的时间。本多在内兜里揣着好容易弄到的三支哈瓦那手卷雪茄烟。吸完这三支烟，月光公主就来了吧。不过使他担心的是，他刚坐到这沙发上时，窗外就暗了下来，要是下起雨来，把屋顶淋湿，就不能和公主在那里用餐了。

五十八岁的富翁，再一次这样等候泰国少女了。这么一想，本多才摆脱了不安，感觉自己又回到了本来的日常生活中。那是一种海港的状态，而他生来就不是一条船。他又回到了“等待月光公主”——他唯一的存在形态了。即是说，这几乎就等于是他的精神状态。

他是一个有大把的钱，上了年纪，对于单纯的男性快乐不屑一顾的男人。他在精神上是一个相当麻烦的人，可以满不在乎地决心拿自己的倦怠同地球做交换，但外表却朴实而寒酸，喜欢置身于一个被局限的凹处。对历史和时代如此，对奇迹和革命也是如此。就像坐在西式马桶上那样坐在盖着盖子的深渊上吸雪茄烟，一切都听任对方的意志，只是等待而已。这时，梦想才开始成形，朦胧地看到了扑朔迷离的至福。死能使人在这样的状态下达到至福吗？……若是这样，月光公主原本不就是死吗？

他手中的占卜牌里既有不安，又有绝望。期待的时间犹如工艺品的黑漆底色，上面镶嵌着犹如夜光贝般的诸多畏惧……

地板相连的地窖似的西式小餐厅里，正在准备晚餐。摆放刀叉的声音哗啦哗啦响着，和侍者手里拿的那把镀银刀叉一样，本多内心的感情和理性也是乱成一团，没有任何计划（这是理性的邪恶倾向），意志被放弃了。本多在这临近人生尽头时发现的快乐，就是如此不知检点地抛弃人的意志。在抛弃了意志之时，从青年时代起就使他伤脑筋的那种“要介入历史的意志”也悬于空中了，历史也不知悬于空中何处了。

……在那没有历史的黑暗时间里，在那令人晕眩的高空中，杂技团荡秋千的少女，身着闪光的白色紧身衣在飞舞飘荡。她就是月光公主。

——窗外已暗了下来。几个带着家眷的客人，在本多旁边长时间地互致问候，听得让人昏昏欲睡。还有两个像是订了婚的人，疯子似的默然相对。窗外的街树在摇曳，但雨好像下不起来。本多感觉手里拿着的报夹子的木芯，像一根长长的胫骨。已经吸完了三支雪茄烟，月光公主还是没有来。

本多独自一人好容易才吃完没滋没味的晚餐后，就去了留学生会馆。这是个不太慎重的行动。

走进一栋位于麻布某处的简朴的四层楼，门厅里有几个黑皮肤的目光锐利的青年，穿着宽格子短袖衬衣，在看东南亚印刷粗糙的杂志。本多跟前台打听月光公主在哪里。

"她不在。"

办事员不假思索地回答。对于这种过于迅速的回答本多很是不满。在这几句简短的问答时，本多发现那几个目光锐利的青年一齐瞧着他，再加上夜晚的闷热，他觉得自己好像待在热带的一个小机场的候机室里。

"可以告诉我她的房间号吗？"

"按规定不能告诉您。会面需要得到本人的同意，在这前厅接待的。"

本多死了心，刚一离开前台，青年们的眼睛又齐刷刷地回到杂志上。他们跷着二郎腿，裸露着脚脖子，那褐色的踝骨像刺一样尖尖地突出来。

会馆的前院可以随便散步，却不见一个人影。三楼的一个房间因闷热而敞着窗子，屋里很明亮，本多听见从那里传出弹吉他的声音。虽说是吉他，但音调很像胡琴，尖细的歌声像发黄的常春藤缠绕着乐曲。倾听着那凄婉缠绵的声音，本多想起了令人难忘的战争爆发前夕的曼谷之夜。

本多很想溜进去把每个房间都查看一下，因为他根本就不相信月光公主出去了。在这潮热的梅雨期的暮色里，月光公主的迹象无处不在。前院留学生们栽种的花坛里，开着唐菖蒲，在夜色下看上去是黄色的。还有看不太清的淡紫色夭车菊的幽香里，也有着月光公主的气息。四处飘散着的月光公主的微粒子，说不定会逐渐凝聚成形的。在蚊虫扇动翅膀的微弱声音中，他也能预感到这一切。

许多窗子都是黑着的，只有三楼最边上的房间亮着灯，镂花窗帘掀动着，十分幽雅。本多凝神注视着那个房间。只见有一个人影站在窗帘后面，俯视着前院。风吹开窗帘时，本多看清了那个人的容貌。她就是只穿了一件长衬裙纳凉的月光公主。本多不由自主向窗下跑去，户外的灯光照到了他。这时，月光公主清楚地认出是本多，露出了惊慌的神色，立刻熄灭了灯，关上了窗户。

本多倚着楼角等了很久很久。时间在慢慢地流逝，太阳穴的血在跳动。流逝的“时间”似乎也是血。他把脸贴在水泥墙上一层薄薄的青苔上，用那凉凉的青苔消解他老脸上的燥热。

过了一会儿，三楼的窗户发出了蛇吐信似的咝咝声，像是悄悄打开窗户时的摩擦声。忽见一个白色的柔软东西掉在了本多的脚边。

本多把它拾起来，撕掉包裹的白纸，里边是一个手掌心大小的棉团，看来是用力压过的，一打开纸，它就像活物似的鼓了起来。本多从棉团里翻出了一只镶着金护门神的绿宝石戒指。

本多抬头望去，窗户又紧紧地关上了，一丝灯影也不见了。

离开留学生会馆后，本多渐渐清醒过来，这才发现这里离庆子家还不到两条街。他每次外出约会都尽量不坐自家的汽车，所以，现在打一辆出租车就可以了。可是，这回他要抽打自己疼痛的腰背走着去，让自己受受苦。即使庆子不在，也要敲敲她家的门，否则，他这个样子，无论如何也回不了家。

本多一边走一边想，如果自己还年轻，肯定会边走边放声哭嚎吧。如果我还年轻！但是，青年时代的本多决不会哭泣。他是一个有为的青年。他认为与其流泪，不如运用理智，于己于人都是有益的。这是多么甜美的感伤，多么诗情的绝望啊！

本多一边这样感慨，一边又觉得只有靠着“如果我还年轻”这样一种假定的过去，才可以这样感慨。于是乎，他把刚才心中萌生的感情的可信性连根拔掉了。那么，假设可以宽容自己的年龄呢？可是无论现在和过去，都决不宽容自己，乃是本多的秉性，除非只有一个可能，就是梦想一个与过去不同的自己。那么，又是一个怎样与过去不同的自己呢？而本多根本不可能成为像清显和勋那样的人。

如果说本多沉溺于“假若年轻或许会如此”的想象，确实使他摆脱了迄今所有与年龄相称的感情危险，得以刀枪不入的话，现在则相反，他不肯承认显而易见的感情的羞耻心，也许正是他那克己青春的久远的遗痕吧。不管怎样，不管现在和过去，本多都不会一边走一边哭嚎的。一个身披雨衣、头戴呢帽的半老绅士，独自一人走夜路，无论在谁的眼里，都不过是夜里一时冲动，出来散散步而已。

就这样，不愉快的自我意识，使他过分习惯于用间接叙述法来表达一切感情。其结果，即使没有自我意识，他也能获得一个安全的处境。因此对于本多说来，各种愚蠢、无耻的行为都是可能的。如果一一探寻本多过去的所为，说不定人们会认为他是一个“感情用事的人”。现在，他正在酝酿着雨意的夜路上，急匆匆奔向庆子家，也正是这样一种愚蠢的行为。走着走着，他真想把手伸进自己咽喉的深处，把心掏出来看一看，就像把手伸进西服背心的口袋里，掏出怀表来看那样。

虽说在这个时间几乎是不可能的事情，但庆子在家里。

本多马上被请进前几天来过的豪华客厅里。路易十五式样的椅子靠背直直的，限制着本多的坐姿，他疲劳得头有些发晕。

杉木门和上次一样半开着。夜间的客厅在光灿灿的枝形灯的威压下，愈加显得寂寥。他很想站在窗前，看看在庭院的树丛外面明晃晃的街灯，但是他连走过去的气力都没有了。只有靠在椅子上，忍受着臭汗沤着身体的自甘堕落的暑热。

本多听到了庆子的脚步声。她穿着拖地的华丽睡袍，从门厅的大理石旋梯上走下来。庆子走进客厅后，把身后画有仙鹤的杉木门关上。乌黑的头发像被暴风刮起般竖起。头发挣脱了羁绊，向四面八方恣意蓬散着，使得她那画着淡妆的脸，显得小而苍白，不同于平日。庆子绕过椅子，坐在本多对面的椅子上，背朝着绘有金色层云的壁龛，中间隔着放有白兰地的茶几。她的裙摆下面，露出光脚穿着的室内凉鞋，凉鞋上缀有成串热带干果装饰。红色的脚趾甲和她那夏威夷黑地连衣裙上遍布的大朵木槿花一样的艳红。尽管如此，她那以金色层云为背景倒竖的蓬散黑发，依然显得阴郁无比。

“请原谅，头发像个疯子似的。您突然光临，连我的头发都受了惊吓呢。我打算明天去修理发型，刚刚洗过了头，洗得太不是时候了。男人哪了解女人的辛苦啊……不过，您这是怎么啦？您脸色可不好啊。”

本多简要地说了一下刚才发生的事情，说话时带着辩论式的语气，连他自己都觉得很讨厌。即便是对自己面临的问题，也无法摆脱按照逻辑加以阐述的老毛病。他的语言只起到了把事情条理化的作用，而他在来到这里之前，是想要声嘶竭力地吼叫的。

“哎呀，这正是典型的‘欲速则不达’呀。我不是跟您一再说过，把这事交给我来办的吗！可是您……我不知道该怎么办好了……不过，月光公主的态度也太失礼了。或许这就是南国的习俗吧？当然，我也非常理解您现在的心情。”

庆子一边请本多喝白兰地，一边说：

“那么，您希望我做些什么呢？”

她没有丝毫厌烦的表情，依旧充满了她那独特的悠然的热忱。

本多掏出戒指，在小指上戴上去又摘下来地摆弄着，然后说道：

“我想拜托您把这个还给月光公主，请她务必收下。因为我觉得这枚戒指离开那个姑娘的身体，就意味着她和我过去的关系永远中断了。”

见庆子沉默不语，本多害怕了，以为她会发怒。庆子把白兰地酒杯高高举起来，看得出了神。漾起的白兰地酒波，在雕花玻璃杯壁上，绘出了一片透明的黏黏的云形，又徐徐滑落下去。在庆子又黑又密的头发下面，有一双大得摄人心魄的眼睛。本多感觉，尽管她是在竭力不把嘲笑表现出来，表情却极其自然而真挚，她的眼神就像孩子们在专注地瞧着被踩死的蚂蚁。

“我就是为了拜托您这件事来的。就为了这件事。”

本多极度夸张这区区小事，是打算下某种赌注。如果没有做任何蠢事都坚持不懈的道德倾向，哪里会有本多的快乐呢？他从这垃圾箱般的世界中拣出了月光公主，为这个连一个指头都没碰过的少女苦恼着。他把这痴愚一再地提高，来寻求自己的性欲与星辰运行相接合的交汇点。

“那样的姑娘，您别再理她不好吗？”庆子好不容易开口了，“前几天，听说在美松的舞厅，有人看见她倚靠在一个下流学生的肩上，跳贴面舞呢。”

“不再理她？那绝对不行。不理她，那不就是允许她成熟吗？”

“这么说，您有权利不许她成熟了。要是这样的话，您以前为那姑娘是处女而伤脑筋，又怎么解释呢？”

“我本想让她一下子成熟起来，变成另一种女人，可是失败了。这都要怪你那个笨蛋外甥。”

“是够笨的，克己……没错。”

庆子忍不住笑出来，她迎着枝形灯的灯光，透视酒杯另一面的自己的指甲。修得又长又尖的红红的指甲，透过雕花玻璃，从手指内侧看去，犹如小小的神秘日出。

“您瞧，太阳升起来了。”

庆子醉了，竟做出这种动作给本多看。

“这是残酷的日出啊。”

本多心不在焉地说道。这时他迫切希望能有一种丑恶而违背常识的雾霭，把这个过于明亮的房间遮蔽得伸手不见五指。

“刚才那件事嘛，如果我干脆拒绝您，您会怎样呢？”

“那我今后的日子就暗无天日了。”

“您真能夸张啊。”

庆子把酒杯放在桌上，若有所思。“为什么我这个人，总喜欢去帮助别人呢？”她喃喃自语着。过一会儿又说：

“内心深处的真正问题，总是很幼稚的问题啊。人一产生某个念头就去追求，就像为寻找一张印错的邮票，甚至可以去非洲探险。”

“我感到我爱上了月光公主。”

“哎呀！”

庆子哈哈大笑起来，她的眼神分明认为本多在开玩笑。

然后，庆子毅然决然地说出下面一段话。

“明白了。这么说您现在需要做一件非常惊人的傻事。比如说……”说着她略微提起睡袍，“比如，请您亲吻一下我的脚背，怎么样？仔细欣赏欣赏您根本不爱的女人的脚背，一定会使您心情舒畅的。不过，我脚背上的静脉可是美得出了名的哟。请您不要担心，我在洗澡之后，很仔细地修过了，不会有碍贵体的。”

“如果以答应我的请求作为交换条件，我乐意马上照办。”

“那么，请吧。在您自尊心的历史上，不妨做一次这样的尝试吧，它会给您出色的历史增光添彩的。”

庆子显然是被作为教育者的热情支配了。她站在耀眼的枝形灯下面，不耐烦地用双手抚弄着蓬散的头发。被拢到两侧的头发，像大象的耳朵一样颤动着。

本多想要微笑，但又笑不出来。他四下环视一下，便慢慢地弯下了腰。由于腰痛忽然加剧，他蹲了下来，最后干脆趴在了地毯上。

他趴着所看见的庆子的凉鞋，就像一个尊贵的祭器。那些褐色的、茶色的、紫色的、白色的干果，一同涌向她那用力踩着地的五个脚指头的红指甲上，庄严地守护着她那青筋暴露的神经质的脚背。本多的嘴唇刚要凑近那里，穿着凉鞋的脚又狡猾地缩了回去。结果，不撩起她那木槿花图案的裙襟，把脑袋伸进去，嘴唇就够不到脚背。于是，本多钻了进去，那里面充满了清幽的香气和湿气。本多仿佛突然进入了一个陌生的国度。他亲吻了脚背之后抬眼向上看，光线透过一朵朵木槿花，变成了暗红色，两根有着朦胧静脉花纹的雪白而美丽的柱子耸立在那里。遥远的天空上，悬挂着一颗小小的漆黑太阳，放射着乱糟糟的黑色光芒。

本多缩回身子，费力地站了起来。

“好了，我已经做到了。”

“我会守信的。”

庆子接过戒指，老练而沉着地微笑着说道。

四二

“你干什么呢？”

梨枝在屋子里催促半天不来吃早饭的丈夫。

“看富士山呢。”

本多在露台上回答，但他的声音不是朝着屋内，而是仍然朝着院子西头的凉亭那边的富士山。

夏日的清晨六点，富士山沉醉在葡萄酒色的朝霞之中，轮廓还不清晰，但在大约八合目[①]的高处有一道雪斑，很像祭日时涂在小孩子鼻梁上的白粉。

吃罢早饭，本多只穿着短裤和短袖运动衫，又来到了灿烂的晨空下，他躺在游泳池边，从满池的清水里掬起一捧捧的水玩着。

“你干什么呢？”

早饭后，梨枝收拾着屋子，又喊起他来。这一回他没有回答。

梨枝隔着窗户，目光锐利地盯着她那五十八岁丈夫的痴狂行为。首先他的打扮就让她不欣赏。既然是从事法律工作的人，就不该穿什么短裤。在短裤下面，露着衰老而没有弹性的白腿。衬衫她也看着不顺眼。他的肉体已没有了年轻健壮的厚实感，却偏要穿短袖运动衫，结果袖口和后襟，都像穿着海藻似的耷拉着。与其说梨枝现在的心情，是要弄明白丈夫打算搞这种与其身份不相称的勾当到什么程度，不如说已转化为抱着兴趣远远观望。她感受到一种快感，仿佛她那长了一层鳞片的自我感觉被人倒着爱抚一般。

——本多的脊背感觉到梨枝已经心灰意冷地回室内去了，便全神贯注地注视起了游泳池中倒映的良辰美景，看得入了迷。

蝉在柏树林中聒噪起来，本多抬起了眼睛。富士山的色彩刚才还那样让人陶醉，到了八点时，又变成了一片茄紫色。绿意朦胧的山麓，浮现出了稀疏的森林和村落。在眺望深蓝色的夏富士时，本多发现了一个可以独自取乐的小把戏，能在盛夏里看到深冬时节的富士山。这秘诀就是，先凝视一会儿深蓝色的富士山，然后猛地把视线投向旁边的蓝天，于是眼中的富士残像就变成了雪白色，一座洁白无瑕的富士山，就在这一瞬间浮现出来了。

自从无意中悟到了这种幻象之法，本多就相信有两个富士。夏富士旁边冬富士永存；现象旁边纯白本质永存。

本多将目光转向游泳池，看到箱根山的倒影占据了很大一片水面。葱茏蓊郁的群山使人感受到夏日的闷热。小鸟从映在水中的天空掠过，食饵场只有老黄莺来访。

昨天，本多在凉亭旁边打死了一条蛇，那是一条二尺左右的花蛇。为了不吓着今天来的客人，他用石头砸蛇的头，把它打死了。这一小小的杀戮，使本多昨天一整天都感觉很充实。那条浑身油亮的花蛇挣扎扭动的影像，在他心中形成了青黑色的钢发条。自己也

---

① 登山的计算单位。“一合”即山高的十分之一。八合目，即十分之八的地方。

能杀死什么的感觉，滋养了他阴郁的活力。

本多又把手伸进了游泳池，拨弄着水面。夏云在水中变成了毛玻璃碎片。游泳池完工已经六天，还没有一个人在这里游过泳。本多和梨枝三天前就来到这里，但他借口水凉，一次也没有游。

这游泳池是专为看月光公主的裸体才挖的。其他的目的都不重要。

远处传来钉钉子的响声，那是邻居庆子的家在翻修。东京的宅第解除征用之后，庆子很少来御殿场，与杰克的关系不知怎么也冷了下来。于是，她产生了和本多的新居一比高低的竞争心，开始了几乎无异于新建的大翻修。庆子说："看来这个夏天是无论如何也住不进来了，要在轻井泽度过了。"

本多从游泳池边站起身来，为躲避越来越强的日照，他费劲地打开高出桌子好多的遮阳伞，然后坐在遮阳伞下的椅子上，又眺望起游泳池的水面来。

早晨的咖啡使本多的后脑还保持着近乎麻痹的兴奋。涂着蓝色油漆的池水的晃动，可以看见一条九米宽二十五米长的游泳池的水底白线，使他想起了遥远的少年时代的体育比赛时，那不可缺少的白石灰线和冬青油的薄荷味。所有一切都被画上了几何学的有规则的洁净白线，一些事从那里开始，一些事在那里结束。但这些都是虚假的回忆，本多的青春时代与运动场是根本无缘的。

白线还使人想起夜间画在车道中央的线。本多忽然想起了夜间在公园看到的一个总是拄着手杖走路的小个子老人。第一次是在汽车前灯晃眼地掠过的人行道上遇见的。老人挺着胸脯，把带象牙把儿的手杖挂在胳膊上。为了不让挂在胳膊上的手杖拖到地上，他那只弯曲的胳膊肘不自然地翘起，使走路的姿势越发的僵硬。人行道的一侧是五月花香飘散的森林。小个子老人看上去像个退伍军人，说不定还把已成废物的勋章珍藏在他的西装内兜里呢。

第二次是在森林的暗处遇见的，并且还近距离地看到了那个手杖的用途。

一般来说，男女在森林里幽会时，都是男人让女人背靠着树，自己上去拥抱的，相反的情况极少见。当一对男女走到树下时，小矮个老人便紧贴在那棵树的背面。碰巧距本多观看的地方不远，在黑暗里，他看见那手杖的U形象牙把儿从树干后面慢慢伸了出来。本多目不转睛地盯着出现在黑暗中的白东西，当他看清是象牙把儿时，就立刻知道它的主人是谁了。女人双手搂住男人的脖子，男人两只胳膊抱着女人。远远扫过来的汽车前灯，把男人后脑的发油照出了亮光。那只手杖的U字形象牙把儿在黑暗中停顿了一下，然后下决心似的，把女人的裙子底襟给勾住了。一旦勾住后，他就以极熟练的速度一下子将裙子撩到女人的腰部，女人的大白腿便裸露了出来，但冰凉的象牙并没有碰到她的皮肤，因而没有被察觉。

女人小声地说“不行！不行！”最后竟说了“好冷啊！”但是正在兴头上的男人也不搭理，而女人则以为男人是因为只顾紧紧拥抱她，才没有发觉的。

……每当想起这种令人啼笑皆非的卑鄙伎俩，这种极具献身性的无私合作，本多的嘴角就露出了微笑。但一想起前些日子，在松屋随军商店的门外和他搭话的那个男人，这一点点滑稽感也就消逝在某种清冷的不安之中了。对自己来说是真挚的快乐，只会引起某些人的厌恶，自己必须从早到晚都经受这种厌恶的困扰。而且不仅如此，这厌恶本身，迟早还会不知不觉地成为那快乐不可缺少的因素。难道还有比这更无理的事情吗？

令人毛骨悚然的自我厌恶，与最甜美的诱惑合而为一。否定自己的存在，与绝对不可痊愈的不灭观念合而为一。存在的不治性才是不死的感觉的唯一实质。

他又来到游泳池边，弯下腰去抓那晃动着的水。这是他在步入人生暮年时抓到的财富的触觉。当他感觉到炎热的太阳照射在他弯下去的脖子上时，觉得那就像一生反复出现过五十八次的夏天，向他发射来无数支恶意和嘲笑的箭。他的人生并非那么不幸，一切都遵从理性之桨，巧妙地避开了毁灭的暗礁。如果说没有过片刻的幸福，不免过于夸张。倘若如此，那又是多么无聊的航程啊。所以宁愿夸张一些，说自己的一生是暗淡的，才更符合自己真实的感觉。

公开宣称自己的人生是暗淡的，给人感觉对人生甚至抱有某种沉痛的友情。在和你的交往中，没有任何收获，没有任何欢乐。我并没有求你，你却强迫我和你交往，强迫我走上这蛮不讲理的生活之钢丝。你使我节制陶醉，使我的拥有过剩，变正义为纸屑，变理智为家产，将美禁闭成羞于见人的模样。人生致力于对正统性处以流刑，把异端送进医院，使人性陷入愚昧。它是堆积在脓盆上的沾着血和脓的污秽绷带，那些绷带是每天给患了不治之症的病人换下来的心灵绷带。每次换绷带，都使那老的少的发出同样痛苦的叫声。

他感到，在这山里的朗朗蓝天里，藏着一只雪白丰满的女护士的巨大而柔软的手，每天为这无意义的治疗，履行着粗暴的义务。那只手温柔地抚摸着他，又一次鼓励他继续活下去。笼罩在少女峰上空的白云，就是那卫生得近乎伪善的、洁白而崭新的散乱绷带。

那么别人是怎么看他的呢？本多知道自己能够站在非常客观的立场上看问题。在别人看来，本多是最富有的律师，可以悠然度过余生。这也是他在长期的法官和律师生涯中，毫无私念，既公正又坚持天理正义的回报。因而本多处在无人不羡慕且无人非难的位置上。这是市民社会，对于市民的忍耐所给予的为时过晚的报偿之一。到如今，本多的小小恶德即使万一暴露出来，无论是谁，都会把它当作人们常有的无罪的坏习惯，以微笑来宽恕他的。总之，在社会上，他“拥有了一切”！只是除了孩子。

“抱养个孩子吧。”夫妻俩曾经商量过，别人也这么劝过。但是自从他们发了财之后，梨枝就不愿再提及此事，本多也不热心了。因为他们对为了钱而造访的人害怕起来。

——从屋里传来了谈话声。

这么早就有客人来了？本多仔细一听，是梨枝与司机松户在说话。过了一会儿，他们两个来到露台上。梨枝眺望着起伏的草坪说：

“你瞧，那边高低不平的。上凉亭去的那片斜坡，是看富士山最好的地方。剪成那种形状，多难看啊。再说殿下也要光临呢。”

“好，我再重新修剪一下吧。”

“再剪一剪吧。”

比本多年长一岁的老司机，到露台边上放园艺工具的小仓库去取剪草机了。本多并不怎么喜欢松户，只是看重他从战时到战后一直在官厅当司机的经历。

动作慢慢腾腾，说话拿腔拿调，连日常生活中也渗透了安全行车般感觉的这个人，对什么事都无动于衷的态度让人受不了。他把人生看得和开车一样，只要谨慎小心就能成功。怎么能这么想呢？本多一看见松户，就会想，他心里一定是把主人本多当作和自己同类型的人了。本多总是感觉，松户似乎在无礼地给自己画着漫画。

“还有时间呢，你过来歇一会儿吧。”

本多招呼梨枝。

“好，不过厨师和服务生快要来了。”

“他们不会按时来的。”

梨枝踌躇了好一会儿，迟缓得就像线团在水里慢慢松开那样。然后回到屋子里去取来坐垫，放在铁椅子上。她肾不好，怕着凉。

“又是厨师又是服务生的，我最讨厌家里净是外人了，弄得乱七八糟的。”

她说着，在本多旁边的椅子上坐了下来。

“我要是欣欣女士那样喜欢排场的女人的话，该有多么喜欢这种生活啊。”

“你又翻起老账来啦。”

欣欣女士是大正时代日本首屈一指的律师的夫人，艺妓出身，以其美貌和奢侈名噪一时。她擅长骑马，自己有一匹白马。即便去参加葬礼，她也穿着花枝招展的丧服，令人侧目。丈夫死后，她感到已无法满足自己奢侈的欲望，便自杀而死。

“你也听说过吧，欣欣女士很喜欢蛇，总是在手提包里装着活的小蛇呢。哦，我忘了，昨天你说打死了一条蛇，对吧？殿下光临的时候，要是爬出蛇来，可不得了啦。松户，你要是看到了蛇，一定得把它给处理掉。不过千万别让我看到啊。”

她朝着拿着剪草机走远的松户喊道。

游泳池水无情地映出了妻子喊叫时那衰老的脖子。本多凝视着那个映像，突然想起了战争期间在涩谷的那个废墟遇见的蓼科，以及蓼科送给他的那本孔雀明王经。

“要是被蛇咬了，念一下这个咒语就行。摩谕罗吉罗帝莎诃。”

“噢。”

梨枝又坐到椅子上，没有表现出丝毫兴趣。突然响起的剪草机的噪声，给了他们俩沉默的自由。

本多觉得古板的妻子对殿下的到来是欢迎的，但对于妻子明知月光公主来访却依然平静如常感到很意外。然而梨枝期望的是，如果今天能在丈夫身边亲眼见到月光公主，她长期以来的苦恼或许就可以消除了。

“明天是游泳池开放的第一天，庆子带着月光公主一起来，可能会在这里住一晚上。”

当听到丈夫若无其事地传达给她这个消息时，梨枝心里感受到是一股热辣辣的喜悦。由于自己的忌妒与无根无据深深地纠结在一起，梨枝感觉恰似闪电过后等待雷鸣时那样，每过一瞬，就会得到一分稀释的不安，已被据为己有。恐惧的东西与渴望的东西成为了同样的东西，这“已无需等待”使她的心情云开雾散了。

梨枝的心犹如一条河，以侵蚀自己般缓慢的流速，弯弯曲曲地流经广袤无垠的荒野，流到河口时，将夹带的泥沙尽情地倾泻下来，逐渐流向那陌生的大海。它以河口为界，将结束其淡水的生涯，完成化为苦涩海水的蜕变。将某种感情的量增至极限的话，就会发生质变。原以为会毁灭自身的苦恼的积蓄，会突然间化为生的力量。化为非常痛苦，非常残酷，却又是使人豁然开朗的蓝色的力，即化为大海。

本多没有觉察到妻子正在逐渐变成一个陌生的苦涩而难缠的女人。用愁眉不展或沉默不语来试探、折磨他时的梨枝，其实还处在化做那种女人的蛹的阶段。

在这晴朗的早晨，梨枝觉得就连一直折磨她的肾病也减轻了不少。

——远远传来剪草机倦懒的轰鸣声，震动着这对默默坐着的夫妇的耳膜。没有比无话可谈的夫妇这种仿佛某幅画的状态更遥远的沉默了。本多夸张地感觉到，这是一种勉强相互默认的状态，就像是相互依赖的神经束，由于其相互依赖，倒在地上时，才不至于发出金属般刺耳的响声一样。自己如果犯了万恶不赦之罪，至少本多还能感到自己是比妻子飞得更高的吧。但是，妻子的烦恼和自己的欢喜，无论怎么说都只能是到了一样的高度，这有伤他的自尊心。

倒映在水面上的二楼客房的窗户，为了通风，正敞开着，白色的针钩窗帘在飘动。今天晚上，月光公主将住在那个屋子里。月光公主曾在一个深夜，从那个窗口跑到了屋顶上，又轻盈地落到了地上。这些行为只能说明她是长着翅膀的。难道说，在本多看不见的地方，月光公主真的在飞吗？谁能断言，月光公主不会在本多看不见的时候，挣脱了存在的束缚，骑在孔雀身上，穿越时空，变幻莫测呢？显然，正是由于这些无法确认，又无法证明，才使本多着迷的。一想到这些，本多觉得自己的恋情具有玄妙的性质。

游泳池的水面仿佛撒下了光线之网。妻子将她那宫廷偶人般浮肿的小手，放在遮阳伞半遮着的桌子边上，沉默着。

于是，本多便可以自由地沉迷于思念了。

……但是，现实中的月光公主，只是本多所看见的月光公主。她有一头美丽的黑发，总是笑吟吟的，经常不守约，却又非常果断，是一个感情去向不透明的少女。不过，他所看到的月光公主，显然并不是她的全部。对于向往着看不见的月光公主的本多来说，恋情与未知密切相关，不言而喻，认识与既知相关。那么，如果不断推进认识，靠认识去截获未知，来增加既知的部分的话，恋情便会得手吗？那是行不通的。因为本多的恋情，是要尽力朝向那认识之爪所达不到的远方，越来越远离月光公主的。

从年轻时起，本多认识的猎犬就极其机敏。因此可以认为，本多所了解所见到的月光公主，基本符合他的认识能力。使月光公主存在于这个限度内的，不是别的，正是本多的认识力。

因此，本多想看到月光公主不为人知的裸体的欲望，也就成了脚踏相互矛盾的认识与恋情这两只船的不可能实现的欲望。为什么这么说呢？因为所谓看，已属于认识的领域，即使没有被月光公主察觉，就在本多从书架里边的透光小孔窥视月光公主的一瞬间，月光公主就成了被本多的认识造就出来的世上之人了。被他的眼睛看到的瞬间，便被污染了的月光公主的世界里，绝对不会真正显现出本多想看的东西。所以恋情是不会如愿以偿的。而如果不看的话，恋情则是永远不可能实现的。

本多只想看到飞翔的月光公主，但是他所看见的月光公主并不飞翔。因为只要月光公主是局限于本多的认识世界里的被造物，她就不能违背这个世界的物理法则。大概（除了梦里）月光公主裸体骑着孔雀飞翔的世界，距本多只有一步之遥，但由于本多的认识本身出现了阴霾，有了瑕疵，或某一极微小的齿轮发生了故障，结果没有运行起来，也未可知。那么排除了故障，换上了新齿轮，又会怎样呢？那就只有把本多从他和月光公主共有的世界里除掉，也就是说，只有本多的死。

现在显而易见的事实是，本多的欲望所希求的最终的东西，他真正想要看到的东西，只能存在于他不存在的世界里。因此，为了看见真正想看见的东西，他就必须死。

当窥视者终于认识到，只有消除窥视这种行为的根源，才能接触到光明的时候，也就是窥视者的死。

所谓认识者的自杀的意义，在本多的心中具有了分量，这可以说是有生以来第一次。

如果想要听任恋情自行发展，否定认识，永远地摆脱认识，把月光公主带到认识绝对达不到的领域的话，那么来自认识方面的反抗就只能是自杀。或者说是，本多把月光公主，连同被这认识所污染的世界都留下，他自己退出去。然而，他还不能准确地预测，在那一瞬间，光芒四射的月光公主是否会出现在眼前。

由于现在这个世界，是本多的认识所制造的世界，所以月光公主也一同住在这里。根据唯识论，这是本多的阿赖耶识创造的世界。但是，之所以本多未能完全屈膝于唯识论，是因为他执着于那个“认识”，不肯将自己的认识根源，与那永恒的、且无半点留恋地不停地废弃着、更新着世界的阿赖耶识，同样看待的缘故。

实际上，本多内心里把死看做是一种游戏。他醉心于死的甜蜜，梦想着在认识怂恿着他自杀的一瞬间，月光公主那没有人看到过的、闪烁着琥珀色光辉的纯净无垢的裸体，如灿烂的月亮升起一般出现在他的眼前这一无可比拟的幸福。

所谓孔雀成就，不正是意味着这个吗？根据孔雀明王画像仪轨，在显现了其本誓的“三昧耶形”里，在孔雀尾羽上悟出了半月，又在其半月上悟出了满月，因之，如同半月变成满月那样，表现了“修法成就”。

本多一直期望的，或许正是这孔雀成就吧。如果今世之恋均以半月即告终，那么，又有谁不梦想孔雀尾羽上升起的满月呢？

——剪草机的响声停下来了。

“剪成这样可以了吗？”

从远处传来了喊声。

夫妻俩就像是蹲在栖木上的两只无聊的鹦鹉，拙笨地扭过身去，朝那个方向望去。身着草绿色工作服的松户站在那边，背朝着已被白云遮了一半的富士山。

“啊，差不多就那样吧。”

梨枝低声说。

“是啊，对老年人不能太强求。”

本多也附和道。

本多用双手比画了一个圆，松户领会了他这个手势，慢慢吞吞地把剪草机推了过来。这时，靠近箱根山一侧的大门口传来了震耳的响声，一辆客货两用车开了进来。这辆车是从东京开来的，带来了厨师和三个服务生以及很多烹调材料。

四三

尽管本多是二冈对山庄的最新住户，但他至今还没有请过别墅区的老住户们。风闻在御殿场附近，以美军为对象的酒吧、娼妓、拉皮条的，或带着军用毛毯在演习场转来转去的“夜莺”等等，严重地扰乱了军纪。因而，人们害怕得远离了别墅，今年夏天又陆续回来了。所以，本多借游泳池开放的机会，首次邀请了他们。

这里最老的住户是香织宫夫妇和真柴银行的真柴勘右卫门的老遗孀。老遗孀说要带着她的三个孙子来。此外还有别墅区的几个客人，加上东京方面的庆子和月光公主，以及今西和椿原夫人。槙子因出国旅行，早就回信说不能参加了。本来应该是椿原夫人陪她去旅行的，但是她选择了别的弟子作旅伴。

本多奇怪地发现，对家里用人一向十分刻薄的梨枝，对外来的帮工，不管是厨师还是服务生都十分慈祥，总是面带着微笑。对他们说话也很客气，而且处处体谅。她是想向他人和自己证明，她是一个为世人如此喜爱的人。

“太太，院子里的凉亭那边怎么布置好呢？那里也要准备些饮料吧？”

已经换上白色工作服的服务生问道。

“是啊。”

“可是，我们三个人恐怕照顾不到那里。我们往暖水瓶里放些冰块，请客人自己动手，可以吗？”

“也是啊，到那边去的，一般都是情侣，还是不打扰他们为好啊。只是到了天擦黑的时候，可别忘了熏蚊子呀！”

本多听到妻子说话的语气，从心里感觉惊讶。声调拔高了，用词也轻飘飘的。梨枝一向最憎恨的是华而不实，可现在她的声调和言语都渗透着这种味道，听起来就像是在指桑骂槐似的。

穿白制服的服务生们机敏地移动着，就好像在家里的空气中，突然之间胡乱拉出了许多直线。那浆得笔挺的白上衣，那充满活力而勤快的动作，那毕恭毕敬的举止，那职业性的殷勤，把整个家变成了他人的清爽世界。在这里，私密性的东西已被清扫干净，代之以互相商量、互相询问、指挥命令，宛如折成蝴蝶形的白色餐巾在家里飞来飞去。

在游泳池边，准备了简易餐桌，便于穿游泳衣的客人们进午餐。四处都贴着“更衣室设在一楼”的提示。这样一来，周围的情景眼看就变了样。本多珍藏的落地式电唱机被蒙上了白桌布，变成了室外酒吧。这虽然是自己吩咐的，但实际一做起来，却像发生了一场暴力性的变化。

在越来越炽热的阳光照射下，本多呆呆地望着周围的一切。这是谁出的馊主意？到底为了什么呢？花费点钱，宴请这些阔气的客人，志得意满地扮演一个资本家的角色，炫耀竣工的游泳池。当然，这是从战前到战后，在二冈修建的第一个私家游泳池。而且在这个世上，由于被招待而宽恕了他人富有的大度之人大有人在。

“你把这个穿上吧。”

梨枝拿来深褐色薄毛料裤子、长袖衬衫和印有细碎圆点图案的茶色蝴蝶领结，放在遮阳伞下面的桌子上。

“我就在这里换吗？”

“这有什么关系？能看见的只有服务生。而那些人现在正在吃午饭。”

本多拿起两头葫芦形的领结，用手捏着一头，垂到水面上，借着池水的光亮瞧了起来。这种简易领结简直就是一个俗不可耐、软塌塌的纽带。这使他想起了简易法庭的“简略命令”程序。“简略程序的原告与被告的异议”……而且，除了那个终极的核，那个本多所奢望的光芒闪烁的焦点以外，最最憎恨这越来越临近的聚会的，正是本多自身。

——真柴老遗孀带着三个孙子辈最先到达。所谓孙子辈是以老处女姐姐为首的姐弟三人。两个弟弟是常见的那种戴着眼镜的书生气的大学四年级和二年级学生。姐弟三人立刻进更衣室去换游泳衣了，奶奶穿着和服坐在伞下。

“战后，我男人活着的时候，一到选举的时候，就和我吵一通架。我成心为了气他，只投了共产党的票。我曾经是德田球一[①]迷哪。”

老遗孀说话时，两只手又是整领子，又是抻袖口，一直在神经质地忙活着，就像蝗虫蜷缩着身子，不停地互蹭着两只翅膀一样。正

① 德田球一（1894—1955），日本共产党创始人之一。1928年至1945年，曾被日本反动当局逮捕。

如人们所评论的那样，她的确是个既诙谐又快活的人。但是，在她那淡紫色的眼镜片后面，却隐藏着一双对乡党亲族不放松警惕的经济监察的目光。无论谁在她面前，被她那冰冷的目光一扫视，都会觉得自己就像是她的亲属。

换上泳装走出来的三个孙儿，是典型的有教养的体态，端庄稳重而没有棱角。他们一个接一个跳入水中，慢慢地游起来。最先进入这游泳池的不是月光公主，没有比这更让本多痛恨的了。

没过多久，梨枝领着已经换上泳装的香织宫夫妇从屋里走了过来。本多向他们表示歉意，顺便也责备了梨枝。因为没有看见他们驾到，而没有出迎。但殿下只是摆了摆手，说了句“哪里，哪里”，就下了水。老遗孀不无轻蔑地瞧着这番应酬。殿下游了一会儿，刚坐到池边上，她就从远处尖声尖气地说道：

“殿下多么年轻，多么健美啊！不过，要是倒退十年，可以报名参加游泳比赛了。”

“现在我还是比不了真柴女士啊。刚游了五十米就累得喘不过气来了。不过，能在这御殿场游泳真是太好了，虽说水有点凉。”

殿下说着抖落身上的水珠，像是要将虚饰抖掉似的，于是，混凝土地面上洒落了点点黑色水滴。

殿下过于想使自己的行为举止都符合战后风气，淡泊而不拘形式，但有时给人感觉太冷淡，他自己却没有意识到。一旦不需要保持威严，他就不大知道应该如何与别人交往了。出于比任何人都更有资格讨厌旧传统这一特权式的自信，殿下轻视那些现在仍然注重传统的人。这并没有什么不好，但是，他所说的“那个人太不进步了”，几乎和他从前说的“那个人出身太卑贱”成了同义语。殿下把一切进步主义者评价为与自己同样的“挣扎在传统桎梏中”的人。其结果，就会得出一个荒谬的结论，殿下距离认为自己生来就是一个普通老百姓的想法，只差一步了。

殿下为下水而摘掉眼镜的面容，本多还是第一次看到。眼镜对殿下来说，是他与世人相连接的相当重要的桥梁。在殿下那张断了桥的脸上，大概是太阳光晃眼的缘故，露出了一种游移于往日的尊贵与今日之间的，某种焦点模糊的茫然的悲哀。

与殿下相比，体态略显臃肿、身着泳装的王妃殿下，则充满着从容的高贵气质。王妃殿下仰面漂浮在水面上，举起一只手，朝着这边微笑的姿态，宛如在箱根的群山衬托下，嬉戏着的一只洁白美丽的水鸟。人们不能不感到，王妃殿下是少有的懂得幸福的人之一。

真柴家的孙儿们，从水里出来后，都围在祖母身边，并有礼貌地与殿下夫妇寒暄着，这使本多觉得有些烦躁。这些年轻人只知道谈论美国的事情。孙女说的是自己正在留学的高级私塾，弟弟们说的是大学一毕业，就要去留学的那所美国大学。反正无论谈什么，都是美国。还说，美国那边已经普及了电视，要是日本也能那样该有多好啊。可是，日本现在这样子，恐怕没有十年以上的工夫，是看不到电视的等等。

老遗孀不喜欢这种有关未来的话题，立刻打断了他们的谈话。

“你们是讥笑我老太婆看不到电视了吧？好吧，那我就变成幽灵，每天晚上都出现在你们看的电视上，让你们瞧瞧！”

祖母严厉地主宰着年轻人的谈话，而年轻人对于祖母说出的每一句话，都默默地洗耳恭听。这异样的光景，使本多感到这三个孙儿很像三只聪明的兔子。

人们对接待客人的方式已经熟悉了，穿泳衣的客人不断出现在露台的入口处。没换泳衣的今西和椿原夫人，被两对穿泳衣的夫妇围住了，他俩只好隔着游泳池向大家招手致意。今西穿着不太合身的肥大的夏威夷衬衫，椿原夫人依然穿着丧服似的颜色发黑的罗纱和服，在波光粼粼的游泳池跟前，就像一颗不吉利的黑水晶。本多立刻就发现了这一效果。他猜测，一定是今西想嘲弄这个永远在扮演不自量力的滑稽角色的单纯夫人，才故意穿那种夏威夷衫到这里来的。

等穿游泳衣的客人跟他们说完话，他们才不慌不忙地跟在穿游泳衣的客人后面，绕着池边走了过来。他俩的黑、黄色倒影在池水中晃动着。

殿下夫妇对今西和椿原夫人都非常熟悉。尤其是殿下，由于战后经常出席所谓文化人的聚会，和今西的关系是十分融洽的。这时，他对身旁的本多说道：

“来了一位有趣的人。”

“这些日子老是睡不好觉。”

今西一坐下，就掏出一个皱皱巴巴的外国香烟盒，又把它扔了，然后又掏出来一盒新的，开了封，弹一弹盒底，潇洒地叼出一支烟来，漫不经心地说道。

“哟，有什么烦心事吗？”

殿下把用完的一次性碟子放回桌上，问道。

“倒没什么特别的烦恼，只是一到夜里，就想找个人聊聊。一直聊啊，聊啊，直到早晨。天亮之前，两个人都怀着和打算服毒自杀时差不多的心情，一起庄严地吞下安眠药，才睡觉的。可是第二天早晨醒来，仍然是一个毫无新奇可言的平常的早晨。”

“每天夜里，你们都谈些什么呢？”

“一想到今夜是人生最后的夜晚了，想说的话就源源不断了。谈论这世界上所有的一切。自己干的事，别人干的事，这个世界所经历的事，以前人类所干的事，以及被弃置的沉睡了几千年的大陆，什么都可以聊。话题是无穷无尽的。因为今晚就是世界的末日啊。”

殿下打心眼里发生了兴趣，他进一步追问：

“可是，第二天还活着，该谈些什么呢？想说的话不是一点儿都没剩下吗？”

“这有什么关系，来来回回地说呗。”

殿下被这种嘲弄人的回答给弄蒙了，不吭声了。在一旁听他们聊天的本多，弄不清今西什么时候能说出正经话。他想起了今西从前的那个奇谈怪论，便问道：

“那么，那个‘石榴国’，怎么样了呢？”

“啊，那个呀？”今西目光冷淡地看着本多。他近来的脸色越来越显得憔悴了，再配上夏威夷衫和美国香烟，本多感觉他活脱脱一个美军翻译官。

“那个‘石榴国’灭亡了，已经不存在了。”

——这是今西的一贯做法，这本身没有什么可惊奇的。但是那个被称作“石榴国的”的“性的千年王国”，倘若在今西的幻想中已经破灭了，那么在讨厌今西的幻想的本多心里，它也就破灭了。无论哪里，它都已经不存在了。而且杀戮那幻想的凶手竟是今西。那么今西是如何被观念上的血灌醉，毁灭自己构筑的王国呢？那一夜的惨状是可想而知的。他用语言构筑起它，又用语言将它毁灭。尽管一次也没有成为现实的东西，然而，只在什么地方显现了一下后，就被残暴地毁灭了。本多看见今西在舔嘴唇，他那被药品染得发黄的舌头，使得他那观念上的尸山血河，真实地浮现在了本多的眼前。

与这虚弱而苍白的男人的欲望相比，本多的欲望远为稳健和谨慎。但是，在“不可能”这一点上，二者是相同的。今西一点都不表现出伤感，故意装出一副满不在乎的样子，说出了那句“‘石榴国’灭亡了”。他这种轻浮相，深深印在了本多的心里。

椿原夫人凑近本多耳边的喁喁低语声，打扰了本多的思考。她那极力压低的声音，已说明不是什么重大的事情。

“这事我只告诉本多先生您一个人。您知道吧，槙子现在到欧洲去了。”

“噢，这事我知道。”

“不，我要说的不是这个。而是她这一次没有约我，这是从来没有过的。带的是她的另一个无才无德的弟子，看着就叫人讨厌。我对这个人不想做什么评论。反正关于旅行的事，她对我什么也没说。这样的事怎么可能呢？我虽然去机场为她送行了，但心里很难过，一句话也说不出来。”

“这是为什么呢？你们不是患难与共的朋友吗？”

“岂止是患难与共，槙子是我的神。我被神抛弃了。

“此事说来话长。她的父亲既是诗人，又是军人。战后，在她最困难的时候，最先向她伸出援手的人是我。而且，无论大事小事，我都尊她为师，对她毫无隐瞒，唯命是从，并且按她的指教吟诗作歌。可以说，这种与神同心同体的感情，一直支撑着我这个在战争中失去了儿子的无着无落的女人。即使在她变得赫赫有名的今天，我的心也没有丝毫改变。但是只有一件事，我不行，就是我和她的才能相差太悬殊了。这次被她抛弃，就更加清楚地证明了这一点。不过，与其说才能相差悬殊，不如说我毫无才能啊。”

“怎么能这么说呢。”

由于游泳池的反光，眯缝着眼睛的本多敷衍地说。

“确实是的。我已经明白了。虽说是我自己想明白的，但我是现在才弄明白的，而她肯定是从一开始就清楚这一点。有这样残酷的事吗？既然一开始就知道我是个毫无才能的女人，却又给我以指教，让我唯命是从。经常让我高兴高兴，能利用就利用我。现在却弃我如敝屣，居然还让别的有钱的弟子陪同她，到欧洲去旅行。”

“先不说你有没有才能。如果槙子具有出类拔萃的才能，那么，只能说才能本来就是残酷的啊。”

“就像神那样残酷……可是，本多先生，我被神抛弃了，今后还怎么活下去呀！如果对我的所作所为逐一审视的神没有了，我该如何是好呢？”

“对自己要有信心啊。”

“还谈什么信心啊。相信那看不见的、不会背叛的神，有什么意义啊。不是那种死盯着我一个人，总是说我这不行那不行，手把手地教我的神，就没有意义。不是那种在其面前不能有丝毫隐瞒，在其面前自己也被净化到连任何羞耻心都不要的神，又有什么用呢？”

“你永远是个孩子，也是个母亲。”

“是呀，您说得太对了，本多先生。”

椿原夫人已经眼泪汪汪了。

现在在游泳池里的客人有真柴家的孙儿们和刚刚下水的两对夫

妇。香织宫殿下跳进去后，他们开始互相抛掷起一个白绿条纹的大皮球来。于是，水声、喊声和笑声使得散乱的波光越发耀眼。在人与人之间荡漾着的一小块蓝色水面，刹那间被搅起了激越的浪头，轻轻地舔着水池四角的水波，被人们闪闪发亮的锐利脊背劈开，呈现出发光的水波伤口。然而，转瞬间那伤口又愈合了，变成了层出不穷的波浪，包裹着水中的人们。游泳池那边，伴随着声声尖叫，溅起老高的水花波及这边，无数黏液质的光圈精细地伸缩不停。

那水球飞向空中的一瞬间，白绿两色条纹也折射出了轮廓清晰的光和影。本多思忖着，自己无论是对这水色、泳装的色彩，还是对嬉戏的人们，都没有什么深厚的感情和缘分可言，但是，为什么这一定水量的跃动和人们的笑声、叫声，会在自己心中唤醒某种悲剧性的构图呢？

也许是由于太阳的缘故吧？本多仰望光灿灿的青空，打了一个喷嚏。这时候，用手帕捂着脸的椿原夫人，用人们熟悉的悲腔说：

"大家真是快活呀！在战争期间，谁能想象会迎来这样的时代呢？哪怕是一次也好，我真想让晓雄也感受一下啊。"

——梨枝陪同穿着泳衣的庆子和月光公主出现在露台上时，已过了下午二点。由于等得过苦，本多现在感到她们的到来是极为自然的。

隔着游泳池望去，庆子被黑白纹泳装包裹着的躯体，非常丰满，说她是近五十岁的人，让人难以置信。自幼过的西式生活，使她的腿形与长度十分的协调，身段非常的优美，和日本人迥然不同。就连她侧着身子跟梨枝说话时的曲线，也具有雕塑一般的威严。那鼓起的胸部与臀部也很匀称，浑身上下都被丰韵的肉体所主宰。

站在她旁边的月光公主的身姿，与她形成了绝妙的对照。月光公主穿着白色泳衣，一只手拿着白胶皮泳帽，一只手把头发拢上去，稍息姿势的右脚尖稍稍向外撇着。从远处也看得很清楚，月光公主向外撇着脚尖的姿态，带有某种使人怦然心动的、与四周不协调的热带情调。她那结实而修长的双腿承载着厚实的胴体，似乎给人以不均衡的危险感觉，这是与庆子相比最明显的不同之处。再加上，在白色游泳衣衬托下的褐色皮肤，被游泳衣紧裹着的那勃勃鼓胀的胸部，使本多刚一看到公主，就立刻想起了阿旃陀石窟里那幅濒死舞女的壁画。公主微笑时露出的比白色的游泳衣还要白的牙齿，从游泳池这边也看得一清二楚。

本多所渴望见到的人正一步步走近，他从椅子上站起来迎接她。

“现在客人都到齐了吧。”

梨枝小跑着过来，但本多没有理会。

庆子问候了王妃殿下，又向游泳池里的殿下招了招手。

“冒险结束之后，真是筋疲力尽哪。”庆子用丝毫听不出倦意的流利声音说道，“我这个笨手笨脚的司机，把车从轻井泽开到东京，在东京带上月光公主，再来这里，真不容易呀。奇怪的是，我一开车，为什么别的车都躲着走呢？简直如入无人之境啊。”

“被你的威严镇住了吧。”本多揶揄地说。梨枝莫名其妙地哧哧笑起来。

这工夫，月光公主迷上了波光粼粼的池水，背对着桌子，跃跃欲试地摆弄着白游泳帽。那帽子里儿翻过来时，像涂了油似的闪着媚人的色泽。本多的心思全部集中在了公主的身体上，过了好一阵儿，才注意到她手指上的绿色光彩。她的手指上戴着镶有金护门神的绿宝石戒指。

本多顿时感到欣喜若狂。这标志着自己得到了公主的原谅。戴了戒指的月光公主，又成为原来的月光公主了。这时，本多年轻时去过的学习院森林的飒飒声，暹罗的两位王子以及他们那忧郁的眼神，在夏日的终南别墅的庭院里获悉的前月光公主的噩耗，度过的漫长岁月，在曼谷谒见幼年月光公主的情景，挽巴茵的水浴，在战后的日本找到的戒指……所有这一切，都被再一次编入了与本多过去对热带的憧憬相连接的黄金链条。有了这个戒指，月光公主才成为本多在错综复杂的记忆中，不断地唤醒的、一连串忧郁而辉煌的交响乐主旋律。

蜜蜂在本多耳边嗡嗡地飞着，在这盛夏的烈日下，他闻到了风里夹带的炒麦子味。在这无爱花之人的院落里，虽然没有盛开着瞿麦和龙胆花的富士原野特有的夏季美景，但这风的气味中，搀杂着这里的原野气味，以及来自那个方位，常常把天空染黄的美军练兵场的尘土气味。

月光公主就在离本多很近的地方呼吸着。岂止是在呼吸，连她的指甲都染上了夏天的色彩，就像那种一到夏季就特别容易感染疾病的体质似的。这肉体的光泽，如同在合欢树荫覆盖下的市场上出售的泰国奇珍水果的光泽。这是业已成熟、可以收获的、作为一个成就、一个约定的裸体。

回想起来，本多自从公主七岁那年看见这裸体，已经过去十二年了。至今依然历历在目的她小时候那鼓鼓的小肚子，已经平平的了。相反，当年那扁平的小胸脯，现在却是丰满地鼓起来了。此时，月光公主被游泳池里的喧闹所吸引，恰好脊背朝着桌子，泳衣后背上的带子系在脖子上后，向左右交叉下来，连接到腰间。暴露在外的笔直而舒展的脊梁骨沟，一直通到了臀部，在臀部上部的尾骨处稍事停歇，连那个隐秘的小瀑布潭似的部分也窥见得到。被泳衣掩盖着的浑圆的臀部，犹如一轮满月。看上去，显露的肌肉似乎被夜晚的凉气包裹，而掩藏着的肌肉则被赋予了光明。阳伞把细如凝脂的肌肤分割成阴面和阳面，阴影中的一只胳臂就像青铜雕塑。暴露在日光下的另一只胳臂直至肩头，就像抛了光的花梨木。而且，那细腻的肌肤并不一味地拒绝户外的空气和水，它滋润得犹如琥珀色兰花的花瓣一般。远看纤细的骨骼，近看却是匀称而瓷实的。

“咱们游泳吧。”庆子说。

“好啊。”

月光公主活泼地回过头来微微一笑，她正等着这句话。

月光公主把白游泳帽放在桌上，抬起双手，向上拢起美丽的黑发。在她做这个与其说是灵活，不如说是草率的动作时，本多所处的位置刚好能够看清她的左腋下方。泳衣的上半部，形似西式围裙，胸口上的带子，虽然从脖子绕到后背左右分开，但是由于胸口开得过大，几乎露出了乳房的边缘。遮盖两肋的只是胸部两侧很窄的系带。因此，腋窝下面便暴露无遗。当她双手举起时，系带也跟着稍稍被提起来，于是，以前一直看不到的部分也能够完全看到了。本多看得很清楚，那里的皮肤与别处没有什么不同，紧致光滑的皮肤没有一点褶皱和瑕疵，泰然自若地承受着阳光，就连一点黑痣的痕迹都找不到。本多心中一阵喜悦。

月光公主把游泳帽紧绷绷地戴在拢起的头发上，伴随着庆子朝游泳池走去。庆子发觉自己手指上还夹着香烟又返回来时，月光公主已经在水中了。这时，本多确认了梨枝不在身后，就对低着头在烟灰缸里捻烟头的庆子悄声说：

“月光公主戴着戒指来了。”

庆子向他飞了个媚眼。可是这么一来，平常难以见到的细小皱纹，便隐约出现在了眼角。

就在本多呆呆地注视着这两个人游泳的时候，梨枝回来了，在他的身边坐了下来。她看见像海豚一样跃出水面的月光公主，转瞬间又带着笑容隐没在波光潋滟的水里时，声音沙哑地说道：

“哎呀，瞧她那样的身子，肯定能生好多孩子啊。”

四四

半夜时分，本多还泡在书房里消磨时间，一般的书怎么也看不进去。

他打开平时不开的抽屉，发现里面有审判记录的副本，就无聊地翻看起来。那是昭和二十五年一月宣判的，将今天这些财产分给本多的判决书。

本多打开摩洛哥山羊皮做的英式大文件夹，把黑线装订的审判记录放在上面，翻阅起来。

主文

取消明治三十五年三月十五日农商务省下达的对原告做出的不返还国有山林的林字第5609号指令。

被告应向原告返还附件目录中记载的国有山林。

诉讼费用由被告负担。

诉讼是在明治三十三年提出的，三十五年曾被驳回。在以后的半个世纪里，尽管历史变迁，人员更迭，但原告一直固执地提出异议，参与此案的本多只不过是幸运地使原告获胜。但是，说来与本多毫无关联的福岛县地区的那片山林，现在却如此支撑着本多的财富与腐败的生活，没有比这更匪夷所思的了。到了夜间，人迹罕至的杉林，连同那阴湿的杂草，为了造就本多今天的生活，日复一日地自然成长着。如果在明治末叶，走在山路上的旅人，看到那片直插蓝天的杉树林，为其崇高而感叹时，要是知道它们的存在，仅仅是为了五十年后的愚人服务的话，又该作何感想呢？

……本多侧耳倾听着。虫声还很稀疏。妻子已在隔壁卧室里睡着了，房屋里被夜晚骤然增多的冷气所笼罩。

游泳池落成活动于五点结束，除了庆子与月光公主之外，其他的客人都应该离开，但是今西与椿原夫人却坚持不走，他们本来就打算住在这里的。这么一来，晚餐与房间的分配都不大好办。椿原夫人这些方面是个不大通人情世故的人。

晚上八点，本多夫妇与庆子、月光公主以及今西和椿原夫人等六个人一起进了晚餐。之后，厨师与服务生开始收拾，准备回去。客人们都到院子里去乘凉。今西与椿原夫人去了凉亭，好久都没回来。

本多原打算安排庆子住最里面的客房，月光公主住书房隔壁的客房，可是由于今西他们的留宿，就变成了请庆子与月光公主同住在书房隔壁，而今西他们被挤到最里面那间。结果，本多尽情地欣赏月光公主单独一人的睡姿的企图落了空。和庆子同屋，月光公主睡觉时肯定要拘谨的。

……审判记录里内容，本多一个字也没有看进去。

六、训令第四项第十五号是“此外，依照幕府及各藩的制度，应承认其所属之事实”。即，除一号至十四号所列具体事项之外，若可以认定其具有一般性所属之事实时，应予返还。所谓一般性所属之事实……

他看了下表，十二点已过五六分了。突然，他的心脏被什么东西纠缠住了，就像在黑暗中被绊了一下似的，胸中涌起了难以名状的甘甜而热烈的心跳。

本多曾经体会过这样的心跳。当自己夜间埋伏在公园里，焦急等待的一幕终于展现在眼前的时候，就像红蚂蚁一齐爬上了心脏那样，引起过这样的心跳。

那是一种雪崩。这黑暗的蜜一般的雪崩，用令人晕眩的甜蜜把世界包裹起来，压断理智之柱，只用机械的快速鼓动便碾碎了所有的情感，一切的一切都被它融化了。任何反抗它的企图都是徒劳的。

它是从哪里袭来的呢？在某个地方有一个官能的深深的巢穴，它从远处一发出指令，无论多么贫乏的触角也会敏感地摇动，不顾一切地跑到外面来。快乐的召唤与死神的召唤何其相似啊！一旦被召唤，眼下的任何事情都变得无足轻重了。就像没写完航海日志，才吃了几口饭，只擦了一只皮鞋，刚把梳子放到镜前，刚系好缆绳，全体船员就消失了的一条幽灵船那样，人们必须抛弃正在做的一切事情而出走。

心跳是这种事即将发生的预兆。虽说从那里发生的事情是不体面的和丑陋的，但是这心跳必然包含着彩虹般的丰丽，闪烁着与崇高难以分辨的东西。

与崇高难以分辨的东西，也正是希奇古怪的东西。促使人做出极其高尚的事业、极其刚烈的行为的力量，与引诱人做出极其卑鄙的快乐、极其丑陋的怪梦的力量，同出于一源，伴随着同样预兆的心跳，是我们最不愿意看到的事实。如果卑劣的欲望不过是使卑劣的影子若隐若现，如果在这最初的心跳中根本没有崇高的诱惑在闪烁，那么人还可以保持平静的自尊，生活下去的。或许诱惑的根源并非肉欲，而是像那故弄玄虚的、朦胧不清的、隐约可见的耸立于云端的险峰似的银色的崇高幻影。它是首先把人俘虏，接着使人由难以忍受的焦躁，直至去寻求广阔无垠的光明的这种“崇高”的粘鸟胶。

本多按捺不住地站起身来。瞅了一眼隔壁黑暗的卧室，听到了妻子的鼾睡声。这明亮的书房里，又一次只有他一个人了。有史以来，他就是独自一人待在书房里的。直到历史的终结时，他也依旧是独自一人待在书房里吧。

他关上了书房的灯。皓月高悬，依稀可见家具的轮廓，打磨过的整张山毛榉木桌面上，月光如水。

本多靠近墙边的书架，倾听隔壁的动静。虽说有点动静，但不像是在坐着聊天。也许在这难眠之夜，两个人躺在床上说话吧。可是怎么也听不见一句清楚的话。

本多从书架上抽出十本外国书，使那个窥视孔露出来。这些书籍的数目是事先固定的，书名也是既定的。那是德文的旧法律书，是父亲传下来的古老的烫金皮面书。他的手指能准确地分辨出每一本书不同的厚度，抽出的次序也是固定的，每本书的分量是预知的，书上的灰尘气味也是熟悉的。这庄严而漂亮的书籍的触感与重量，排列的整齐，是获得快乐所必需的手续。没有比郑重地拆除这些观念的石墙，将思想上的冷酷的满足变成无耻的陶醉的手续更重要的仪式了。每拿出一本，都要小心地轻轻放在地板上。每拿出一本，心跳就加剧一分。第八本是分量最重的一本厚书。将它取出来的时候，那积满快乐的灰尘般的黄金的重量，使他的手都快麻木了。

就连留神脑袋不碰到任何地方，眼睛对准窥视孔，他也做得分毫不差。这种熟练的精准性也是很重要的。每一个细微的动作，都不知有多么的重要。就像举行祭礼一样，为窥视那光芒四射的另一个世界，每个细节都是万万不可疏忽大意的。他就是被置于这暗夜之中的孤单的祭司。他周密地循着在头脑里长时间反复思考过的仪式程序（他很迷信，相信只要忘记一件的话，一切都会瓦解），首先把右眼悄悄地贴到了窥视孔上。

好像只开着台灯，隔壁房间里一片斑驳的微明。本多曾吩咐松户做了个小动作，将靠墙的床稍稍往中间挪动了一些，因此，两张单人床均在他的视野之中。

只见暗淡的灯光下，形态复杂地交织在一起的肢体，在靠近这边的床上蠕动着。白皙而丰满的肉体与浅黑的肉体，头朝着相反的方向，姿势可谓淫荡之极。那姿势可以说是，心灵与肉体相接合，酝酿出了爱的脑髓，由脑髓尽力去接近最远部分而求得均衡，从那里直接品味自己酿出的酒的极自然的姿势。乌黑的头发与同样乌黑的毛相互亲热、相互交织在一起，脸颊上碍事的鬓发，成了爱的见证。燃烧般的光滑的大腿与绯红的脸颊亲昵在一起，柔软的腹部犹如月夜的海湾，静静地起伏波动着。听不见确切的声音，但似欢似悲的欷歔遍及全身。此时，彼此所顾及不到的乳房，将乳头天真地袒露在光线下，不时发出闪电般的震颤。笼罩在乳晕上的夜色的深沉，使乳房在战栗的逸乐的遥远，显示着肉体的各个部位依然被置于疯狂的孤独之中。尽管急切地想要更近地、更紧密地融入对方之中，却难以尽情。在另一头，庆子染红了指甲的各个脚指头，忽而张开忽而闭合，像是踩到了滚热的铁板似的扭动着，不过，它最终也只能践踏那空寂而微明的空间。

虽然本多知道那个房间也充满了山区的凉气，但他感觉窥视孔那边仿佛在火炉子里头。是熊熊燃烧着的火炉。虽说月光公主背向着这边，令他遗憾，但白天仔细看过的那脊背的凹沟里，汗水静静地流下来，流出了沟外，滴落到处于下位的黑暗的侧腹。他似乎嗅到了刚刚打破外壳的热带水果果肉的浓郁香味。

庆子挪开了身子，稍微压到了公主上面，公主微微抬起探进庆子光滑双腿之间的脑袋，稍稍平躺了一些。于是，本多看见了她乳房，她右手搂着庆子的腰，左手缓慢地抚摸着庆子的腹部。只听见，夜间涌动的那阵阵波浪，不间断地舔着岸边的礁石。

自己的恋爱竟以这背叛而告终结，本多甚至忘却了为此而惊愕。因为他第一次看到月光公主的真挚情感是多么的美好。

月光公主仰面朝上，闭着眼睛，额头埋在庆子不时痉挛的大腿间。庆子的体毛像合欢树荫般深深覆盖在月光公主温柔无比的，而非冷漠畏缩地喘息着的鼻孔上面。月光公主弯弓似张开的上唇是湿润的，那嘴唇急切地吮吸的动作，由纤细的下颌，带着一道暗淡的光线传递到脸颊。本多看见，从月光公主双目紧闭的长睫毛里，一颗泪珠如生命体一般沿着脸颊滚了下来。

一切都在这无限的波动之中奔向那闻所未闻的绝顶。为达到那谁也梦想不到的、可望不可即的至高无上的境界，两个女人在拼力合作着。本多仿佛看见那前所未有的绝顶，像是一顶灿烂夺目的王冠，浮现在朦胧的屋子里的空中。那是俯视蠕动着的两个女人而悬在半空的暹罗式满月王冠，恐怕只有本多的眼睛才能梦幻般地看到。两个女人交替着不时地仰起身子，或瘫软在喘息与汗水中。在那似乎唾手可得却又难以企及之处，王冠冷漠地飘浮着。

当那梦想的顶点，那梦幻般的金色境界呈现出来之时，情景突然一变，本多看见这两个纠缠在一起的女人显露出了痛苦无比的样子。她们的肉体无法控制地抖动着，紧锁着眉头，那火热的身体似乎为从烧灼着肉体的东西中挣脱出来而痛苦万分。它没有翅膀。它不停地为从束缚中、从苦恼中逃脱而徒劳地动作着。肉体牢牢地拽住它，恍惚的精神在劝慰它。

月光公主美丽的黑色乳房汗淋淋的。右乳被庆子的身体压得变了形，那不停颤动着的左乳，因其左手抚摸着庆子的腹部而高高地隆起。乳头在这颤动的坟头上打盹，汗水为这新鲜的红土坟头增添了明亮的雨水的光泽。

此时，月光公主好像是忌妒庆子的自由自在的腿，要把那腿据为已有，高高抬起左胳膊，抓住庆子的腿，紧贴在自己的脸上，即使喘不上气来也不在乎似的。庆子那威风的白腿，完全遮盖住了月光公主的脸。

月光公主的腋窝露了出来。在左侧乳头的左边，一直隐藏在胳膊下面的，那带着残阳的余晖暗淡下去的天空般褐色的肌肤上，昴星似的三颗小黑痣赫然可见。

……本多受到了万箭穿心般的一击。

他从窥视孔缩回脑袋，正要离开书架。

这时，有人轻轻拍了拍他的后背。

从窥视孔缩回脑袋的本多，回头一看，只见穿着睡衣的梨枝站在面前。她目光严厉，脸色苍白得可怕。

“你在做什么呢？我早就猜到会是这种勾当。”

本多向妻子指指自己汗津津的额头，没有丝毫忸怩之态。因为他已经看到了那黑痣。

“你去看看吧，那黑痣……”

“你是说，让我看看吗？”

“你就看看吧。果然不出所料。”

梨枝在体面与好奇心之间踌躇了很长时间。本多不再管她，自己走到向外凸出的窗边，坐在固定在那里的长椅上。梨枝把头伸进了窥视孔。没有看到过自己的窥视姿势的本多，觉得妻子的下流姿势真是不堪入目。但是不论怎样，夫妇总算找到了可以分享的共同行为了。

本多隔着凸窗的纱窗望那云中之月。在光晕环绕的云彩里，月光向四外倾泻。朵朵云彩相连，气象万千。星星寥寥可数，只有在柏树林与天空交界的地方，一颗星星闪烁着亮光。

梨枝窥视之后，打开室内的灯，她的脸上洋溢着欢喜之色。

梨枝走到窗前，坐在长椅上。她已经没有了怨恨，压低声音温柔地说：

“真叫人吃惊啊……你早就知道吗？”

“不，我也是刚刚才知道。”

“可是，你刚才不是说‘果然不出所料’吗？”

“你理解错了，梨枝。我说的是黑痣。你曾经翻过我在东京的书房，看过松枝的日记吧？”

“我哪会翻你的书房啊。”

“翻了也无所谓。我是想问，你看过松枝的日记吧？”

“哎呀，对别人的日记，我可不感兴趣，不记得了。”

本多让她去卧室取雪茄烟，梨枝立即顺从地去取来，甚至用手挡着纱窗的风，给他点上火。

“那本松枝的日记里，写着有关转世的关键标志呢。你也看见了吧，公主左边腋窝下面的三个黑痣。那黑痣本来是在松枝身上的。”

梨枝似乎在想什么，对本多的话没有什么反应。她大概认为那不过是丈夫的遁词吧。本多想和妻子一起寻找共同回忆，又追问道：

“怎么样？看见了吧？那黑痣。”

“哎呀，怎么说呢？我看见了比黑痣更吓人的事啊。人哪，可真是不可思议呀。”

“所以说，月光公主是松枝的转世……”

梨枝怜悯地凝视着本多。这个确信自己的病已经治好了的女人，现在要当一个给别人治病的人，不是顺理成章的吗？这个确信粗野的现实的女人，为使那种海水般刺激皮肤的粗野味道感染到丈夫身上，而做好了准备。虽然梨枝也一度产生过改变自身的欲望，但既然她已经学到了，即使自己不改变，只用眼睛看，世界也在变之后，她就觉得还是信赖现实才是明智的。这样思考的梨枝，已经不是从前的梨枝了。她温柔地鄙视丈夫的世界。其实，她并不明白，自己由于这一看，而成了丈夫的同谋。

“你说什么转世，真是傻话。我才不想看什么日记呢。再说，现在总算平静下来了。你这回也该清醒清醒了吧。我也一样……我被一个完全判断错误的对手折腾得好苦，一直在跟一个幻觉较劲。一想到这些，就突然觉得疲惫不堪……不过，太好了。以后再也没什么烦心的事了。”

夫妻二人坐在长椅两头，中间放了个烟灰缸。本多怕梨枝着凉，关上了玻璃窗，雪茄的烟雾在灯光下弥漫着。两个人沉默着，却跟白天的沉默有所不同。

这一瞬间，本多想到，由于看到了令人厌恶的事，而使两颗心结合起来，他和梨枝如果也能够因此像世上许多夫妇那样，将自己端正的道德，宛如一条洁白的围裙一样挂在各自的胸前，每日三餐，坐在饭桌前，自豪地填饱肚子，有权利藐视世上其他的人，该有多好啊！然而，事实上两个人已成为有窥视癖的夫妇。

不过，二人所看到的东西并不相同。本多发现了实体，而梨枝发现的是虚妄。只有两人走过来的这段路程和留给他们的至今尚未恢复疲劳的徒劳，是他们的共同之处。今后剩下的只是两个人的互相安慰而已了。

最后，梨枝打了个能够窥见地狱最底层般的大大的哈欠，一边拢着鬓发，非常得体地说：

“我看，咱们还是考虑领养个孩子吧。你说呢？”

从那一瞬间，死神已从本多心中飞走了。现在，本多已经有理由相信自己可能长生不死了。他抹去粘在嘴唇上的雪茄烟叶，决然地说：

“不，还是两个人过日子的好。还是没有后代的好。”

——本多和梨枝被激烈的敲门声惊醒，还闻到了浓烟味。“着火啦，着火啦！”一个女人在大声喊叫。夫妇俩手拉手跑到门外时，二楼走廊上已是浓烟滚滚，来报信的人已不见了。夫妇俩用袖口捂着嘴，迎着浓烟跑下了楼梯。闪闪发光的是游泳池里的水。不管怎么说，赶紧到游泳池那里去，就有救了。

他们跑到露台，朝游泳池望去，看见庆子正搂着月光公主，在那边叫喊。虽然没有开灯，但从游泳池里的倒影，可以清楚地看到，整栋房屋都已经着了火。本多甚为惊讶的是，披头散发的庆子和月光公主都穿着她们自己带来的睡袍。本多和梨枝穿的是睡衣。

“我是被烟味呛得咳嗽起来，才醒的。是从今西的房间起的火。”庆子说。

“刚刚敲门的是谁？”

“是我……我也敲过今西先生的门，可是他没起来。真糟糕。”

“松户！松户！”

本多大声喊着沿游泳池跑过来的松户。

“今西先生、椿原小姐很危险啊。你能去救他们吗？”

二楼上，熊熊的火焰正夹杂着白烟从今西房间和庆子房间的窗户涌出来。

“很难哪，先生。”司机慎重地想了好一会儿回答，“已经没办法救了。他们怎么没逃出来呢？”

“多半是安眠药吃多了。”

庆子在旁边说。月光公主听了这话，伏在庆子胸前哭起来。

火焰突然腾起，好像是屋顶塌了。火舌在空中乱蹿。

“这水，有用吗？”

本多望着似乎摸一下都会烫手的被火焰映得通红的游泳池水，说了这样一句不着边际的话。

“对啊。灭火已经来不及了。不过，给客厅里的贵重东西上洒些水，也许好一些。我去拿水桶吧。”

松户征求着主人的意见，仍然没打算采取任何行动。

本多已经在考虑别的了。

“救火车还没来？现在几点了？”

谁也没带表，手表都在房间里呢。

“现在四点过三分，天快亮了。”

松户说。

“你居然没忘了戴表。”

本多说道。在这种时候，自己也没忘挖苦人，说明自己已经镇静下来了。

“我多年的习惯，总是戴着手表睡觉。”

连裤子都穿得整整齐齐的松户回答说。

梨枝木呆呆地坐在合上了的阳伞旁边的椅子上。

本多看见月光公主从庆子胸前抬起了头，慌忙从睡衣的内兜里，掏出一张照片。照片正面被大火映得很亮，本多不经意地看见，那显然是一张庆子坐在椅子上的全裸照。

“太好了，这个没被烧掉。”

月光公主微笑着抬头看着庆子，雪白的牙齿辉映着火焰。准确的记忆功能，使本多从错综复杂的记忆中回想起来，这张照片，正是那天月光公主在克己闯进她卧室之前，看得入迷的那张神秘照片。

“傻瓜。”庆子娇媚地搂住她的肩膀，问道，“戒指还在吗？”

“戒指？哎哟，忘在房间里了。”

本多听见月光公主清晰地说道。

本多陷入了恐怖的想象之中。从二楼最边上的窗户里，将会出现浑身着火的人，凄厉地呼救吧？现在那里确实正发生着死亡，或许应该说，死亡已经结束。也许由于这个缘故，尽管响着噼里啪啦的燃烧声，火灾却给人以很深的静寂之感。

救火车一直不见踪影。本多想起可以使用正在翻盖的庆子家的电话，就让松户跑着去，给二枚桥的御殿场消防署打电话。

大火已经包围了整个二楼，一楼也灌满了浓烟。不过，恰巧风从西北的富士山方向刮过来，所以烟并没有被刮到游泳池，代之以黎明前的寒气，侵袭着他们的脊背。

火势不断地变化着。劈劈啪啪的声音像是在火焰中迈动的巨大脚步声，其中夹杂着不时响起的物品被烧坏的声音。每当听到这声音，本多就猜想，这是书在燃烧，这是桌子在燃烧，心里描绘着书页被烧得卷起来的样子，就像盛开的蔷薇花。

火势越发凶猛起来，火舌超越了浓烟，热浪也传播到了游泳池边上。热风卷起，燃烧物的碎末接连不断地飞上天空。那些即将成为灰烬的最后的黄金，仿佛要从那里一齐飞出来似的，就好像一群正要离巢的小鸟，喧闹地扇动着金色的翅膀。被冲天的火焰照亮的天空一角，隐藏在黎明前黑暗中的横云的轮廓，越来越清晰了。

只听房子里轰隆一声巨响，大概是二楼楼板塌了。接着外墙的一部分被火焰烧裂，被火焰包裹的窗框掉进了游泳池里。火苗繁琐的装饰，使得那坠落下来的黑窗框，一瞬间显现了暹罗大理石寺院之窗的幻影。在溅起水花的同时，咕嘟咕嘟开了锅似的声音刺破了周围的空气。人们赶紧从池边躲开去。

渐渐失去外墙的房屋，远看像是一只燃烧着的巨大鸟笼。从所有的缝隙间溢出一条条纤细的火焰褴褛，摇曳闪烁。房子喘息着。火焰的中心似乎存在着生命实质的深邃而激烈的气息之源。在火焰之中，熟悉的家具，时而以过去的生活形态变成剪影浮现出来，可是，光辉一旦将它覆盖，便立即溃败，连其自身都变成了嬉戏的火焰。蹿到外面来的火苗，像蛇一样迅速地蹿上去，隐身于翻卷的烟雾之中。从浓浓的黑烟中突然显露出糜烂的火焰的面孔……这一切以迅雷不及掩耳之势，使火与火携手，烟与烟结合，正在向着一个顶点攀登着。燃烧着的房屋的倒影，深深地在游泳池里抛下了火焰之锚。可以看见，那水池深处火焰尖端的拂晓的天空，非常的清澈。

风向变了，烟向这边飘来，于是人们再次远离了游泳池。虽然分辨不清是什么气味，但烟气中确实夹杂着烧烤人肉的气味。人们都心照不宣，用双手紧紧捂着鼻孔。

梨枝提议，露水很大，不如到凉亭去。于是三个女人转身离开了火场，沿着昨天修整的草坪斜坡，向凉亭走去。只剩下本多还待在原地。

刚才开始，他就一直在回想着，这一情景曾在哪里见过。

火焰，映照这火焰之水，焚烧的尸体……这些正是贝纳勒斯的情景。在那圣地见过终极景象的本多，怎能不梦想它的再现呢？

宅子变成劈柴，生活付之一炬。一切琐事都回归于灰烬，本质以外的事物变得无一重要，一个被遮掩的巨大的脸，突然从火焰中抬起头来。笑声也好、哀叫也好、哭泣也好，一切都被火焰的嗞嗞响声、烧裂木材的噼啪声、烧变了形的玻璃以及房屋各处的轰鸣所吞没，而那声音本身则被包裹在静寂之中。屋顶瓦被烧裂纷纷掉落，一个个束缚得到了解脱，家变成前所未有的光辉的赤裸。烧剩下的一楼一角的外墙，开始起皱的鸡蛋皮色，眼看着变成了茶褐色。同时，从墙里渗出的烟雾中，火舌伸出凶暴的拳头，不断地给火焰打开喷发的出口。其动作之流畅，比想象的还要巧妙。

本多掸去落到肩头和袖子上的火星。游泳池的水面，被烧透的木片和水藻般淤积的灰烬覆盖了。但是，火焰的光辉能够穿透一切，火葬浴场的净化之火，倒映在这块小小的水域里，这是为月光公主沐浴而修建的神圣的游泳池。那么，这火焰与那倒映在恒河里的葬火有什么不同呢？这里的火，也是由薪柴和两具尸体构成的。而且，那尸体也是不容易烧透的，他们在火中恐怕也会不止一次地打挺，或举起胳膊的。尽管他们已经没有痛苦，但肉体仍在模仿着受折磨的样子，反复地抗拒着毁灭。它是与那浮现在暮色中的火葬浴场的鲜明的火焰完全同质的火。一切都在迅速地回归“四大”，烟气充满了天空。

这里唯一缺少的东西，就是在火焰那边回过头来，注视本多的那头白色圣牛的脸……

救火车赶到时，火势已经减弱。但是，消防员们仍旧忠实地将整个房屋浇得水汪汪一片。他们先试图救人，找到了两具烧焦的尸体。警官来到后，同本多一起勘察现场。楼梯已塌落，无法登上二楼，因此本多没有上去。了解了今西与椿原夫人的习惯后，警官估计，躺着吸烟可能是起火的原因。假如吃下安眠药是三点钟左右的话，药力发作的时间与烟头从他的手指上掉到被褥上而起火的时间，和今西自己所说的生前的习惯相吻合。本多不赞成警官的自杀推论。当警官提到“情死”两个字时，站在旁边的庆子，无所顾忌地笑起来。

调查告一段落之后，本多还得去一趟警察署，做一下笔录。看来这一天都不得消停。只得让松户去买些早点来，可是离商店开门的时间还有几小时。

没有别的地方可待，大家自然而然地聚集到了凉亭里。聊天时，月光公主结结巴巴地说，刚才躲避大火跑来这里时，在草坪里看见了一条蛇，它那茶色的鳞被远处的火光照得油亮油亮的，然后飞快地跑掉了。听她这么一说，几个女人更感到透骨的冷。

此刻，晨曦中砖红色的富士山顶闪烁的一缕雪光，映入凉亭里人们的眼帘。尽管是在这种场合，出于下意识的习惯，本多也把注视着红色富士山的视线，迅速移向晨空，于是，那里浮现出一个截然不同的灿然的冬日富士。

四五

昭和四十二年，本多应邀出席美国驻东京大使馆的晚宴。席上，偶然遇到一位曾经在曼谷任美国文化中心负责人的美国人。他的夫人是一位三十多岁的泰国女子，大家都说她是一位泰国公主。本多认定她就是月光公主。

昭和二十七年的御殿场火灾后不久，月光公主就回国了，后来一直没有音信。没料想十五年后，月光公主成了美国人的妻子，又回东京来了。在这一瞬间，本多对此深信不疑。这并非不可能的事。夫人被介绍给本多的时候，初次见面似的跟他寒暄，就好像从来不认识他一样。对此，本多也不觉得奇怪，因为月光公主很可能会这么做的。

晚餐期间，本多频频地看夫人，但是夫人固执地不说日语。她那满口美式英语，跟美国人没什么两样。心不在焉的本多，答非所问地跟旁边的女人应酬着。

晚餐后，大家到另一个房间去喝餐后酒。本多走近身着蔷薇色泰绸衣服的夫人，终于有了和她单独说话的机会。

“您认识月光公主吗？”本多问。

“当然认识，她是我的孪生妹妹呀。可是她已经去世了。”

夫人开朗地用英语回答。本多急忙问道，什么时候死的？怎么死的？

夫人是这样告诉本多的。

月光公主从日本留学回国后，父亲知道了她在日本的留学一无所获，就想再把月光公主送到美国去留学。但是，月光公主不肯去，只想在曼谷宫殿的花丛中悠闲度日。在二十岁那年的春天，月光公主突然死去了。

据她的侍女说，月光公主独自到院子里去了。待在花红如烟的凤凰树下。院子里不会有别的人，却从那里传来公主的笑声。远远听到这笑声，侍女觉得有些奇怪。那是清纯而率真的笑声，回响在阳光灿烂的晴空下。忽然，笑声停住了，隔了一会儿，传来了尖叫声。等到侍女跑过去时，只看见月光公主被一条眼镜蛇咬了腿，倒在地上。

一个小时后医生才赶到。这段时间里，眼看着月光公主的肌肉开始松弛，动作渐渐失调，不停地诉说看不清东西，特别困。紧接着就出现中枢神经麻痹，流口水，呼吸缓慢下来，脉搏也加剧了。医生赶到时，月光公主已在最后一次痉挛发作之后，气绝身亡了。

图书在版编目（CIP）数据

晓寺 /（日）三岛由纪夫著；竺家荣译.
—上海：上海译文出版社，2010.12（2024.6重印）
ISBN 978-7-5327-5075-7

Ⅰ ①晓… Ⅱ.①三… ②竺… Ⅲ.①长篇小说－日本
－现代 Ⅳ.①I313.45

中国版本图书馆CIP数据核字（2010）第075795号

图字：09-2008-490号

晓寺
曉の寺

[日] 三岛由纪夫 著
竺家荣 译

出版统筹 赵武平
责任编辑 刘 玮
装帧设计 柴昊洲

上海译文出版社有限公司出版、发行
网址：www.yiwen.com.cn
201101 上海市闵行区号景路159弄B座
上海市崇明县裕安印刷厂印刷

开本890×1240 1/32 印张11 插页2 字数170,000
2010年12月第1版 2024年6月第2次印刷

ISBN 978-7-5327-5075-7/I · 2871
定价：52.00元